KJB

Dass Magie existiert, davon war *Marion Meister* schon immer überzeugt. Schon als Jugendliche bastelte sie Schmuck und fragte sich, welche magischen Kräfte die Stücke haben könnten. Und so hatte sie Ohrringe für besonders verrückte Unternehmungen oder einen Türkis-Anhänger für die anstehende Prüfung in Latein. Leider reichte ihr Talent nicht für echte Magie aus, doch in ihren Geschichten werden alle ihre Träume wahr! Und ihren Schmuck, den trägt sie natürlich immer noch – man kann nie wissen!

Weitere Informationen zum Kinder- und Jugendbuchprogramm der S. Fischer Verlage finden sich auf *www.fischerverlage.de*

Marion Meister

Julie Jewels

Silberglanz & Liebesbann

Band 2

KJB

Alle Bände der ›Julie Jewels‹-Trilogie:

Band 1: Perlenschein & Wahrheitszauber
Band 2: Silberglanz & Liebesbann
Band 3: Mondsteinlicht & Glücksmagie
(erscheint im Frühjahr 2019)

Die Hörbücher zur Trilogie sind bei D›A‹V erschienen
und im Buchhandel erhältlich.

FSC MIX
Papier aus verantwortungsvollen Quellen
FSC® C083411
www.fsc.org

Erschienen bei FISCHER KJB

Dieses Werk wurde vermittelt durch die Literarische
Agentur Thomas Schlück GmbH, Garbsen
Umschlaggestaltung: ZERO Werbeagentur, München
Satz: Dörlemann Satz, Lemförde
Druck und Bindung: CPI books GmbH, Leck
Printed in Germany
ISBN 978-3-7373-4091-5

1

Wie viel Glück kann ein Mensch aushalten? Diese Art von Glück, die wie ein Rausch durch die Adern strömt, einem den Atem nimmt. Einen schwindeln lässt. Und schweben.

Ich schwebte seit Wochen. Egal, wo ich war, ob in der Schule oder am Strand oder allein in meinem Zimmer: Ich schwebte.

Jede Faser meines Körpers war von Glück durchtränkt.

Meine beste Freundin Merle verdrehte neuerdings immer die Augen, wenn sie mich kommen sah. »Julie, lass dieses Honigkuchenpferdgegrinse«, sagte sie dann jedes Mal.

Doch ich *konnte* es nicht abstellen.

Ich war einfach zu glücklich.

Selbst jetzt, obwohl ich mich auf dem Fahrrad abstrampelte, die Schultasche mir unendlich schwer vorkam und das Sommerwetter viel zu heiß war, um einen neuen Streckenrekord aufzustellen.

Aber ich musste an den Strand. So schnell es ging!

Ich musste meinen Glücksakku wiederaufladen.

Ich musste Noah sehen!

In Windeseile schmiss ich mich zu Hause in Strandklamotten. Ich entschied mich für Ohrringe in erfrischendem Türkis und mein Armband aus Glasperlen und Muschelstückchen für diesen perfekten Sommertag.

Der Strand und Noah warteten schon.

Ich war gerade halb die Treppe runter, als mich blöderweise doch das schlechte Schulgewissen einholte.

Fräulein Julie, sagte es vorwurfsvoll, *haben Sie nicht etwas vergessen?*

Fluchend verharrte ich auf der Mitte der Treppe und versuchte den bohrenden Blick von Herrn Wolters, unserem Geschichtslehrer, aus meinem Kopf zu verbannen. Doch es half nichts.

»Eignet euch neues Wissen an, meine Damen und Herren! Lernt aus den Fehlern anderer«, predigte er immer.

Den Fehler, ohne Vorbereitung in seinem Unterricht zu erscheinen, hatte ich schon mal begangen. Das wollte ich nie wieder durchmachen.

Seufzend drehte ich um und ging zurück in mein Zimmer. Die Schultasche hatte ich unter meinen Schreibtisch gepfeffert.

Auf dem Tisch lag mahnend das Fußkettchen, das ich für Merle machen wollte. Ich hatte Schnur und Werkzeug schon bereitgelegt, mich dann aber nicht entscheiden können, welche Perlen ich nehmen sollte. Mein schlaues Zauberbuch hatte mir kein Rezept für Sportlichkeit verraten. Und als Noah mich angerufen und gefragt hatte, ob ich zum Strand käme … (Ja. Ist klar. Ich war 'ne miese Freundin.)

Ich nahm mir ganz, ganz fest vor, das Kettchen heute Abend fertigzustellen, und krabbelte unter den Tisch zu meinen Schulsachen.

Bei meinem Schultaschenwurf waren sämtliche Bücher und Hefte herausgeschlittert. Widerwillig kramte ich mein Geschichtsbuch aus dem Haufen und stopfte es zu den Strandsachen.

Der gute Wille zählt, sagte ich mir und rannte die Treppe wieder hinunter.

»Julie!«

Auch das noch. Hatten sich heute alle gegen mich verschworen?

Artig blieb ich an der Haustür stehen und zeigte mein Liebe-Tochter-Lächeln, während mein Vater mich prüfend musterte. »Schon da?« Sein Blick glitt zu der Strandtasche über meiner Schulter. »Schon Ferien?«, fügte er mit vorwurfsvollem Unterton hinzu.

Ich verdrehte die Augen und dankte meinem Gewissen. Mit einem Switch zum Musterschülerinnen-Lächeln ließ ich ihn einen Blick auf den Beweis meiner Lernwilligkeit werfen. »Ich nehm Napoleon mit. Ein bisschen Ablenkung wird ihm guttun«, sagte ich. »Ich hab den Eindruck, er wird verlieren.« Ich steckte das Geschichtsbuch zurück in die Tasche, zwinkerte Paps naseweis zu und gab ihm einen Schmatz auf die

Wange – eine K.-o.-Methode, die bei ihm immer jeglichen Widerstand brach. Ich meinte, noch seinen hilflosen Seufzer zu vernehmen, doch da war ich schon fast aus der Auffahrt raus.

Das Rad kannte den Weg inzwischen auswendig, und ich breitete die Arme aus und genoss das Gefühl dahinzufliegen. Der Wind kühlte meinen Körper auf angenehme Weise, und das Honigkuchenpferdgrinsen kehrte zurück.

An der Promenade schloss ich mein Fahrrad beim Strandcafé *Lorenzo* an und stapfte durch den heißen Sand zu den Strandkörben.

Um genau zu sein, zu *unserem* Strandkorb. Wie auch immer Noah es geschafft hatte, aber wir hatten unseren privaten Strandkorb. Unseren Treffpunkt. Unser Liebesnest.

Mein Ort des Glücks.

Mühsam und unter viel Gelächter hatten wir ihn letzte Woche aus dem Pulk all der anderen weiß-blauen Schattenoasen herausgezogen. Nun stand er nah am Dünengürtel, jedoch mit unverbauter Aussicht auf das Meer.

Es war so romantisch!

Noah wartete schon auf mich.

Mein Honigkuchenpferdgrinsen strahlte bestimmt bis zur Sonne, als ich auf ihn zuging. Er war in Badeshorts, trug aber noch eins von seinen coolen T-Shirts, die er selbst gestaltete. Auf den verwaschenen hellblauen Stoff (der so verboten gut zu seinen Augen passte) hatte er mit flottem Strich einen surfenden Pinguin gezeichnet. Ich liebte seine Zeichnungen, sie wirkten wie eine schnelle Notiz, waren aber immer treffend und witzig.

»Julie!« Er kam mir entgegen und gab mir einen Kuss. Ein Kribbeln durchlief mich bis in die Zehenspitzen, und ich sank in seine Umarmung. Als wir uns nach einer gefühlten Ewigkeit voneinander lösten, grinste ich sofort wieder.

Lachend stupste er mich auf die Nasenspitze. »Du bist so eine Grinsekatze. Bist du zwischendurch auch mal nicht glücklich?«

»Nur, wenn du nicht bei mir bist.«

Er tat so, als hätte ich ihn mit diesen Worten mitten ins Herz getroffen, und taumelte ein paar Schritte rückwärts. Dabei ergriff er meine Hand und zog mich mit. Lachend fielen wir in den Sand.

»Das mit uns ist magisch.«

Vermutlich gab es da eine Millisekunde, in der mein Glücksgrinsen einfror, doch Noah bemerkte es nicht. Mein Blick allerdings glitt sofort zu dem Ring an meinem Finger. Zu der Perle, die ich mit meinem Blut gefärbt hatte. Sie funkelte in einem verwunschenen Rot und schickte Wärme durch meinen Körper. Wenn Noah in der Nähe war, loderte diese Wärme bisweilen zu einer sinnverwirrenden Hitze auf. Es war in der Tat magisch.

Denn der Ring war magisch.

Ich war magisch.

Doch Noah wusste nichts davon. Bis zu meinem sechzehnten Geburtstag hatte ich ja selbst nichts von meinem Talent gewusst: Ich konnte Schmuckmagie wirken – Wünsche erfüllen, Ängste nehmen –, wenn ich den richtigen Zauber in ein Schmuckstück einarbeitete.

Und in den Ring an meinem Finger hatte ich unsere Liebe gebunden. Denn Noah hatte sich auf dem Weg zu mir etwas … sagen wir mal, *ablenken* lassen. Und so hatte ich ihn mit einem kleinen Zauber auf Kurs gebracht. Allerdings war ich mir nicht sicher, wie er es aufnehmen würde, wenn er erfuhr, dass ich zaubern konnte. Und mit Magie unserer Liebe ein Fastforward verpasst hatte. Verständlich, dass ich nichts riskieren wollte, oder?

Deshalb achtete ich darauf, dass er nichts von meiner Begabung erfuhr.

Ich rappelte mich auf, stellte meine Tasche neben den Strandkorb und sah prüfend aufs Meer. Wir waren früh dran, der Strand war noch leer.

»Kommst du mit ins Wasser?«, fragte ich.

»Wer Erster ist!« Lachend schlüpfte er aus seinem T-Shirt, während ich noch Shorts und Top ausziehen musste.

In einem Wettlauf spurteten wir in die Wellen. Ich verlor. Nicht nur, weil Sport nicht meine Lieblingsbeschäftigung ist, sondern weil Glückseligkeitsgrinsen und Rennen keine gute Kombi sind.

Denn den Blick auf Noah gerichtet, drei Fuß über dem Boden schwebend vor Glück – entging mir die Sandburg. (Aber mal ehrlich, welche Kids bauen solche monströsen Burganlagen? Haben die nichts anderes zu tun?)

Jedenfalls landeten mein Grinsen und ich im Sand.

Kaum war ich neben Noah im Meer, begann er eine Wasserschlacht mit mir. Es war kalt. Mit Merle wäre ich schon längst kreischend an den Strand zurückgerannt, doch mit Noah machte mir die Kälte nichts aus. Wir tunkten uns johlend und prustend in die Wellen, bis er mich hochhob und prüfend musterte.

»Du hast blaue Lippen«, stellte er fest. »Wir sollten raus.«

»Nein, geht schon«, widersprach ich und versuchte, ihn in eine Welle zu ditschen. Aber Noah war stärker. Er warf mich einfach über die Schulter und trug mich an Land.

»Lass mich runter!« Lachend zappelte ich auf seinem Arm, doch er stellte mich erst am Strandkorb wieder auf den Boden. Aus meiner Strandtasche zog er ein Handtuch, schlang es mir um und rubbelte mich ab, dass mir erst recht die Zähne klapperten.

»Ist gut. Ich mach schon.« Bibbernd mummelte ich mich tiefer ins Handtuch.

»Setz dich in die Sonne!«

»Ja, Mama.« Gehorsam setzte ich mich vor den Strandkorb in den Sand, auf den die Sonne brannte. Ich beobachtete, wie Noah sich die Haare trockenrieb, und verfluchte mich dafür, dass ich mein Grinsen nicht abstellen konnte. Mit viel Willenskraft schaffte ich es schließlich, meinen Blick abzuwenden und mich auf ein paar Kinder zu konzentrieren, die mit einem bunten Drachen den Strand entlangrannten. Er wollte jedoch nicht fliegen und schrappte hüpfend durch den Sand.

Noah ließ sich neben mich fallen. »Geht's wieder? Wird dir warm?« Er setzte sich so nah zu mir, dass sich unsere Schultern berührten.

»Na klar.« Ich lächelte ihn an und versank in seinen grauen Augen. Fast schämte ich mich für meine kitschigen Gedanken, doch als mir bewusst wurde, dass er meine Lippen musterte, kämpfte ich schon wieder gegen aufkommende Schnappatmung an.

Der Ring war keine große Hilfe dabei, einen klaren Kopf zu behalten, denn er sandte eine Hitzewelle nach der anderen durch meinen Körper.

»Ich weiß nicht«, meinte Noah mit einem kritischen Blick auf meinen Mund. »Wir sollten das überprüfen.« Er beugte sich zu mir und küsste mich.

»Klappt doch prima. Mir ist schon wärmer«, stellte ich fest. »Aber besser gleich noch mal.«

»Dein Wunsch ist mir Befehl.«

Auch wenn diese Bemerkung sofort mein schlechtes Gewissen aktivierte und eine nervige innere Stimme mich überreden wollte, Noah von der Magie zu erzählen, ließ ich mich hingebungsvoll in den Zauber des Kusses fallen. Wer hätte gedacht, dass Küsse wahrer Liebe so himmlisch sein können!

»Keine Ahnung, wie ich ohne dich leben konnte.« Er zog mich an sich, und eine neue Welle pures Glück rollte heran.

»Hast du eigentlich keine Angst, dass du ihn verlierst?«, fragte Noah unvermittelt, und ich verstand nicht gleich, wovon er sprach. Er nahm meine Hand und betrachtete den Ring.

Seit jenem Abend der Strandparty, bei meinem Leuchtturm in den Dünen, hatte ich ihn nicht mehr abgenommen. Okay, in Sport, weil Frau Mimers sonst Terz machte. Doch ich steckte ihn dann in die Hosentasche, und wann immer ich im Abseits stand – also die Hälfte der Stunde –, ließ ich ihn auf meinen Finger gleiten. Eine Tatsache, die Merle natürlich nicht entgangen war und sie dazu verführt hatte, mich gelegentlich *Gollum* zu nennen.

Merle wusste von meiner magischen Begabung. Und sie liebte sie. Wenn es nach ihr gegangen wäre, hätte die Schmuckmagie uns schon längst zu den Königinnen der Schule gemacht. Doch bei meinen ersten Versuchen war etliches schiefgegangen, und ich war inzwischen vorsichtig mit dem Einsatz der Zauberei. Zwar hatte ich ein Buch mit Anleitungen für Schmuckzauber, aber ich verstand nur die Hälfte der Anweisungen. Mir fehlte jemand, der mich lehrte, wie ich die Magie formen konnte.

Ich drehte den Ring im Sonnenlicht, und das blutrote Feuer in ihm funkelte leidenschaftlich.

Diesen Liebesring für Noah und mich zu schmieden war

eigentlich nicht nötig gewesen. Schließlich waren wir beide für einander bestimmt, richtig?

»Du hast wirklich Talent. Aber du solltest ihn abnehmen, wenn du schwimmen gehst. Weißt du, wie viele Ringe schon im Meer liegen, weil das kalte Wasser sie vom Finger gleiten lässt?«

Ich schluckte. »Daran habe ich gar nicht gedacht.« Aber unter keinen Umständen konnte ich ihn in Noahs Gegenwart abnehmen. Wer weiß, was dann passieren würde?

Nichts natürlich, versicherte ich mir sogleich. Denn wir liebten uns – mit oder ohne Zauber.

Dennoch hatte der Ring ihn an jenem Abend direkt zu mir geführt. Noah hatte die nervige Chrissy mit ihren dämlichen Anmachversuchen einfach mitten im Gespräch stehen lassen und war zu mir gekommen.

Und seitdem verbrachten wir jede freie Minute zusammen.

Sein Handy klingelte mich aus meinen Tagträumereien. »Och nö«, murrte ich. »Geh nicht ran.«

Doch er hatte sich schon aus der Umarmung gelöst und das Handy aus seinem Rucksack gefischt.

»Das ist kein Anruf. Es ist ein Alarm.«

»Ein Alarm?« Verwundert sah ich ihn an. Seit wann stellte er einen Wecker, wenn wir zusammen waren?

»Tut mir leid. Ich muss los.« Mit einem Seufzer stand er auf und schlug sich den Sand aus der Hose.

»Wohin denn? Probt ihr?« Ich rappelte mich auf. Es war mehr als blöd, dass ich diesen herrlichen Tag ohne ihn verbringen sollte.

Er zögerte, als er meinen unglücklichen Blick bemerkte, und ich meinte, ein leicht schlechtes Gewissen in seinem zu erkennen.

»Ja ... Also ... Richtig! Wir proben.« Irgendwie klang es nach einer Ausrede.

»Cool. Kann ich mit?« Ich stopfte das Handtuch in meine Tasche und stieg in die Shorts, doch Noah hielt mich zurück.

»Nein! Also – ach, weißt du, die Jungs haben eine Bandprobe ohne Freundinnen angesetzt. Ihr lenkt uns immer so ab.« Er lächelte und wollte mich küssen, aber ich wich aus.

»Ich bin auch ganz leise.«

»Das ist es nicht – du ... wenn du da bist, dann vergess ich alles andere. Auch die Noten. Und den Text.«

(OMG! Das war *so* süß!) »Na gut. Ausnahmsweise. Dann sehen wir uns morgen in der Schule.«

»Aber sicher.« Er schulterte seinen Rucksack, rührte sich jedoch nicht vom Fleck.

»Was ist nun?«

»Ich will nicht. Den ganzen Tag über freue ich mich auf die Zeit mit dir. Du bist alles für mich.«

Nun schwebte ich nicht nur, sondern schmolz bei seinen Worten auch noch dahin. Natürlich endeten wir wieder einmal in einem leidenschaftlichen Kuss.

Schließlich schaffte ich es, ihn von mir zu schieben. »Du solltest los. Grüß mir die Jungs von der Band, okay?«

Seufzend nickte er, warf mir noch eine Kusshand zu und stapfte Richtung *Lorenzo* davon.

Wehmütig sah ich ihm nach, wie er zwischen den Strandkörben verschwand.

Und was machte ich nun mit diesem herrlichen Nachmittag?

Aus meiner Tasche starrte mich Napoleon an, doch ich kramte zielsicher an ihm vorbei mein Handy heraus und textete Merle an:

Lust am Strand abzuhängen?

Bin im Lorenzo

kam prompt die Antwort, und ich zog für eine Sekunde eine Schnute. Meine beste Freundin war in unserem Stammlokal? Ohne mich? Sie hatte mich nicht mal gefragt.

Grummelig stapfte ich nun ebenfalls zur Promenade, an der das *Lorenzo* lag. Bei Schietwetter war es mit seinem grünen Wintergartenfeeling und dem Blick auf das gischtende Meer der beste Platz, um es sich gemütlich zu machen, während es seinen Gästen bei diesem großartigen Sommerwetter eine Sonnenterrasse und Service am Strand bot, an dem Liegestühle bereitgestellt waren.

Ich ging die Liegestuhlreihen entlang und hielt Ausschau nach Merle. Ein paar Gäste hatten sich in den Schatten unter die Stelzen zurückgezogen, auf denen das *Lorenzo* stand. Aber ich war mir sicher, dass Merle sich ein Plätzchen in der Sonne gesucht hatte. Tatsächlich entdeckte ich sie in der ersten Reihe, mit grell gemustertem Bandeau-Top und der Nase im Geschichtsbuch. (Och nö. Bitte jetzt keine Lernsession!)

»Du warst aber schnell«, stellte sie überrascht fest und schob sich ihre überdimensionierte Sonnenbrille ins Haar.

Gerade wollte ich etwas erwidern, da winkte sie schon ab und beantwortete sich die Frage selbst. »Ach ja. Ihr habt ja euren Strandkorb. Wo ist denn Noah?«

»Musste weg«, antwortete ich knapp.

»Wie schön. Und jetzt hast du mal wieder Zeit für deine Freundin?«

(Autsch.) Ich ließ mich in den Stuhl neben sie plumpsen. »Ach komm. So schlimm ist es nun auch wieder nicht.«

Merle wiegte den Kopf. »Stimmt. Wir sehen uns ja im Unterricht. Falls du mal von der Herzchen-Kritzelei aufsiehst.«

»Was?« Sie tat ja gerade so, als würde ich mich wie ein blöder Teenager benehmen. (Na gut, ich war sechzehn und bis über beide Ohren verliebt. Aber trotzdem …) Mein Blick fiel auf das Geschichtsbuch, das Aufmerksamkeit heischend aus meiner Tasche ragte. Ein Herz mit rosa Glitzer-Edding war darauf gezeichnet. »Ich … also … ich kann eben nicht anders.«

Merle lachte. »Kein Wunder. Der Ring hat euch gebunden.«

»Jetzt komm mir nicht wieder mit deinen Anspielungen. Der Ring versklavt niemanden. Er unterstreicht nur das, was sowieso schon da ist. Punkt.«

»Ist ja gut. Aus mir spricht nur der Neid. Und die Eifersucht, weil Noah dich mir ausgespannt hat.«

»Tja, Merle«, seufzte ich übertrieben. »Du hast dich eben nicht genug ins Zeug gelegt.«

Sie kicherte. (Hurra! Sturmfront davongelacht!) »Ach, du meinst, wenn ich dir auch rote Rosen schenke, seh ich dich wieder öfter?«

Vor meinem inneren Auge ploppte die Ansicht meines Zimmers auf. Momentan war es von Rosen geflutet. Zwei Vasen drängten sich auf dem Schreibtisch und drei hatte ich ins Bücherregal gequetscht. Noah hatte sich angewöhnt, mir jeden Tag eine Rose zu schenken. Ich fand das unglaublich süß. Auch wenn ich inzwischen nicht mehr so recht wusste, wohin damit. Die neidischen Blicke mancher Mädels waren mir natürlich bewusst. Einen so aufmerksamen und romantischen Freund gab es eben nur einmal auf der Welt.

»Du grinst schon wieder so dämlich«, sagte Merle und riss mich aus meinen Gedanken.

»Ja, ist ja gut. Ich hab mir nur vorgestellt, wie wunderbar es wäre, rote Rosen von dir zu bekommen.«

Merle spitzte die Lippen und sah mich nachdenklich an. »Also wenn du dann auch die ganze Zeit so dümmlich grinst, kriegst du von mir keine.« Und damit hob sie das Geschichtsbuch vor ihr Gesicht.

»Du brichst mir das Herz.« Ich gab ein paar theatralische Seufzer von mir, doch das Geschichtsbuch rührte sich nicht.

Das glückliche Grinsen schlich sich zurück auf meine Lippen. Ich schlüpfte aus meinen Schuhen, grub die Zehen in den warmen Sand, lehnte mich zurück und genoss die Sonne auf meiner Haut.

»Ist er schon über die Alpen?«, fragte ich Merle nach einer Weile.

Wie in Zeitlupe senkte sich das Buch, und sie warf mir einen entsetzten Blick zu. »Du redest doch hoffentlich nicht über Napoleon.«

»Na klar. Ist das nicht der Typ mit den Elefanten?«

»Julie! Du hast ja noch nicht mal versucht, das Buch *aufzuschlagen*!«

»Nein, der Glitzer-Edding war noch nicht trocken«, gab ich zurück und schenke ihr mein bestes Grinsen.

Lachend warf Merle mir ihr Handtuch ins Gesicht. »Das mit den Rosen kannst du vergessen.«

»Also gut. Pass auf, wie wäre es damit: Ich geb dir eine Schokolade aus, und du erklärst mir, was Napoleon verbockt hat. Deal?«

»Eine Eis-Schokolade.«

»Natürlich.«

»XXL.«

»Dein Ernst?«

»Klar! Mit bunten Streuseln. Und Glitzerfähnchen!«

»Natürlich.«

»Ach, ich nehm gleich zwei.«

»Glitzerfähnchen?«

»Eis-Schokoladen.«

»*Eine* Eis-Schokolade XXL, bunt und glitzernd. Aber dann will ich auch alles über Napoleon und seine Affäre mit dieser Kleopa–« Weiter kam ich nicht, denn Merle schlug lachend mit dem Handtuch nach mir. »War 'n Witz«, verteidigte ich mich grinsend, stemmte mich aus dem Liegestuhl und machte mich auf zum *Lorenzo*. Merle würde mir mit Sicherheit die Sache mit Napoleon viel besser erklären, als das schnöde Buch es konnte.

Leider hatte inzwischen der Nachmittagsbetrieb im Café voll eingesetzt, und ich musste an der Bar anstehen. Die Liegestühle waren jetzt alle belegt. Am Strand waren Strandmuscheln wie Pilze aus dem Boden geschossen. Dazwischen rannten Kleinkinder mit Eimern, Schaufeln und Keschern herum. Auch erste Surfer paddelten im Wasser, auf der Suche nach einer guten Welle.

Als ich endlich mit zwei Bechern zu Merle zurückkam, steckte ein Surfboard im Sand neben meinem Liegestuhl, und Ben lümmelte darauf. »Hey, Jewels. Schön dich zu sehen«, begrüßte er mich.

»Ben!« Ich freute mich riesig. Auch wenn ich damit zugab,

dass Merle recht hatte. In den letzten Wochen hatte ich meine Freunde wirklich ziemlich vernachlässigt. Alle meine Gedanken waren nur um Noah gekreist. Wann war ich das letzte Mal mit Ben und Merle ins Kino oder einfach nur auf einen Strandbummel gegangen? Vermutlich, bevor Noah mich das erste Mal geküsst hatte.

»Ist das Board neu?«, wollte ich wissen und reichte Merle ihren Becher. »Du hattest doch immer so eins mit orangefarbenen Streifen.«

Für einen Moment sah er mich verschmitzt an. »Das orangefarbene ist mein Longboard. Das hier ist ein Malibu.« Er musterte die Wellen. »Ist heute ganz schön voll. Dabei ist noch nicht mal Wochenende.«

»Aber perfekte Wellen?«, fragte ich und setzte mich vor die beiden in den Sand.

»Perfekte Wellen kommen und gehen. Wo ist Noah?«

»Kann ich denn nicht mal ohne ihn sein?« Es klang patziger als beabsichtigt. (Ein verdammt schlechtes Gewissen ließ Bens Frage in meinen Ohren wie einen Vorwurf klingen. Den Vorwurf, eine miese Freundin zu sein.)

»Ich weiß nicht«, antwortete Ben. »Kannst du?« Er sah mich sehr ernst an.

Kurz schnappte ich nach Luft, doch dann verkniff ich mir eine Antwort. Immer mussten alle an meiner Beziehung zu Noah rummeckern! Es reichte mir.

»Geh surfen«, motzte ich ihn an.

»Hat Zeit.« Er lehnte sich in *meinem* Liegestuhl zurück und musterte die Wellen. »Momentan sind mir zu viele Gaffer hier.«

»Ich gaffe nicht!«, brauste Merle sofort auf.

Verwundert sah ich zu ihr hinüber. Wieso bezog sie diese Aussage denn gleich auf sich? Schwärmte sie etwa noch immer für Ben? (Wie armselig war das denn, ich wusste nichts über den aktuellen Love-Interest meiner besten Freundin! Schäm dich, Julie!)

Mein Blick glitt forschend zu Ben, doch der schien ihren Ausbruch nicht für verdächtig zu halten. (Männer!) Er sah haarscharf an mir vorbei zu seinen Surfkumpels. Dass Merle sich in ihn verguckt hatte, konnte ich noch immer nicht fassen. Obwohl ich zugeben musste, dass mein Sandkastenkumpel Ben gar nicht mehr wie der Rotzlöffel von damals aussah. War das ein Sixpack unter dem Neoprenanzug? Aber Himmel! Das war Ben! Mit ihm hatte ich ein Planschbecken geteilt!

Nach der Grundschule hatten wir uns – obwohl wir gegenüber wohnten – aus den Augen verloren, waren aber inzwischen wieder beste Freunde. Keine Ahnung, wie das gekommen war, aber er, Merle und ich waren unzertrennlich.

Nun ja. Jedenfalls, bevor Noah mich zum Leuchtturm mitgenommen hatte. Und bevor ich den Ring angesteckt hatte. Ebendiesen Ring, den Ben jetzt wieder nachdenklich musterte.

»Lass gut sein«, meinte ich deshalb zu ihm und nahm

die Hand von meinem Knie, damit er den Ring nicht mehr sah.

»Wird irgendwann der Tag kommen, an dem du das Ding ablegst?«, fragte er herausfordernd.

Auf keinen Fall würde ich mich auf sein Wer-hat-recht-Spielchen einlassen. »Ohne ihn würde ich mich verloren fühlen.« (Julie! *Verloren?* Hast du gerade allen Ernstes *verloren* gesagt? Kannst du Ben nicht noch mehr Steilvorlagen liefern?) Am liebsten hätte ich mich für diese Worte geohrfeigt.

Er zog die Augenbrauen hoch. »Verloren? Du solltest das Ding in den Ozean schleudern.«

(Siehste, Julie!) »Mir ist klar, dass du für Magie nicht viel übrig hast. Aber sie kann sehr nützlich sein.«

»Und wie!« Merle hielt zu mir. »Ich versuche, Julie von einem *Band der Sportlichkeit* zu überzeugen.«

Ben warf ihr einen amüsierten Blick zu.

»Was denn?«, gab sie zurück. »Dafür ist die Magie doch da. Um Menschen glücklich zu machen.«

Natürlich hätte ich Merle sagen können, dass das Band fast fertig war. Also – in meinem Kopf. Dass ich aber wegen Noah nicht dazu kam, es tatsächlich zu knüpfen. Vermutlich hätte diese Information jedoch beide nur wieder gegen Noah aufgebracht.

Also nippte ich schweigend an meiner inzwischen geschmolzenen Eis-Schokolade und beobachtete die Surfer. Auf jeden Fall war Magie dafür geschaffen, die Menschen glücklich zu machen! Ich brauchte nur noch mehr Übung.

Die beiden waren die Einzigen, die von meinem zauberhaften Geheimnis wussten. (Wenn man gewisse Familienmitglieder jetzt mal außen vor lässt.)

Ich hatte Ben in mein Geheimnis einweihen müssen. Allerdings misstraute er der Schmuckmagie – und ganz besonders meinem Liebeszauber. Dass es wahre Magie in unserer Welt gab und man sie nutzen konnte, hatte er inzwischen akzeptieren müssen, fand es aber falsch, sie tatsächlich anzuwenden. Ganz im Gegensatz zu Merle.

Doch ich vermutete, dass es im Fall des Rings noch einen anderen Grund gab, warum er mich immer so sauer ansah. Denn tief in seinem Herzen war Ben ein Romantiker. Er glaubte fest an wahre Liebe. (Genau wie ich.)

»Und?«, fragte Ben schließlich leise und beugte sich zu mir herunter. »Bist du durch den Ring glücklicher als vorher?«

In seinem Blick lag etwas Herausforderndes, und für einen Augenblick war mir, als würden wir einen Kampf ausfechten. Es machte mich wütend, dass er meine Liebe zu Noah immer noch ablehnte. »Noah und ich sind jetzt zusammen. Natürlich bin ich glücklich.«

Bens forschender Blick versuchte, bis tief in mein Herz zu sehen, als ob er dort eine andere Antwort vermutete. Als ob dort geschrieben stand, dass es alles nur Fake war. Magie-Fake.

»Wenn es wahre Liebe ist, dann brauchst du diesen Budenzauber doch gar nicht. Nimm ihn ab«, forderte er, und nun wurde ich wirklich wütend.

»Wenn die Magie Fake ist, dann musst du dich doch gar nicht über den Ring aufregen. Ich finde ihn einfach schön.«

Ein Lächeln huschte über seine Augen. »Du glaubst aber dran. Was also ist deine Liebe zu Noah? Wunschdenken oder echtes Gefühl?«

Ich hasste es, dass es ihm immer wieder gelang, mich in die Ecke zu drängen. Nur, um es ihm zu beweisen, wäre ich am liebsten aufgesprungen und hätte den Ring tatsächlich ins Meer geschleudert. Aber ich konnte nicht. Allein der Gedanke, ihn zu verlieren, ängstigte mich. Natürlich lag Ben falsch. Magie war real. Und meine Liebe zu Noah ebenso. Der Ring war inzwischen ein Teil von mir. Mein erstes magisches Schmuckstück! (Das auch wirklich funktionierte.) Ach, verdammt! Ich war Ben definitiv keinen Beweis schuldig!

Wut brandete in mir hoch, und gerade wollte ich ihn mit einer Wortkaskade zum Schweigen bringen, da mischte Merle sich ein.

»Klar kann sie ihn abnehmen. Es geht gar nicht um die Bindung zwischen den beiden, Ben. Der Ring bewirkt, dass sich niemand anders dazwischendrängen kann.«

Für eine Sekunde starrte Ben Merle überrascht an. Und ich ebenso. Merle war eine Meisterin der schnellen Notlüge. Obwohl – eigentlich hatte sie sogar recht. Ich hatte den Ring geschmiedet, um Chrissy von Noah zu trennen.

»Verstehe«, murmelte Ben. Beim Aufstehen zog er sein Board aus dem Sand und klemmte es sich unter den Arm. »Na dann.«

Auch ich sprang auf. »Ja, genau. Der Ring hat Chrissys schleimige Annäherungsversuche beendet. Die hat Noah ja so verzweifelt angebaggert, obwohl sie wusste, dass wir zusammengehören.«

Ben hielt inne und sah mich mit gerunzelter Stirn an. Er zweifelte. Und ich hätte ihn am liebsten geschüttelt. Wenn ich doch die Zeit zurückdrehen könnte, dachte ich. Dann wäre der Abend, an dem er meine Magie entdeckte, ganz anders verlaufen. (Moment. Vielleicht *konnte* ich mit dem richtigen Schmuck die Zeit verändern. Das musste ich dringend im Buch nachschlagen!)

»Ich geh surfen.« Ben tippte sich zum Abschied an die Stirn. »Bis morgen.«

»Bis morgen.« Merle sah ihm mit verklärtem Blick nach, wie er durch die Strandmuscheln hinunter zum Wasser ging und schließlich der Wasserkante folgte, bis er weitab vom Trubel endlich mit seinem Board in die Wellen tauchte.

»Es muss total cool sein«, meinte Merle sehnsüchtig.

»Surfen?« Ich ließ mich in den Liegestuhl fallen.

Sie nickte, ohne den Blick von dem Punkt zu wenden, der Ben war.

»Probier es doch mal aus.«

Als hätte ich etwas total Absurdes von ihr verlangt, fuhr sie zu mir herum. »Bist du noch bei Trost? Ich und surfen? Ich bin doch kein Surfer-Girl!«

»Warum nicht?« Der Versuch, den Bodensatz der Eis-Schokolade mit dem Strohhalm aufzusaugen, machte ein ekliges Geräusch, und ich ließ es bleiben.

Merle zögerte, als ob sie eigentlich wüsste, dass ihre Antwort blöd war. »Nein, also … Das ist nicht gut. Es ist besser, wenn ich nicht im selben Club bin. Du bist auch nicht in Noahs Band.«

Was war denn das für ein Vergleich? »Ich kann nicht singen. Und auch kein Instrument spielen. Ich bin unmusikalisch. Ich hab keine Ahnung von Musik.«

»Und ich hab keine Ahnung vom Surfen.«

Touché. Ich sah zu ihr hinüber, wie sie sich reckte, um noch einen Blick auf Ben zu erhaschen.

»O Mann. So kann man ihn gar nicht sehen«, maulte sie prompt.

»Vermutlich war das seine Absicht. Er gehört nicht zu den Angebern, die sich gerne zur Schau stellen.« Unzufrieden kratze ich das letzte bisschen Eiscreme mit dem Strohhalm heraus und leckte ihn ab.

Merle lächelte. »Ja, ich weiß. Ben ist wirklich cool.«

Statt zu antworten, grunzte ich nur und schloss die Augen. Was für ein herrlicher Sommertag … Wie lange war es noch bis zu den Sommerferien?

»Also«, begann Merle, »wo steht Napoleon?«

Mein Sommerferientraum rauschte mit Vollgas gegen einen kleinen Typen in Uniform.

»Keine Ahnung«, murmelte ich und ließ mir weiter die Sonne ins Gesicht scheinen. »Auf verlorenem Posten?«

Merle kicherte. »Vermutlich. So wie du morgen in Geschichte.«

»Ach was. Ich hab Glück. Der nimmt mich nicht dran. Gehen wir schwimmen?«

Merle ließ das Buch in den Sand fallen. »Gute Idee.«

Heldenhaft rannten wir in die Wellen, doch kaum schwappte uns das eisige Wasser bis zu den Knien, kreischten wir auf und flüchteten lachend zurück zu den Liegestühlen.

Es war herrlich, mit der besten Freundin am Strand abzuhängen.

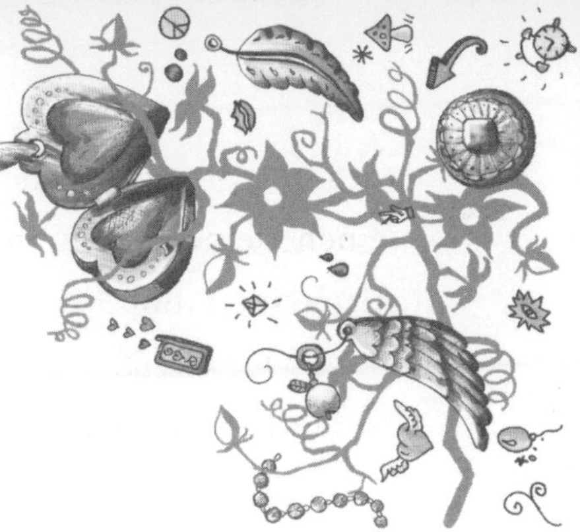

2

»Welche Entscheidung, meinst du, Julie, führte zu dem Desaster, das Napoleon in dieser Schlacht erlebte?«

Wie ein Fisch auf dem Trockenen schnappte ich nach Luft, wand mich auf meinem Stuhl und starrte Herrn Wolters mit Glupschaugen an.

»Nun ja«, stammelte ich und sah hilfesuchend zu Merle. Unter dem Tisch gab sie mir irgendwelche Zeichen mit den Fingern. Stellte sie hoppelnde Kaninchen dar? War Napoleon auf Kaninchenjagd gegangen, statt sich seinem Krieg zu stellen? Kaum merklich schüttelte ich den Kopf. Ich fragte mich, womit ich Herrn Wolters verraten hatte, dass ich keinen blassen Schimmer von Napoleon und seinen Desastern hatte. (Allerdings hatte ich eine ziemlich klare Vorstellung von dem Desaster, in das ich gerade hineinsteuerte.)

Herrn Wolters entging mein Blick zu Merle natürlich nicht, und er lachte kurz auf. »Meinst du, deine Freundin kann dir besser zur Seite stehen als Grouchy Napoleon?«

»Ähm … na ja, ich, also …« Julie! Denk nach! »Es war

wohl nicht nur eine Entscheidung, die zur Niederlage führte. Es kam eher so eins zum anderen …« Absoluter Schuss ins Blaue. Aber mal ehrlich, ist es so nicht immer? Ich hatte mich entschieden, mit Noah zu schwimmen, statt zu lernen. Dann hatte ich lieber Zeit mit Merle am Strand verbracht und danach das Schmökern im Schmuckbuch vorgezogen, um die richtigen Perlen für Merle zu finden, und deshalb Napoleon erneut einen Korb gegeben. (Einen Zeit-zurückdreh-Zauber hatte ich nicht finden können. Auch keinen, der einen sportlicher machte. Beides sehr, sehr blöd.) Jedenfalls hätte ich mit einer dieser Entscheidungen allein nicht Kopf und Kragen und eine schlechte Note riskiert. In der Summe jedoch schon.

Zu meiner Überraschung grummelte Herr Wolters ein »Gut erkannt« und suchte sich ein neues Opfer.

Vor Erleichterung hätte ich beinahe laut aufgeseufzt.

Von Merle kassierte ich einen bewundernden Blick.

»Wann hast du denn gestern noch gelernt?«, flüsterte sie mir zu, dann riss sie die Augen auf und lehnte sich zu mir rüber. »Oder hast du etwa …?« Ihr Blick suchte meine Hände, Ohren und meinen Hals ab. »Ist es eine Kette? Brosche?«

»Nein«, zischte ich. »Nichts davon. Ich hatte einfach Glück.«

Sie kniff die Augen zusammen und musterte mich argwöhnisch. »Vergiss nicht, ich bin deine beste Freundin! Du musst mir die Wahrheit sagen.«

»Natürlich, was denkst du denn!«

Ein Papierkügelchen traf mich an der Stirn. Ärgerlich sah

ich mich um und bemerkte Ben, der schräg vor mir saß und mir ein Zeichen gab, zur Tafel zu sehen.

Wolters hatte sich mit verschränkten Armen aufgebaut und starrte mich säuerlich an. Artig setzte ich mich gerade hin und versuchte ihn unschuldig, lieb und absolut interessiert anzusehen. (Ein Blick, der jahrelange Übung erforderte und den ich inzwischen sehr gut beherrschte.)

Den Rest der Stunde heuchelte ich Interesse und durfte in Frieden leben.

Auf Geschichte folgte Chemie. Herr Kampe, unser Chemielehrer, erinnerte uns freundlich daran, dass nächste Woche die Klassenarbeit dran war. Sie war entscheidend für die Note im Zeugnis und würde uns alles über Katalyse, Aktivierungsenergie und Reaktionsgeschwindigkeiten abverlangen. Ich wusste jetzt schon, dass meine Aktivierungsenergie für Chemie gegen null tendierte. Vermutlich sollte ich das Wochenende damit verbringen, den Stoff zu pauken. Vermutlich.

Mein Blick huschte zu Merle, die sehr entspannt aussah. Wir teilten zwar unsere Mathe-Allergie, doch in Chemie war sie seltsamerweise ein ziemlicher Crack.

Ben hingegen ließ die Hiobsbotschaft, dass die Chemiearbeit anstand, reichlich blass um die Nase werden. Er rutschte tief in seinen Stuhl und schien weder Katalyse noch irgendeine Art von Aktivierungsenergie für Chemie übrigzuhaben.

In der Pause zog ich ihn mit zu unserem Stammplatz.

»Was ist los?«, wollte ich von ihm wissen, als ich mich neben ihn setzte. Noch immer sah er ziemlich krank aus.

»Ach«, winkte er ärgerlich ab. »Ich und Chemie! Du kannst uns schütteln, wie du willst, am Ende trennen wir uns doch wieder. Wie Wasser und Öl – rückstandslose Trennung. Immer wieder.«

»Dann hast du noch nicht die richtigen Tenside gefunden, damit –« Merle biss sich verlegen auf die Lippe, als wir ihr einen vernichtenden Blick zuwarfen. »Tenside … Ich mein ja nur, wegen *rückstandslose Trennung*, versteht ihr? Tenside zerstören die Grenzflächenspannung, damit eine Dispersion –« Sie verstummte erneut und rückte ihre Brille zurecht, dann fügte sie lächelnd hinzu: »Aber in Mathe bist du doch total gut. Und wir nicht!«

»Mathe hat nichts mit Chemie zu tun.« Da gab es nichts zu diskutieren, das machte Bens Tonfall unmissverständlich klar. Vielleicht hatte er recht. Mich interessierte beides nicht. Und bei Merle und Ben verteilten sich die Talente genau gegensätzlich.

Von unserer Bank unterm Baum hatten wir einen guten Überblick. Natürlich scannte ich wie beiläufig den Hof nach Noah ab. Aber er war nicht da.

»Es ist ja noch 'ne Woche bis zum Test. Wenn du willst, helfe ich dir beim Lernen.« Lächelnd reichte Merle Ben ihre Dose mit Schokorosinen. »Lass mich dein Tensid sein.«

Ich prustete los. Bens entsetzter Blick war einfach zu herrlich.

»Das geht nie und nimmer alles in meinen Schädel«, grummelte er. »Ich hab ja noch nicht mal das Grundwissen.« Unglücklich nahm er sich eine Handvoll Rosinen und kippte sie sich in den Mund.

»Meine Güte, dann kriegst du eben eine schlechte Note. Na und?«, versuchte ich ihn aufzumuntern, doch er schüttelte den Kopf.

»Wenn das 'ne Sechs wird, dann war's das.«

Überrascht blinzelte ich ihn an. Eine Sechs? Ich dachte, er würde sich über eine miese Vier aufregen. »So schlimm?«, fragte ich erschrocken.

»Ja. So schlimm. Wenn ich die Arbeit verhaue, dann bin ich raus. Dann dürft ihr ohne mich das Abi angehen.«

Diese Nachricht traf mich mehr, als ich gedacht hätte. Ben und ich hatten bisher alles zusammen durchgestanden: Kindergartengruppe, Grundschule und nun das Gymnasium. Außerdem: Wenn schon einer von uns sitzenblieb, müsste es doch die voll verpeilte Julie sein!

»So ein Quatsch!« Merle griff nach seiner Hand. »Niemals. Wir sind ein Team. Wir helfen dir! Du wirst uns nicht allein lassen, verstanden? Ich will mit dir in den Fotokurs.«

Grummelnd zog Ben seine Hand zurück, hob ein Steinchen auf und beschoss damit eine gelbe Blüte, die sich mühsam durch die Pflastersteine gezwängt hatte.

Merle drängte sich zwischen Ben und mich. »Ich weiß, wie man den perfekten Spicker baut«, flüsterte sie verschwörerisch.

»Ja klar, Merle.« Schelmisch grinste ich sie an, woraufhin sie mir demonstrativ den Rücken zuwandte.

»Nur so, für den Notfall. Zuerst versuchen wir's natürlich mit Lernen.«

Ben sah sie zweifelnd an.

»Ich komme heute Nachmittag zu dir, okay?«, sagte sie zu ihm. »Vielleicht sogar direkt nach der Schule? Dann können wir gleich mit dem Lernen anfangen.«

Sein Blick hätte nicht skeptischer sein können, doch letztendlich stimmte er ihr zu. Ich hoffte sehr, dass Merle ihm helfen konnte, auf eine Vier zu kommen. Sein Vater würde eine Sechs oder gar das Wiederholen der Klasse nicht so einfach akzeptieren.

3

Nach der Schule begleitete Merle Ben (und mich) nach Hause. Ich unterdrückte ein Grinsen, als ich mir vorstellte, wie seine Mom Merle für seine neue Freundin halten würde. Von der Nachhilfe in Chemie konnte er jedenfalls nichts erzählen, weil seine Eltern gar nichts von der Misere wussten.

Verstohlen warf ich ihm einen Blick zu. Er sah angespannt aus. Während Merle, die emsig versuchte, bei seinem Tempo mitzuhalten, ohne Punkt und Komma quatschte. Sie quasselte darüber, wie lange sie schon nicht mehr bei ihm im Zimmer war, wollte wissen, ob seine Eltern da waren, denn seine Mutter sei ja so lieb, überlegte, womit sie am besten beginnen sollten, und, und, und.

Seine Sorgenfalte und den unsicheren Blick, den er ihr zuwarf, bemerkte sie nicht.

Ob das mit den beiden klappen würde?

Jedenfalls glühte Merle regelrecht vor Aufregung über diese neue Aufgabe. Als wir an Bens Haus ankamen und sie vom Fahrrad stieg, hätte ich schwören können, dass sie ein oder zwei Zentimeter über dem Boden schwebte, so glücklich war sie, Zeit mit ihm zu verbringen. Inzwischen war es ziemlich offensichtlich, dass sie sich in ihn verknallt hatte. Allerdings war ich nicht sicher, ob Ben das genauso deutlich sehen konnte. Und mir war noch immer nicht klar, wieso sie ausgerechnet ihn so toll fand. Ben war nett und lieb und schon auch cool und ein großartiger Kumpel, und ich fand es irgendwie wunderbar, dass er wie ein Sommertag am Strand roch. Aber musste Merle sich ausgerechnet in meinen besten Freund verknallen?

Ich verabschiedete mich von den beiden und schob mein Rad über die Straße zum Haus. Ben wohnte genau gegenüber und konnte von seinem Fenster aus sehr gut in unseren Garten sehen, wie ich seit Kurzem wusste. (Eine Information, die mich seither von leichtbekleideten Sonnenbädern auf der Terrasse abhielt.)

Im Haus ließ ich meine Schultasche fallen und streifte die Schuhe ab. Anscheinend hatte Paps nur auf diese Geräusche gewartet, denn prompt stand er in der Wohnzimmertür und strahlte mich an.

»Hallo, Julie. Rate mal … Es war jemand für dich hier.« Sein Grinsen verriet mir, dass es nur Noah gewesen sein konnte. Außerdem hielt er etwas hinter dem Rücken versteckt. Natürlich. Wir hatten uns in der Schule nicht gesehen, also hatte Noah die heutige Rose hier abgeliefert. Ein leicht genervter Seufzer entkam mir, während ich die Hand ausstreckte.

»Na komm, Mädchen. Etwas mehr Begeisterung bitte. Weißt du eigentlich, dass du dir da einen sehr charmanten Kerl geangelt hast? Auch wenn ich persönlich denke, der junge Mann sollte mehr schlafen. Er sieht nicht gerade ausgeruht aus. Aber nun ja. Er ist wirklich ein Kavalier.« Paps überreichte mir die Rose. »Noah meinte, er hätte dich heute in der Schule nicht gesehen. Du warst aber schon dort, oder?«

Fassungslos sah ich ihn an. »Ja, Paps. Natürlich!«

»Na, dann ist ja gut.« Er wandte sich ab, drehte sich aber doch noch mal zu mir um. »Sag mal, haben Noahs Eltern einen Blumenladen?«

Ich runzelte die Stirn. »Nein, wieso?«

Doch er winkte ab. »Ach, war nur so ein Gedanke, wegen der ganzen Rosen. Du scheinst ihm jedenfalls eine Menge zu bedeuten.«

Ich lächelte wissend, schnappte mir meine Sachen und verzog mich auf mein Zimmer. Dort ließ ich mich aufs Bett fallen und schnupperte kurz an der Rose. Noah war wirklich ein Kavalier.

Allerdings konnte ich mich nicht recht mit ihm an den Strand träumen, denn Ben und sein Chemieproblem gingen mir nicht aus dem Kopf. Ob die beiden da drüben schon am Knutschen waren? Ich versuchte vergeblich, mir nicht vorzustellen, wie Merle sich Ben an den Hals schmiss.

Also rollte ich mich wieder aus dem Bett und stopfte ungeduldig die Rose in eine der Vasen. Natürlich stach ich mich dabei. Blut quoll aus der Wunde. Auch das noch.

Ich zückte mein Handy und tippte eine Nachricht an Merle.

Wie läuft es?

Der Kerl hat echt keine Ahnung

kam sofort zurück.

Brauchst du Hilfe?

Eine Antwort blieb aus, obwohl ich sehen konnte, dass sie die Nachricht gelesen hatte. Also schrieb ich noch mal.

Sag, wenn ich rüberkommen soll.

Nicht nötig.

Ich helfe gern.

Und dann war sie offline. Alles klar. Ich hatte verstanden. Kein fünftes Rad benötigt.

Mein Blick schweifte über die Rosen. Ein wahres Meer aus Blüten. Es zauberte mir ein Lächeln auf die Lippen. Warum gönnte ich Merle nicht, mit Ben zusammen zu sein? Wir könnten auf Doppeldates gehen. Und ich würde die beiden sicher viel öfter sehen. Grummelig warf ich das Handy aufs Bett und machte mich ziemlich unmotiviert an die Hausaufgaben. Immer wieder kontrollierte ich das Handy, doch Merle blieb stumm.

Nachdem ich das Nötigste für die Schule erledigt hatte, textete ich Noah an, doch seltsamerweise war auch er offline. Normalerweise sahen wir uns in den Pausen, aber heute war er nicht da gewesen. Schmachtend sah ich zu den Rosen. Ich vermisste ihn.

Um mich abzulenken, trug ich sogar brav die Englisch-Vokabeln in das Vokabelheft ein, aber auch danach zeigte meine Inbox keinerlei Lebenszeichen von irgendwem.

Also beschloss ich, dass jetzt der perfekte Zeitpunkt für Merles Fußkettchen war.

Ich zog den Schmuckkasten unter den Pullovern im Kleiderschrank hervor und holte das Werkzeug. Vielleicht konnte ich das Sportlichkeitsproblem lösen, indem ich einfach von allem etwas nahm.

Bevor ich den Deckel des Kästchens aufklappte, glitten meine Finger liebevoll über die wunderschönen Ranken mit weißen Blüten, die in das Holz eingelassen waren. Im Inneren boten mit Samt ausgeschlagene Fächer den unterschiedlichsten Materialien Platz. Es gab Perlen aus Holz und Ton sowie Glas, da waren Muscheln und Federn und Halbedelsteine. Inzwischen wusste ich, dass jedes Stück mit einem Zauber belegt war, der durch ein Symbol am Boden des jeweiligen Fachs vermerkt war. Zum Glück hatte ich nun ein Handbuch, das mir half, die Symbole zu deuten. Beides hatte ich von meiner Großmutter Daria zum sechzehnten Geburtstag bekommen.

Ich hatte Daria noch nie in meinem Leben getroffen. Mom und sie lagen im Streit (weshalb auch immer), und deshalb wurde sie zu keiner Familienfeier eingeladen. Dennoch hatte sie an mich gedacht und mir den Schlüssel zur Schmuckmagie zukommen lassen. Leider konnte ich keinen Kontakt zu ihr aufnehmen. Zu gerne hätte ich mich wenigstens bei ihr bedankt.

Nachdem ich einige Zeichen im Buch nachgeschlagen hatte, wählte ich Kraft, Ausdauer und Siegeswillen für das Sportlichkeitskettchen. Kraft steckte in einer dicken, runden Perle aus Silber, die mit feinen Sternen verziert war. Ausdauer befand sich in Stäbchenperlen (ebenfalls silberfarben), und Siegeswillen war in winzige, durchsichtige Rocallies gebannt. Mit diesen drei Eigenschaften sollte Merle es in die Top-Ten unserer Sportskanonen schaffen.

Aus meinem Kettenvorrat fischte ich eine feine Silberkette, nahm damit an meinem Knöchel Maß und kürzte sie. Schließlich befestigte ich die Zauberperlen daran, wie an einem Charm-Armband. Weil die winzigen Glasperlchen so mickrig aussahen, fädelte ich vier auf. Das Kettchen sollte ja schließlich auch was hermachen.

Während ich die Perlen auf Schmuckdraht zog und kleine

Ösen bog, stellte ich mir Merle vor, wie sie beim Brennball voller Selbstbewusstsein aufs Spielfeld rannte. Oder sich freiwillig für das Vorturnen an den Ringen meldete. Allerdings muss ich zugeben, dass es mir nicht so recht gelang, sie als Spitzensportlerin zu sehen, dafür war Merle dann doch zu schusselig. Irgendwie schaffte sie es, vom breitesten Schwebebalken zu rutschen und mit Sicherheit jeden Ball an den Kopf zu bekommen. Sie war schlichtweg ein Pechvogel in solchen Dingen. Vielleicht hätte ich ihr eine Hasenpfote schenken sollen.

Aber sie wollte einen Zauber, der sie vom ewigen Sport-Loser zur Gewinnerin machte. Und hier war er – das Silber glänzte regelrecht magisch, und die Perlen des Siegeswillens fingen das Licht, so dass es aussah, als strahlten sie von innen. Merle würde damit sicher sehr glücklich werden.

Stolz, dass ich endlich mein Versprechen erfüllt hatte, klappte ich den Schmuckkasten wieder zu und ließ ihn auf meinem Tisch stehen.

Mir war klar, dass Mom ihn mir nur zu gerne weggenommen hätte, doch der Kasten war durch einen Zauber an mich gebunden. Das hatte sie mir selbst gesagt. Ich müsste ihn freiwillig rausrücken, sie konnte ihn mir nicht abnehmen.

Daria, die Mutter meiner Mom, war nämlich nicht die einzige Schmuckmagierin. Meine Mom wusste mehr über dieses Talent der Familie, als sie zugeben wollte. Allerdings war Daria anscheinend die Einzige, die unser Talent zu schätzen wusste – und vor allem die Einzige, die wollte, dass *ich* diese Kunst lernte.

Meine Mutter fand nämlich, dass Schmuckmagie das Schlimmste war, das es auf der Welt gab.

Keine Ahnung, wie sie zu dieser Überzeugung gelangt war, denn sie weigerte sich, mit mir darüber zu reden.

Also redete ich auch nicht mit ihr.

Absolut gar nicht.

Seit gut zwei Monaten ging ich ihr aus dem Weg und versuchte, so wenig wie möglich zu Hause zu sein.

Ich wartete auf eine Entschuldigung von ihr. (Na gut. Vielleicht war es nicht so einfach, sich bei jemandem zu entschuldigen, der nie da war. Aber sie hätte eine Möglichkeit finden können, wenn sie es gewollt hätte.) Doch sie war nicht bereit, auch nur einen Millimeter von ihrem Standpunkt abzuweichen.

Und ich ebenso wenig.

Niemals würde ich die Schmuckmagie aus meinem Leben verbannen, so wie sie es getan hatte und von mir verlangte.

Deshalb thronte der Kasten jetzt wie eine höhnische Mahnung für Mom auf dem Schreibtisch.

Ich schrieb Noah eine weitere Nachricht:

Fahre ins Lorenzo.

In der Hoffnung, dass ich ihn später noch sehen würde, wählte ich ein rotes Häkelcollier, das ich selbst gemacht hatte. In den Faden hatte ich rote und orangefarbene Rocailles und winzige Pailletten eingearbeitet. Es war eines meiner Lieblingsstücke. Und völlig magiefrei.

Ausgerüstet mit meiner Strandtasche, verließ ich das Haus. Ich konnte nicht anders, ich stellte mich im Fahren auf die Pedale und spähte bei Ben in den Vorgarten. Merle war noch bei ihm. Ihr lilafarbenes, mit Plastiksonnenblumen umwickeltes Rad stand friedlich neben Bens Rennrad.

Na, hoffentlich half Merles Einsatz ihm, die Prüfung zu bestehen. Ich fand den Gedanken, ohne ihn in die Zwölfte zu kommen, absolut grauenvoll.

Eilig fuhr ich weiter. Schließlich wollte ich unter keinen Umständen riskieren, dass die beiden morgen behaupteten, ich hätte ihnen nachspioniert.

Weil ich Zeit hatte, nahm ich einen Umweg über die Dünen.

Die Einsamkeit, der Geruch des Meeres, das Rascheln des Dünengrases im Wind, all das liebte ich sehr. Als Kind konnte ich ewig in einer windgeschützten Kuhle sitzen und durch das Gras auf das Meeresglitzern linsen.

Die Sonne blendete mich, und ich bremste ab, um meine Sonnenbrille aufzusetzen. Da bemerkte ich, dass ein Stück des Schotterweges mit Sand überweht worden war. Also stieg ich vom Rad, um es hindurchzuschieben.

»Hallo, Julie!«

Überrascht sah ich auf. Ich hatte gar nicht bemerkt, dass mir jemand entgegenkam.

»Frau Soma! Hallo«, antwortete ich erstaunt. Nur selten traf man jemanden auf diesem versteckten Weg. Und meine Lieblingsbibliothekarin hätte ich hier am allerwenigsten erwartet. »Wie war Ihr Urlaub?«

Lächelnd breitete sie die Arme aus. »Inspirierend. Aber weißt du was? Ich habe diesen Geruch von Salz und Fisch vermisst.« Sie hielt ihre Nase in den Wind und schloss genießerisch die Augen. Vermutlich war Frau Soma schon mindestens sechzig. Steinalt also, aber sie wirkte nicht so.

Sie gehörte zu den Frauen, die sich auch als Oma immer noch modisch kleideten und lebenslustig durch die Welt reisten. Sogar Make-up trug sie, ganz zu schweigen von ihrer Liebe zu Schmuck. Heute trug sie eine auffallende silberne Kette, in der das Sonnenlicht blitzte und funkelte.

»Die Reise kam etwas überraschend«, sagte sie, als wäre es ein Geheimnis, wo sie Urlaub gemacht hatte. »Dringende Angelegenheiten. Aber nun ist alles wieder im Gleichgewicht.«

Sie sah mich neugierig an, während ich noch überlegte, ob ich nachfragen konnte, was *wieder im Gleichgewicht* bedeuten sollte. Aber es ging mich nichts an. Ich kannte sie ja eigentlich gar nicht. Auch wenn Frau Soma mir sehr sympathisch war, vermutlich weil uns beide die Leidenschaft für Schmuck verband.

Es imponierte mir, dass sie nicht vor gewagten Material- oder Farbkombinationen zurückschreckte. Und das in ihrem Alter! So manche Idee hatte ich mir schon bei ihr abgeguckt.

Sie hatte einen sehr guten Blick für Schmuck, und so entging ihr mein Ring natürlich nicht. Ich bemerkte, wie sie ihn neugierig musterte, und Stolz erfüllte mich.

»Hast du noch die richtigen Symbole für deine Schularbeit gefunden?«, fragte sie, ohne den Blick von meinem Ring zu nehmen.

Ich nickte verlegen. Merle und ich hatten in der Bücherei vorgegeben, für die Schule zu arbeiten, obwohl wir eigentlich die magischen Zeichen im Schmuckkasten entschlüsseln wollten. Frau Soma hatte uns sehr bei der Suche geholfen. Aber schließlich hatte Darias Magie einen Weg gefunden, mir durch das Handbuch Antworten zu geben.

»Vielen Dank noch mal für Ihre Hilfe«, sagte ich. »In den letzten Wochen habe ich es gar nicht mehr in die Bücherei geschafft.«

»Ist mir aufgefallen.« Frau Soma lächelte mich verschmitzt an. »Du hast momentan andere Dinge im Kopf. Wie heißt er denn?«

Sofort schoss mir die Röte in die Wangen. Mit Erwachsenen über Noah zu sprechen war mir seltsamerweise immer unangenehm. Vielleicht, weil die meisten dann so ein besserwisserisches Grinsen bekamen. Als ob sie viel mehr über meine Liebe wüssten als ich selbst. Sie taten so, als wäre es niedlich, wie verliebt wir waren. Wie Hundewelpen, die ihre ersten tapsigen Schritte versuchen.

»Woher …«, stammelte ich und zwang mich, nicht verlegen zu klingen.

Sie lachte und nahm meine Hand mit dem Ring. »Ach, so etwas sieht man eben.« Es entstand eine Pause, in der sie mich forschend ansah. Ich wollte meine Hand wegziehen, doch sie hielt sie fest. »Und was hast du dir hier für Mühe gegeben!« Wieder lächelte sie, und ich bekam ein seltsames Gefühl. Was wollte sie nur? Warum hielt sie mich fest?

Verzückt betrachtete Frau Soma meinen Ring von allen Seiten.

Das Licht stand günstig, und das Rot loderte in der Perle. (Und ihre Kette blendete mich erneut.)

»Das ist eine hervorragende Arbeit. Hast du ihn ganz alleine angefertigt?«

Ich nickte zögerlich.

»Wirklich beeindruckend.«

War sie vielleicht so besessen von Schmuck, dass sie mich ausrauben wollte?

»Vielen Dank«, murmelte ich und zog mit einer hastigen Bewegung meine Hand aus der ihren. »Sie wissen ja, dass ich Schmuck wirklich liebe. Aber ich muss jetzt echt weiter. Meine Freunde warten auf mich.«

Sie nickte, schloss erneut die Augen und reckte ihre Nase

der Sonne entgegen. Dabei traf mich schon wieder das Licht der Kette. Sie war aus eng aufeinanderliegenden Scheiben gefertigt und sah aus wie eine Schlange, die sich silbrig glänzend um ihren Hals wand.

»Wiedersehen.« Hastig schob ich mein Fahrrad an ihr vorbei und stellte leise fluchend fest, dass der Wind während der paar Minuten unseres Gesprächs noch mehr Sand auf den Weg gefegt hatte.

Verstohlen sah ich mich nach Frau Soma um, doch sie stand noch immer wie eine Sonnenanbeterin da, und die Schlangenkette blitzte zu mir herüber.

Ans Fahrradfahren war bei den endlos scheinenden Verwehungen nicht zu denken. Der Sand war viel zu tief. Ich versuchte zu rennen, da drehte es mir den Lenker weg, und ich wäre beinahe gefallen.

»Julie?«

Erschrocken fuhr ich herum. Frau Soma stand plötzlich direkt hinter mir. Wie hatte sie es geschafft, mich so schnell einzuholen?

»Julie, warte mal. Kann ich dich auf ein Eis einladen?«

»Eis? Also, ich bin schon verabredet. Nett, aber … ähm, danke.«

Sie nickte nachdenklich. »Verabredet? Wirklich? Hm … Weißt du was, wenn deine Freunde schon da sind, dann kann ich ja einfach gehen. Was meinst du?«

»Ja, also …«

»Und wenn noch keiner da ist, dann essen wir zusammen ein Eis, in Ordnung?« Durchdringend musterte sie mich. »Ich denke, du solltest dir einen Ruck geben, Julie … Also?«

»Na ja … ich bin schon zu spät … und es ist noch so weit … ich will sie nicht warten lassen …« In der Bücherei hatte ich mich immer sehr gerne mit ihr unterhalten. Heute machte mich irgendetwas an ihr nervös.

»Weit? Bis zum *Lorenzo*?« Lachend ging sie voran. »Du denkst wohl, nur weil ich schon ein paar Jahre mehr auf diesem Planeten hinter mir habe, bin ich fußlahm.«

Als ich den Weg entlangsah, traute ich meinen Augen kaum. Die Sanddüne, die den Weg blockiert hatte, endete genau vor meinem Vorderrad, und keine drei Schritte weiter senkte sich der Weg und führte zur Promenade hinunter, direkt auf die Sonnenterrasse des *Lorenzos*. Wie konnte das sein? Eben noch war das Café völlig außer Sichtweite gewesen. Dafür hatte eine Sandwüste mir den Weg versperrt.

Völlig perplex folgte ich Frau Soma. Hatte ich einen Sonnenstich? Ich sah zurück und musste feststellen, dass der Dünenweg nur von einer dünnen Sandschicht bedeckt war.

Setz dich in den Schatten, Julie! Du drehst ja noch durch.

Frau Soma und ihre blitzende Kette warteten, bis ich mein Rad angeschlossen hatte.

Erstaunlicherweise bekamen wir einen Platz auf der Terrasse unter einem Sonnenschirm. Obwohl sich das Sommerwetter vor der besten Seite zeigte, waren keine Gäste hier.

Ziemlich sonderbar. Das *Lorenzo* war *immer* voll. Für eine Sekunde dachte ich darüber nach, ob es vielleicht eine Unwetterwarnung gab, die ich verpasst hatte.

»Ach, das tut gut.« Frau Soma sah aufs Meer hinaus, und die Schlangen-Halskette feuerte erneut Lichtblitze auf mich ab.

Meine Gedanken rasten.

Irgendwas stimmte hier nicht.

Die Sandverwehung auf dem Weg, der Zeit- oder Raumsprung … oder was auch immer mit dem *Lorenzo* passiert war.

Wenn es so etwas wie eine Aura gibt (und vermutlich ist das so, denn Magie existiert schließlich auch), dann strahlte Frau Soma gerade eine sehr mysteriöse aus.

Anscheinend hatte sie meine Gedanken gelesen, denn sie beugte sich zu mir vor und sah mich eindringlich an.

»Ich denke, wir sollten uns unterhalten, Julie.«

»Ähmgrm … Ich … also …«, kiekste ich. (Ach, das liebe ich so an mir. Mein Selbstbewusstsein, das mich in solchen Situationen immer fluchtartig verlässt.) »Worüber reden?« Was wollte sie eigentlich von mir? Ein Raubüberfall war ausgeschlossen, das hätte sie in den Dünen leichter haben können.

»Na, über Schmuck natürlich.« Sie lachte amüsiert.

War mir irgendein Witz entgangen?

»Also, Julie. Du machst Schmuck«, begann sie.

»Ja. Das wissen Sie doch.« Ich hatte schon öfter Sachen für

Mädchen aus der Schule angefertigt. Vielleicht wollte sie mir auch einen Auftrag erteilen?

Angespannt drehte ich den Strohhalm meiner Eisschokolade zwischen den Fingern. Die Bedienung war mit unserer Bestellung sehr flott gewesen. Und ihre Anwesenheit belegte, dass es keine Unwetterwarnung gab. Reiner Zufall, dass es heute so menschenleer war. »Sie haben auch immer ganz tolle Stücke.«

Schon wieder lachte sie, als hätte ich den besten Witz aller Zeiten erzählt. »Ach, Schätzchen! Ich hab dich vermisst.«

Schätzchen? Ich starrte sie an. *Vermisst*? Hatte sie gerade gesagt, dass sie mich (ihr Schätzchen!) *vermisst* hatte? Unsicher musterte ich sie.

Sie war braungebrannt, und ihre burgunderrot gefärbten Haare leuchteten wie Feuer in der Sonne. Ihre Bluse erinnerte an indische Kleidung: luftig und mit blau-grünen Ornamenten verziert. Sah so jemand aus, der junge Mädchen aus Strandcafés verschleppte? Oder zu illegalen Deals überredete?

Immer noch war keine Menschenseele auf der Terrasse.

Gespenstisch.

Wieder blendete mich ihre Kette.

»Deine Kreationen«, begann sie erneut. »Julie, das ist ganz besonderer Schmuck.«

Ach nee. Klar. Er ist magisch! (Aber das konnte sie ja nicht wissen.) »Worauf wollen Sie hinaus?«

»Ich will dir anbieten, dass wir … zusammenarbeiten.«

»Wie? Wobei?« Vor Überraschung fiel mir der Strohhalm aus den Fingern. »Sind Sie Schmuckschmiedin?«

»Ja. Genau wie du, Julie.« Forschend sah sie mich an.

»Genau wie ich?« Unwillkürlich musste ich grinsen. Denn natürlich machte sie ihren Schmuck *nicht* wie ich. Mein Schmuck wurde bei Vollmond in Blut gebadet oder bestand aus dem Horn irgendeines ausgestorbenen magischen Wesens.

»*Genau* wie du«, wiederholte sie, und ihr Blick bohrte sich in meine Gedanken.

Verwirrt sah ich sie an. Was sollte das? Wollte sie mich hypnotisieren?

Verschwörerisch lehnte sie sich zu mir. »Ich kann dir alles beibringen«, raunte sie.

Die Verwirrung in meinem Blick wurde zu einem einzigen großen Fragezeichen. »Ach so. Sie geben Schmuckkurse?«

Anscheinend verlor Frau Soma nun die Geduld mit mir, denn sie packte meine Hände und zog mich ganz nah zu sich.

Die Schlangenkette war wie ein Band aus gleißendem Licht, ich konnte fast nicht hinsehen.

Sie bemerkte, dass ihre Kette mich blendete, und nahm sie mit einer ruppigen Bewegung ab. »Genug davon! Das brauchen wir nicht mehr«, sagte sie und ließ die Kette in ihre Handtasche gleiten.

Sofort löste sich der Wirrwarr in meinem Kopf, und ich konnte mich wieder konzentrieren.

Was bei der Hektik, die plötzlich auf der Sonnenterrasse herrschte, erstaunlich war. Alle Tische waren mit einem Mal besetzt, die Bedienungen hetzten zwischen den Gästen umher.

Ich starrte auf die Tasche, in der nun die Kette lag.

Dann sah ich Frau Soma an.

Das konnte doch nicht sein!

Ich war geblendet gewesen, und nun sah ich wieder klar. Hatte diese Frau mich etwa die ganze Zeit über mit Schmuckmagie getäuscht? War diese Spiegelkette ein Blendungszauber?

Sie lächelte. »Ich bin Daria. Deine Großmutter.«

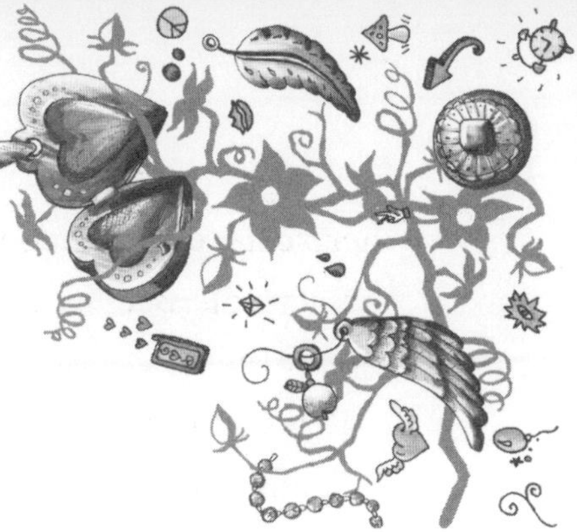

4

Das Tosen der Wellen war heute ganz schön laut, deshalb hörte man wahrscheinlich nicht, wie mir der Unterkiefer runterknallte. Außerdem hatte mein Hirn einen Drop-out.

»Daria?«, piepste ich, denn selbst meine Stimme stand unter Schock.

Sie nickte und lächelte mich aufmunternd an.

»Daria?«, wiederholte ich. »Niemals.«

Sie lachte. »Doch, natürlich.«

»Nein. Sie sind Frau Soma.«

»Schätzchen, es tut mir leid, dass ich dir erst jetzt die Wahrheit sage – «

»Ich kenne die Wahrheit.«

Sie lächelte. »Endlich.«

»Sie sind die Bibliothekarin.«

»Nein!« Verzweifelt schüttelte sie den Kopf. »Ich bin Daria. Deine Großmutter.«

»Nein.« Meine Realität passte nicht mit ihrer Behauptung zusammen. Es war nicht möglich, dass sie Daria war.

»Doch!«

»Nein, sicher nicht.«

Sie wurde ärgerlich. »Frag deine Mutter!«

»Ich rede nicht mit meiner Mutter. Außerdem hat sie kein Foto von Ihnen.«

Seufzend nickte sie. »Ich verstehe. Sie hat mir noch immer nicht verziehen.«

Mit einem markerschütternden Quietschen und Rattern kam mein Gehirn langsam wieder in Schwung. »Was muss Mom Daria verzeihen?«

Frau Soma sah mich ernst an. »Die Schmuckmagie.«

Bevor mein Hirn vor Schreck gleich wieder aussetzte, sprang ich auf, atmete hektisch, bis mir fast schwarz vor Augen wurde, und setzte mich wieder.

»Was haben Sie eben gesagt?«

»Du hast mich sehr gut verstanden.« Sie reichte mir die Hand. »Hallo, Julie.«

Zögernd schüttelte ich Frau Soma die Hand. »Hallo.«

»Es freut mich, dass wir uns endlich richtig kennenlernen.«

Ich war zu geschockt, um ihr zu antworten. Warum hatte sie nie etwas gesagt, warum hatte Mom nichts gesagt, warum … »Die ganze Zeit …?«, stammelte ich und versuchte, all die Fragen und Gedanken zu ordnen, die gleichzeitig auf eine Antwort bestanden.

»Ich wollte in deiner Nähe sein, Julie. Ich wollte dabei sein, wenn du dein Talent erhältst.«

»Mein Talent.« Ich gebe zu, ich wirkte in diesem Moment sicher alles andere als intelligent. Aber das war echt 'ne Nummer! Frau Soma war meine geheimnisvolle Großmutter! Ich hatte sie jede Woche getroffen, und sie hatte nie etwas gesagt! »Du hast mir den Kasten geschickt«, stammelte ich.

Sie nickte. »Und dir das Buch zukommen lassen. Ich konnte ja schlecht bei euch klingeln.«

»Du hast gewusst, was Merle und ich in der Bücherei suchen!«

Sie kicherte. »Ja, ihr wart wirklich süß.«

»Weiß Mom, dass du in der Stadt bist?«

Traurig schüttelte Daria den Kopf. »Sie will nichts mit mir zu tun haben.«

»Und mit der Magie.«

Unglücklich sah sie mich an. »Ich hatte gehofft, dass durch dich …« Sie wischte mit einer Handbewegung den Rest des Satzes weg und deutete auf meinen Ring. »Du hast großes Talent.«

»Danke«, stammelte ich. Und dann nahm mein Gehirn die Arbeit wieder auf: Frau Soma war meine Großmutter!

Mit einem Jubelschrei fiel ich Daria plötzlich um den Hals. »O mein Gott! Das ist ja total absolut der Mega-Wahnsinn! Ich hab 'ne Großmutter! Eine magische! Du wirst mir alles zeigen, oder? Was kann ich alles mit der Magie bewirken? Wohnst du hier? Hast du eine Werkstatt? Kann ich dich besuchen?« Atemlos strahlte ich sie an. »Gibt es noch mehr von uns? Hat

Mike das Talent auch? Warum spricht Mom nicht mehr mit dir? Kann ich bei dir einziehen, wenn Mom versucht, mir den Schmuckkasten zu stehlen?«

Daria begann zu lachen. »Mir war klar, dass du viele Fragen haben würdest. Aber können wir eine nach der anderen angehen?«

In mir kribbelte es, und ich konnte es kaum erwarten. Ich musste mich zwingen, ruhig sitzen zu bleiben. »Du wirst mir aber alles zeigen, oder?«

»Sicher, Schätzchen. Deshalb bin ich doch hier. Ich will nicht nur meine Enkelin kennenlernen – ich will dich natürlich unterrichten. Es gibt nicht mehr viele von uns. Unsere Kunst darf nicht aussterben.«

Es gab noch andere! »Die Magie kann so viel Gutes tun, nicht wahr?« Ich war so aufgeregt. Vermutlich leuchtete ich wie ein Feuerwerk, zumindest fühlte ich mich so.

»Die Magie tut alles, was du möchtest.«

Aufgeregt nickte ich. »Das ist so unfassbar! Können wir nicht gleich anfangen? Erzähl mir von uns. Von unserer Familie. Bitte!«

»Ich bin froh, dass du die Magie so positiv siehst.« Ihr Lächeln trübte sich, und sie sah traurig aufs Meer. »Deine Mutter hat die Magie aus ihrem Leben verbannt – und damit auch mich. Dabei hatte sie großes Talent. Doch es ist ihre Entscheidung. Wenn sie so glücklich ist …«

Nachdenklich musterte ich Daria. Natürlich hatte ich mir

als Kind ein Bild von der Großmutter gemacht, die nie zu uns kam. Durch Moms Ablehnung hatte sie in meiner Vorstellung die Gestalt einer bösen Hexe angenommen, eine fiese Märchen-Stiefmutter, von der meine Mutter immer gemein behandelt worden war. Wieso hätte Mom sie sonst aus unserem Leben ausschließen sollen?

Doch nun saß eine Frau vor mir, die vor Lebenslust und Freundlichkeit nur so sprühte. Der Wind bauschte ihre Bluse und zauste ihre Haare. Sie wirkte, als ob sie im tiefen Einklang mit der Welt sei.

Ich hatte eine obercoole, magische Großmutter!

»Hast du all die Jahre hier gewohnt?«

Sie schmunzelte. »Nein. Nur Frau Soma wohnt hier. Daria ist immer unterwegs. In der ganzen Welt, wo immer man meine Dienste braucht.«

Ich starrte sie mit offenem Mund an. »Du hast die ganze Welt bereist?«

Sie nickte. »Von Tibet bis Sri Lanka, Chicago, Moskau, Berlin und Kapstadt.« Sie runzelte die Stirn. »Ich weiß gar nicht, ob es ein Land gibt, in dem ich noch nicht war.«

»Und … also, was machst du?«

»Was meinst du?«

»Als städtische Büchereiangestellte wird man, soweit ich weiß, nicht um den Globus geschickt. Und das Gehalt … Ist das echt ein so guter Job?«

Daria brach in schallendes Gelächter aus. Sie schüttelte sich regelrecht vor Lachen, und die anderen Gäste sahen neugierig zu uns rüber.

»Entschuldige bitte«, stammelte ich. »Ich bin bisher noch nicht sehr weit herumgekommen.«

Sie winkte ab. »Ach, Julie, alles gut. Es ist mein Fehler. Ich hatte vergessen, dass Caroline die Magie völlig von dir ferngehalten hat.«

»Die Magie?« Was hatte denn die Magie mit ihren Weltreisen zu tun?

»Ich – und du –, wir sind Schmuckmagier. Das ist unser Job.«

»Unser Job?« Vermutlich sah ich ungefähr so intelligent aus wie ein Regenwurm am Sonntag.

Daria zog meine Hand zu sich und betrachtete den Ring. »Die Menschen haben Wünsche. Für manche ihrer Träume können sie selbst arbeiten, aber einige, wie Gesundheit, Mut und Stärke, vielleicht auch die nötige Portion Glück … Da hilft Wünschen allein nicht.«

Meine Augen wurden immer größer, als ich begriff, was sie meinte: Die Leute bezahlten Schmuckmagier, damit sie ihre Träume wahr werden ließen!

»Du reist durch die Welt und hilfst Menschen mit der Schmuckmagie.« Mit offenem Mund starrte ich sie an. Ich sah mich schon von Tibet über Hawaii bis nach Moskau jetten.

»Es ist wirklich wunderbar«, fuhr sie fort. »Menschen zu helfen …« Sie lehnte sich zurück und betrachtete mich. »Aber mein Wunsch ging nicht Erfüllung, denn meine Tochter wollte dieses magische Leben nicht.« Sie machte eine Pause, und ihr Blick lag forschend auf mir. »Und du, Julie? Was ist mit dir? Folgst du mir in das Reich der Wunschmagie?«

Vermutlich klingt das jetzt blöde und abgedroschen, doch in diesem Moment wurde alles um mich herum ausgeblendet, selbst Daria nahm ich gar nicht mehr wahr.

Was ist mit dir?

Ein Leben, das mich durch die ganze Welt führte? Eine Begabung, mit der ich Menschen helfen konnte, glücklich zu werden?

Ich sah mich, wie ich in den Anden ein Armband flocht und einem blinden Mädchen damit half, die Welt in bunten Farben zu sehen. Wie ich in Tokio einem jungen Mann einen Schlüsselanhänger fertigte, damit er seinen Traumjob bekam. Oder wie ich einer Frau durch ein Amulett die Angst vor dem Fliegen nahm, damit sie ihre Tochter in Übersee besuchen konnte.

Ja! Unbedingt!

Ich wollte Menschen durch magischen Schmuck helfen.

Meine Welt brandete mit einem Knall wieder auf mich ein, die Möwen, die Wellen, das Tellerklappern aus dem *Lorenzo*, Daria, die mich abwartend ansah.

Und Noah.

»Hey, Julie, tut mir leid, dass ich mich verspätet habe.«

Entsetzt starrte ich ihn an. Wie viel hatte er von unserem Gespräch gehört?

5

»Noah!« Natürlich! Ich hatte ihm gesagt, ich würde im *Lorenzo* sein. Mit einer völlig übertriebenen Geste sprang ich auf, und mein Stuhl krachte scheppernd zu Boden.

»Wie schön, dass du da bist!« Ich umarmte ihn umständlich. (Gott! Julie! Bleib locker!) Wenigstens mein Ring verhielt sich normal und schickte ein angenehmes Kribbeln durch meinen Arm.

»Ist alles in Ordnung bei dir?«, fragte Noah, und ich hörte den argwöhnischen Unterton ganz deutlich heraus.

»Sicher! Ich hab nur … also, das ist total irre, weißt du … weil –«

»Weil du Frau Soma getroffen hast?« Sein Tonfall sagte alles. Es war *nicht* total irre, die Angestellte der örtlichen Bücherei zu treffen.

Perplex sah ich ihn an. Ich konnte ihm nicht sagen, dass Frau Soma meine vermisste Großmutter war! Dass sie, ebenso wie ich, Schmuckmagie beherrschte. »Ähm …«, sagte ich also stattdessen.

Daria schaltete sich ein. »Hallo, Noah. Nett dich mal wiederzusehen.«

»Tag.« Er schüttelte ihr die Hand und warf mir einen fragenden Blick zu.

»Irre, oder?«, stammelte ich.

»Absolut. Unsere Büchereidame. Hier im *Lorenzo*!«

Ich grinste und hoffte, dass ich das alles nur träumte und Noah mich nicht für völlig meschugge hielt.

Vorsichtshalber kniff ich mich in den Arm. Es tat ziemlich weh, leider änderte es nichts an meiner Situation. Kein Traum also. »Wir … also … wir haben uns durch Zufall getroffen«, murmelte ich verlegen.

»Ich weiß, dass du eine Leseratte bist.« Noah gab mir einen Kuss auf die Stirn. »Und dass dich und Frau Soma eine große Schmuckleidenschaft verbindet.« Dann flüsterte er mir ins Ohr. »Aber wäre es nicht doch aufregender, mit mir abzuhängen?«

Sofort lief ich knallrot an. Verlegen schielte ich zu Daria.

»Schon gut, ihr zwei. Geht ihr mal auf euer Date. Ich habe auch noch eins. Mit einem Buch.« Lächelnd stand sie auf.

Ihr Blick traf den meinen, und kaum merklich schüttelte Daria den Kopf. Alles klar: Sie wollte nicht, dass Noah von unserer familiären Beziehung erfuhr.

Na wunderbar. Nun hatte ich ein zweites Geheimnis vor der Liebe meines Lebens.

»Es war wirklich nett, mit dir zu plaudern«, fuhr Daria fort.

»Die Schokolade geht auf mich.« Sie nahm ihre Tasche und reichte mir eine Visitenkarte. »Besuch mich doch mal. Dann können wir weiter über Schmuck fachsimpeln.« Sie umarmte mich und flüsterte: »Sag deiner Mutter nichts. Du weißt, wie sie reagieren würde.«

»Ja. Das wäre schön«, antwortete ich und nickte, um ihr zu zeigen, dass ich Mom natürlich nichts erzählen würde. (Hey, gibt es irgendwo Bonuspunkte für die größte Geheimnis-Sammlung?)

»Bis bald, Julie.«

Eigentlich wollte ich nicht, dass sie ging, denn ich konnte es noch immer nicht fassen, meine Großmutter bei mir zu haben. Und ich hatte so viele Fragen. Aber die mussten wohl warten. (Warten. Eine meiner Stärken!)

Befremdet schielte Noah auf die Visitenkarte, die ich deshalb schnell in meiner Tasche verschwinden ließ.

»Wollen wir zum Strandkorb?«, fragte ich ihn.

»Nein. Ich wollte dir was zeigen. Am Bandhaus.«

»Einen neuen Song?« Hatte er mir ein Lied geschrieben? Ich würde tot umfallen, wenn er es mir vorsang!

»Lass dich überraschen«, meinte er und gab mir einen Kuss.

Ich bezweifelte, dass irgendetwas mich noch mehr überraschen konnte als die Enthüllung, dass Frau Soma meine Großmutter war.

Hand in Hand fuhren wir zum ausgedienten Bootshaus der Seenotrettung.

»Wie findest du Frau Soma?«, fragte ich beiläufig, als wir auf dem Dünenweg waren.

»Die ist irgendwie ziemlich schräg, findest du nicht? Was wollte sie denn von dir?«

»Och, es ging nur um Schmuck.«

»Ihr zwei seid davon besessen, oder?«

»Besessen.« Ich lachte gezwungen. »Das kommt irgendwie nah dran.«

»Dabei brauchst du gar keinen Schmuck. Du bist das Schönste, was ich je gesehen habe.«

»Du Charmeur!« Verliebt zwinkerte ich ihm zu, und wir bogen zum Bootsschuppen ab.

Das verwitterte Holzhaus diente inzwischen als Jugendtreff und Proberaum für Bands. Es war mit gespendeten Secondhandmöbeln eingerichtet, und inzwischen gab es sogar eine Teeküche.

Normalerweise lungerten hier am späten Nachmittag immer Bandleute rum oder Pärchen, die es sich gemütlich machen wollten. Doch heute war noch niemand da, was ich seltsam fand. (Dieser Tag verdiente eindeutig einen Super-Seltsam-Sticker.)

Kaum angekommen, sprang Noah vom Rad. »Warte hier! Nicht bewegen!« Er rannte zum Schuppen und öffnete die Torflügel. Licht fiel aus dem Inneren auf den Sand.

»Was wird denn das?« Neugierig tat ich einen verstohlenen Schritt vorwärts.

Da schob sich Noah vor mich, bot mir seinen Arm, und ich hakte mich ein. Leise Musik spielte. (Er war sooo romantisch!)

»Miss Julie, es ist mir eine Ehre«, sagte er und führte mich in das Bandhaus.

Mir blieb die Luft weg, als ich sah, was er dort aufgebaut hatte. »Noah! Das ist wundervoll!«

Ein Meer aus Kerzen erleuchtete einen festlich gedeckten Tisch, Lampions baumelten von der Decke, und ein riesiger Strauß Rosen wartete auf mich. Noah rückte einen Stuhl von der Tafel und forderte mich auf, mich zu setzen. »Komm und lass uns feiern.«

»Feiern?« Ich nahm Platz und sah ihn fragend an. Was hatte ich denn nun wieder verpasst?

»Weißt du, welcher Tag heute ist?« Er setze sich mir gegenüber und strahlte mich an. Der Ring an meinem Finger kribbelte, und mein Herz raste vor Verliebtheit.

»Um ehrlich zu sein: Nein«, bekannte ich beschämt. »Was feiern wir denn?«

»Unsere Liebe!«

Ich wurde blass. Hatte ich etwa unser Jubiläum vergessen? Nein. Niemals hätte ich den Jubiläumstag versäumt, an dem er mich zum ersten Mal geküsst hatte. Dieser Tag würde *übernächste* Woche zwei Monate her sein.

Er stupste mich amüsiert auf die Nase. »Ich hab dich vor drei Monaten zum ersten Mal gesehen.«

Leicht verdattert sah ich ihn an. Er wusste das Datum, an dem er mich das allererste Mal bemerkt hatte. Wie romantisch war das denn? (Gesehen hatte er mich sicher schon oft, wir besuchten ja dieselbe Schule. Aber ich war ein unentschlossenes graues Mäuschen gewesen.)

Vor ungefähr einem Jahr hatte ich Noah das erste Mal gesehen. Er ist alles andere als ein grauer Mäuserich mit seinem coolen Look und den Auftritten mit den *Drunken Seagulls*. (Na klar hab ich mir diesen Tag gemerkt! Die betreffende Seite meines Planers ist leider verklebt. Zu viel Herzchen-Sticker.) Aber niemals hätte ich ihm von diesem Tag erzählt. Es war mir doch irgendwie peinlich, dass ich ihn so lange heimlich angehimmelt hatte.

Ich fühlte mich schlecht, weil er (mal wieder) viel Arbeit in eine Überraschung für mich gesteckt hatte, und ich mit leeren Händen dasaß. Mich noch nicht mal traute, ihm zu sagen, wie lange ich ihn schon liebte.

»Daran erinnerst du dich?«

»Natürlich.« Seine Augen strahlten, und ich schwebte. »Du warst strahlend schön. Und so ganz anders als die anderen Mädels. Ganz besonders.«

Autsch! War das etwa der Tag gewesen, als ich das erste Mal magischen Schmuck getragen hatte? Schnell spülte ich den Schreck mit einem großen Schluck herunter. Konnte er sich noch daran erinnern? Nein. Alle, die mich mit den Sternenohrringen gesehen hatte, waren danach von Amnesie befallen worden.

»Wow«, stotterte ich. »Du bist wirklich … auch ganz, ganz besonders.« (Himmel, Julie! Noch blöder kann man ja wohl nicht auf so eine Liebeserklärung reagieren!)

Doch Noah lächelte nur. »Zur Feier des Tages habe ich gebacken!«

»Gebacken?« Erst jetzt bemerkte ich den herzförmigen Kuchen auf dem Tisch. Die rote Glasur war mit weißen Schokoladenherzchen übersät.

»Das ist *keine* Backmischung!«, flüsterte er. »Ich hoffe, man kann ihn essen.«

»Du bist der Beste!« Ich beugte mich zu ihm über den Tisch, und wir küssten uns. Er hatte für mich gebacken!

Für den Jubiläumstag des Erstes-Mal-Sehen einen derart romantischen Abend zu arrangieren … Ich war so verliebt in ihn, dass es fast schon weh tat.

»Ach nee, die Turteltäubchen vom Dienst«, johlte es plötzlich hinter mir. Alarmiert fuhr ich herum. Chrissy! Wer sonst!

»Was machst du denn hier?«, fauchte ich sie an.

»Bandprobe?« Sie warf ihre blau gefärbten Haare über die Schulter und sah Noah herausfordernd an. Wie immer trug sie Klamotten, die ihr viel zu klein waren und an unmöglichen Stellen verrutscht, so dass man mehr zu sehen bekam, als man wollte. Oder in Noahs Fall: sollte.

Einst war Chrissy meine beste Freundin gewesen. Heute konnte ich diese Tatsache absolut nicht mehr nachvollziehen. Wie hatten wir je unsere intimsten Gedanken teilen können? Sie war eine falsche Schlange!

In Pumps und Minirock stakste sie nun zu unserem Tisch und zupfte eine Rose aus der Vase. »Oh! Wie süüüß!«

Hilfesuchend sah ich zu Noah. Warum sagte er nichts, sondern kaute nur nervös an einem Fingernagel? Er schien einen Anflug von Panik zu haben.

»Seit wann ist das hier euer Liebesnest?«, meinte Chrissy abwertend.

Noah räusperte sich. »Hast du meine Nachricht nicht bekommen?«

Sie nahm das Messer vom Tisch und schnitt *meinen* Kuchen an. (Ich hasse sie.) »Hast du denn *meine* bekommen?«, fragte sie schnippisch zurück und warf ihm einen vielsagenden Blick zu. Noah wusste anscheinend, worauf sie anspielte, denn er wurde rot.

Entsetzt starrte ich von einem zum anderen, dann auf den Ring. Tu doch was, flehte ich ihn in Gedanken an. Dein Job ist es, uns diese Giftnatter vom Hals zu halten!

»Siehste.« Sie stopfte sich Kuchen in den Mund. »Solange du uns ignorierst, ignoriere ich dich auch.« Mit diesen Worten zog sie einen Hocker heran und setzte sich.

Angespannt sah Noah zu mir. »Es tut mir leid. Es gab hier ein … Missverständnis.«

Missverständnis? In der Tat! Ich hoffte sehr, dass es eins war. »Alles okay«, flötete ich übertrieben gutgelaunt und stand auf. Besonders sexy, mit schwingenden Hüften, ging ich zu ihm. Leider geriet ich kurz ins Stolpern, als sich meine Sandale in einem Kabel verfing.

Ich legte die Arme um seine Schultern, schmiegte mich an ihn. Giftig sah ich zu Chrissy hinüber, die mich amüsiert musterte. »Wir haben so oder so einen schönen Abend.«

»Fein. Dann bleibt doch.« Herausfordernd sah Chrissy ihn an.

Ich bemerkte, wie sein Atem stockte und er sich verkrampfte. Warum reagierte er so entsetzt auf die Vorstellung, bei der Bandprobe mitzumachen?

Gab es etwa einen Grund, warum Noah mich nicht mehr zu den Bandtreffen mitnahm?

Auf einmal begann der Ring zu glühen.

»Schon gut, Chrissy. Lass es.« Noah nahm die Rosen aus der Vase und zog mich mit sich. »Heute ist ein besonderer Tag. Den werd ich mit Julie verbringen. Sag den Jungs einen Gruß. Ihr könnt gerne den Kuchen aufessen. Wir sehen uns.«

»Ich hoffe, du weißt, was du tust«, murmelte Chrissy und warf mir einen zickigen Blick zu.

Ich beschränkte mich auf eine hämische Grimasse als Antwort, während ich innerlich einen heißen Freudentanz aufführte.

»Was war das mit Chrissy?« Ich trat in die Pedale, um zu Noah aufzuschließen. »Hängt sie immer bei euch rum? Voll nervig, oder?«

Er schwieg. Doch ich ließ nicht locker.

»Ich weiß, was dir die Band bedeutet. Es ist irgendwie schade, dass du die Probe ausfallen lässt. Aber was du für unser Jubiläum vorbereitet hast – das war so wunderbar von dir.« Ich strecke meine Hand nach seiner aus. »Ich liebe dich, Noah.«

Endlich sah er zu mir. »Ich liebe dich mehr, als ich sagen kann, Julie. Du bist mein Leben.« Er nahm meine Hand, und so fuhren wir zusammen durch die Dämmerung. Ich platzte vor Glück. Chrissy konnte sich gerne an dem Kuchen fett fressen. Ich ertrank lieber in purem Liebesglück.

Der Himmel färbte sich violett, und die ersten Sterne funkelten zu uns herab. Ich hätte mit Noah bis ans Ende der Welt fahren können.

»Ich bring dich besser nach Hause, Julie«, meinte er plötzlich, und wir verließen den Dünenweg und bogen in die verwinkelten Straßen der Fischersiedlung ein. (Plopp! Da war sie weg, meine rosa Seifenblase.)

»Was? Warum?«, protestierte ich, doch Noah ließ meine Hand los und fuhr schneller.

Sauer folgte ich ihm.

Keine zehn Minuten später erreichten wir unser Haus und hielten vor der Gartenpforte, die noch immer mit den romantischen Lichtern von meiner Geburtstagsfeier geschmückt war.

»Gute Nacht, Julie.« Er reichte mir die Rosen, die er auf dem Gepäckträger geklemmt hatte. Ihre Pracht hatte etwas gelitten, aber sie dufteten noch immer herrlich.

»O nein! So kommst du mir nicht davon.« Ich zog ihn in unseren Garten. »Wir werden diesen besonderen Tag nicht derart unromantisch enden lassen.«

»Julie – ich …«

»Nein, Noah. Ich lasse nicht zu, dass Chrissy uns den Abend völlig ruiniert.«

Aus dem Wohnzimmer fiel Licht auf die Terrasse. Sicher zappten sich meine Eltern gerade durch das langweilige Fernsehprogramm.

»Ich hatte es anders geplant«, murmelte er enttäuscht, als ich ihn zur Hollywoodschaukel führte.

»Ich weiß. Aber hier ist es auch romantisch.«

Wir kuschelten uns in die Schaukel, und Noah versetzte sie in Schwung. Lange sahen wir uns an, ohne ein Wort zu sagen. Das brauchten wir gar nicht.

Ich fühlte mich, als würde ich schweben.

Und als er mich an sich zog und küsste, begann ich zu fliegen.

6

Nachdem Noah gegangen war, schwebte ich hinauf in mein Zimmer und warf mich aufs Bett. An meinem Shirt haftete noch sein Geruch. Ich sog den Duft ein und war selig.

Noch immer spürte ich Noahs Lippen auf meinen. Und da war es wieder, das Honigkuchenpferdgrinsen.

»Julie?«, hörte ich meinen Vater rufen. »Wir haben auf dich gewartet!«

Bam! Meine romantische, duftige Wolke platzte. Das Honigkuchenpferdgrinsen galoppierte erschreckt davon.

Leise vor mich hin fluchend rollte ich mich vom Bett. Es war schon nach neun. Seit wann wartete meine Familie an einem Freitagabend auf mich? Das konnte nur bedeuten, dass Paps wieder auf Kreuzzug war.

»Ich hab keinen Hunger!«, brüllte ich nach unten.

»Komm bitte zu uns«, kam die Antwort.

Seufzend trabte ich hinunter. Auf ein Familientreffen hatte ich so null Komma gar keine Lust. Ich wollte mich in Noahs Duft einrollen und über meine Zukunft als Schmuckmagierin phantasieren. (Vielleicht auch endlich einen Zauber finden, der Chrissy auf den Mond schoss.) Aber sicher nicht mit meiner Familie am Tisch sitzen.

Es hatte Zeiten gegeben, in denen ich diese Stunde des gemeinsamen Essens wirklich genossen hatte. Damals war ich ein kleines Schulkind und mein Bruder Mike noch normal. Kein muffeliger Handy-Junkie, der jeglichen Kontakt zu atmenden Wesen vermied.

In der Küche saß Mike überraschenderweise schon auf seinem Platz. (Hatte Paps ihn hergetragen?) Wie immer starrte mein Bruder auf sein Smartphone. Vermutlich war es an seiner Hand festgewachsen. Paps hantierte mit einem Topf, aus dem er dampfendes Wasser abgoss.

»Was gibt es denn?«, fragte ich desinteressiert.

»Spaghetti!«, rief er begeistert. Anscheinend erwartete er, dass diese Tatsache bei Mike und mir Jubelschreie auslösen würde. Zugegeben: Als wir noch sechs und acht Jahre alt gewesen waren, hatten wir tatsächlich gejubelt.

Mein Blick glitt zu Mike, doch der war irgendwo in den Weiten des Internets unterwegs.

»Mit meiner Spezialsoße.« Paps strahlte.

»Yeah«, murmelte ich, um ihn nicht total im Regen stehen zu lassen.

Mir war klar, dass das mal wieder ein Versuch war, unsere Familie zu kitten. Viel Glück, Paps. Den Akku aus Mikes Handy zu entfernen, wäre wahrscheinlich effektiver gewesen.

Den eigentlichen Riss – den konnte die beste Pasta nicht kitten: Moms Lüge über unsere Familie. Nachdem Daria mir den Kasten mit den magischen Schmucksteinen geschickt hatte, hatte meine Mutter weiter alles geleugnet. Sie bestritt die Existenz der Schmuckmagie und verbot mir, die Julie zu sein, die ich sein konnte – und wollte.

Deshalb waren wir derart zerstritten, dass wir uns seit fast zwei Monaten außer Guten-Morgen-Floskeln nichts mehr zu sagen hatten.

»Setz dich, Julie. Caroline? Kommst du bitte auch?«, rief Paps Richtung Wohnzimmer.

Augenrollend nahm ich Platz und versuchte, Interesse an Mikes Online-Game zu heucheln.

»Ach, ist es nicht herrlich! Endlich mal wieder alle an einem Tisch!«

Ich schenkte Paps ein mitleidiges Lächeln. »Ja, super.«

Aus dem Wohnzimmer kam meine Mom herübergetippelt. Sie hatte sich in einen schwarzen Stoff gewickelt, der mit großen rosa Blüten bedruckt war.

»Ist das ein Kimono?«, fragte ich verdattert. Ihre Füße steckten in Holzpantoffeln, die laut auf den Küchenfliesen klapperten. Mit einem Bleistift hatte sie ihre Haare hochgesteckt, und in den Armen trug sie mehrere Rollen hauchdünnen Papiers.

Sie lehnte sie an einen Küchenschrank, doch sie fielen immer wieder um.

»Kann ich dir helfen, Schatz?« Schon war Paps in bekleckerter Schürze bei ihr.

»Bleib bloß weg mit deiner roten Soße!«, wehrte sie ihn ab. »Ich habe ernsthaft geglaubt, wenn Kunden sagen *Wir hätten es irgendwie gerne japanisch*, hätte ich es leicht.«

Mom war Innenarchitektin. Und um ihren Kunden ein konkretes Bild ihres zukünftigen Heims zu vermitteln, dekorierte sie unseres immer entsprechend, um es *erlebbar* zu machen, wie sie sagte.

Sie setzte sich und schaffte es, mich keines Blickes zu würdigen. Stattdessen sah sie stoisch zum Fenster hinaus.

»Ich hab schon bemerkt, dass es dir diesmal nicht so leicht von der Hand geht. Deshalb extra für dich. Zum eingrooven.« Paps präsentierte ihr eine japanische Essschüssel, in die er Nudeln gestopft hatte. Stäbchen steckten senkrecht darin.

»Nicht doch!« Mom riss die Essstäbchen heraus. »Das bringt Unglück!«

»Siehst du. Wirkt schon. Du groovst dich in die Kultur ein.« Dann schnappte er sich meinen Teller.

Sie seufzte und versuchte, die von der Soße glitschigen Nudeln mit den Stäbchen zu fassen.

»Vielleicht kann dir Julie ja auch helfen. Sie hat doch das Deko-Händchen von dir geerbt.«

Vor Schreck schnippten mir prompt die Stäbchen aus der Hand und fielen scheppernd in den Teller. Soße spritzte – natürlich auf Mikes Handy.

»Tschuldigung«, murmelte ich, doch Mike rührte sich gar nicht.

Gespannt warteten wir drei auf eine Reaktion von ihm, doch die blieb aus. Er starrte weiter wie hypnotisiert auf das Display.

»Also …« Paps räusperte sich. »Das Wochenende steht vor der Tür, und ich habe mir überlegt, dass wir zusammen einen Ausflug machen werden.«

Mein Blick flog zu Mom, die kurz die Augen schloss und durchatmete.

»Es wird ein phantastisches Sommerwochenende, und ich dachte, wir könnten mal wieder ein Boot mieten und zu einer der Inseln rausfahren.«

»Also, das mit Japan, das eilt«, warf Mom prompt ein.

»Ich hab auch schon was anderes vor«, meinte ich.

Paps musterte uns beide mit einem Lächeln. »Nun gut. Dann seid ihr euch ja schon mal einig, dass ihr eigentlich keine Zeit für einen Ausflug habt.«

Mom und ich warfen uns einen genervten Blick zu. Uns beiden war klar, worauf Paps hinauswollte. Keine Chance! Allein die Vorstellung, das Wochenende mit Mom auf einem Boot zu verbringen, ließ schrille, kreischende Geigen durch meine Gedanken gellen, gefolgt von panischen Angstschreien.

»Ich bestehe aber auf ein Familienwochenende. Wir alle. Zusammen.« Er patschte sich eine weitere Kelle Spezialsoße auf seine Nudeln.

Die Geigen kreischten noch schriller.

»Ich stecke fest«, meinte Mom, der die Nudeln immer wieder von den Stäbchen rutschten. »Deshalb werde ich das ganze Wochenende brauchen. Vermutlich muss ich auch noch mal zum Designmarkt. Aber mach doch allein mit den Kindern den Ausflug.«

Plötzlich meldete sich Mike zu Wort. (Na ja, *zu Wort melden* ist übertrieben.) »Mmh-uff«, grummelte er, zog den Ärmel seines schmutzgrauen Hoodys über die Hand und wischte meinen Soßenspritzer vom Display.

Wir starrten ihn gespannt an, doch außer einem Piepen seines Handys gab es kein weiteres Lebenszeichen von ihm.

»Wir fahren alle. Ohne Handys«, verkündete Paps.

»Nein! Wirklich, ich kann nicht. Ich hab doch schon Noah zugesagt.« Ich versuchte, Paps mit dem Ich-bin-deine-kleine-Prinzessin-Augenaufschlag umzustimmen. Blöderweise wollte er sich heute jedoch nicht bezirzen lassen.

»Japan und Freunde können mal Pause machen.«

War ja klar! Trotzig lehnte ich mich zurück. Ausgerechnet dieses Wochenende! Ich wollte doch zu Daria!

»Caroline?« Auffordernd blickte er Mom an.

»Julie ist verabredet, ich habe Arbeit bis Oberkante Unterlippe – können wir deinen tollen Familientag nicht verschieben?«

»Was?« Paps fiel die Kelle aus der Hand, und die Soße spritzte zielsicher auf das Display von Mikes Phone.

Paps seufzte, Mom wandte sich ab, und ich fixierte Mikes Augen, doch da war kein Hinweis, dass er irgendetwas von seiner Umwelt registrierte.

»Wann haben wir uns in diese schreckliche Familie verwandelt?« Hoffnungslos sackte Paps auf seinen Stuhl.

Prompt bekam ich ein schlechtes Gewissen. Er hatte ja recht. Unsere Familie fiel auseinander.

Aber wer war daran schuld?

Ich starrte zu Mom. Sie wusste, dass ich sie ansah, doch sie schaute weiter zum Fenster hinaus.

Da meldete sich Mike zu Wort. »Hmmpf!«, schnaufte er genervt. »Mmh-uff.« Grummelnd wischte er mit dem Ärmel erneut sein heiliges Smartphone sauber.

»Im Ernst?«, pampte ich ihn an. »Mehr hast du nicht dazu zu sagen?«

Immerhin reagierte er – indem er mir die Schulter zudrehte.

Mom stand auf. »Ich muss mich um die Wände kümmern.« Damit schnappte sie sich ihre Papierrollen und tippelte zurück ins Wohnzimmer.

Ihr Pantinen-Klappern erreichte Mikes Synapsen. In Zeitlupe nahm er seinen Teller – ohne das Handy aus den Augen zu lassen – und trottete damit die Treppe hoch in sein Zimmer. Vermutlich hatte er auf dem Display eine Navi-App laufen, denn er rempelte nirgendwo gegen, obwohl er keine Sekunde vom Handy aufsah.

Fassungslos starrte Paps auf die leeren Stühle. »Was ist nur mit dieser Familie los!«

Ich stand auf und gab ihm einen Kuss auf die Wange. »Ich hab dich lieb, Paps. Aber ich bin sechzehn – und verliebt. Du wärst auch nicht mit Oma und Opa auf 'nen Segeltörn gegangen, oder?«

»Ja, na sicher.« Lustlos stocherte er in seinen Nudeln. »Ich versteh dich ja. Aber deine Mom ... Irgendwas stimmt nicht mit ihr. Ich hatte die Hoffnung, ein wenig Familienspaß hilft ihr vielleicht.«

Tja. Wohl wahr, dachte ich. Aber was konnte ich ihm schon sagen? Es war definitiv Moms Job, ihm beizubringen, dass sie eine Hexe war. Eine Schmuckmagierin, die die Zauberei – und damit ihre Mutter *und ihre Tochter* – aus ihrem Leben verbannt hatte.

»Vielleicht macht ihr euch besser einen schönen Abend zu zweit?«

Sein Blick war zum Steinerweichen. »Schon gut, Julie. Willst du das Essen auch mit aufs Zimmer nehmen?«

Mein erster Impuls war, mir tatsächlich den Teller zu schnappen, doch ich schüttelte den Kopf. »Ich ess mit dir, Paps.«

Allerdings schaufelte ich mir die Nudeln regelrecht rein, denn seine Anekdoten aus dem Stadtplanungsbüro waren, höflich gesagt, sterbenslangweilig.

»Und du und Noah?« Er bedachte mich mit diesem Hundewelpen-sind-so-niedlich-Lächeln. »Ihr seid ganz schön dolle verliebt, hm?«

»Paps!«

»Julie?«

»Ich spreche mir dir nicht übers Verliebtsein!«

Etwas beleidigt rührte er in seinen Nudeln. »Ich bin dein Vater. Ich hab dir die Windeln gewechselt. Du darfst mir schon erzählen, wie supersüß dein Freund ist.«

Ich aß noch schneller. »Duw haft ihn jaw gefehen«, nuschelte ich mit vollem Mund.

»Und? Was liebst du am meisten an ihm?« Forschend sah er mich an.

Wie ein in der Speisekammer ertappter Hamster saß ich mit vollgestopften Backen da und starrte ihn an. »Liewst?«

»Ich hab mich damals in Mom verliebt, weil sie die Dinge verändern kann.« Er bekam einen verträumten Blick. »Während ich auf meinem Tisch nur Blaupausen von Ideen zur Umgestaltung habe, erschafft deine Mom jeden Tag einen neuen Kosmos. Sie ist eine Zauberin.«

Zauberin? Ich verschluckte mich, musste husten, meine Hamsterbacken platzten fast, doch irgendwie konnte ich den Nudelknödel hinunterwürgen und schnappte röchelnd nach Luft. *Zauberin!*

Paps hatte meine Nahtoderfahrung gar nicht mitbekommen, er träumte von seiner Design-Magierin. »Weißt du, was ich meine?«

»Nee. Keine Ahnung, Paps. Sorry. Muss noch was für die Schule machen.« Fluchtartig verließ ich die Küche.

In meinem Zimmer atmete ich durch.

Mein Vater hatte nicht den leisesten Schimmer, wie nah er mit seiner romantischen Schwärmerei über Moms magische Fähigkeiten an ihrem Geheimnis dran war.

Zauberin.

Hatte Mom etwa noch mit Magie gearbeitet, als die beiden sich kennenlernten? Ob mir meine Großmutter diese Frage beantworten konnte?

Ich fummelte Darias Visitenkarte aus der Hosentasche.

Das Papier war fest und hatte einen edlen Grauton. Ihr Name war in Weiß eingeprägt. Mehr stand nicht darauf. Wozu hat man eine Visitenkarte, auf der keine Kontaktdaten stehen? Für mich hatte sie handschriftlich ihre Handynummer und Adresse darauf vermerkt: *Am Dünenkamm.* Das musste eine der Straßen bei den Luxus-Ferienhäusern sein.

Ich übertrug ihre Nummer ins Handy und checkte meine Nachrichten, aber weder Noah noch Merle hatten sich gemeldet.

Vom Nachttisch schnappte ich mir meinen Planer, in dem ich wichtige Sachen und To-dos notierte. (Seit meinem ersten Kuss hatte ich allerdings keine Liste mehr angelegt.)

Ich legte die Karte hinein und ließ ihn in meine Tasche gleiten, denn wenn Daria mich unterrichtete, wollte ich mir Notizen machen.

Merle würde mir sicher nicht glauben, dass Frau Soma meine Großmutter war. All die Jahre war Daria hier gewesen. Wir hatten uns unterhalten und über Schmuck und Bücher gequatscht. Nie hatte sie eine Andeutung gemacht. Warum hatte sie so lange gewartet?

Sie hatte mich gefragt, ob ich mir ein Leben als Schmuckmagierin vorstellen konnte … Aber so was von!

Grinsend zog ich das Zauberbuch hervor und strich liebevoll über den Einband. Ich würde Wünsche erfüllen!

Es ging wirklich über meine Vorstellungskraft hinaus, wieso Mom diese Fähigkeit abgelehnt hatte. Gab es etwas Phantastischeres? Die ganze Welt bereisen, Menschen helfen, Gutes tun.

Vor ein paar Monaten hatte ich beschlossen, dass mein Leben sich mit meinem sechzehnten Geburtstag ändern müsse. Ich hatte es so sattgehabt, immer nur ein stiller Zuschauer zu sein, der nie die Chance auf ein bisschen Glück erhielt.

Und nun?

Nun hatte ich nicht nur die Liebe meines Lebens an meiner Seite. Mir wurde ein ganz besonderes Talent zuteil, und endlich konnte ich es wirklich nutzen. Von nun an würde ich wunschlos glücklich sein!

Mit einem breiten Honigkuchenpferdgrinsen schlief ich ein.

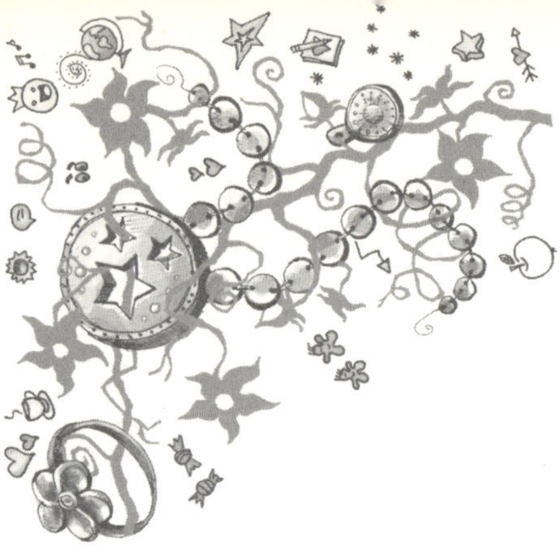

7

Paps behielt mit dem Wetter recht. Der Samstagmorgen war in strahlendes Sommerlicht getaucht, der Himmel wolkenlos, und eine laue Brise wehte vom Meer her.

Die Schulsachen schob ich weit unters Bett. Es war Wochenende! Keinesfalls wollte ich es mir von Napoleon und irgendwelchen Reaktionsgeschwindigkeiten vermiesen lassen.

Voller Ungeduld textete ich Merle, dass ich in zehn Minuten bei ihr sein würde, packte das Sportlichkeitskettchen ein und schwang mich aufs Rad. Mir war klar, dass es noch etwas früh war (für Merle), doch ich hielt es nicht mehr aus.

Ich musste ihr erzählen, dass ich eine Großmutter hatte. Und eine Magie-Lehrerin!

Völlig zerzaust öffnete Merle mir die Tür, noch bevor ich klingeln konnte. Sie trug einen mit Einhörnern bedruckten Pyjama, dessen Ärmel zu lang waren.

»Hast du ein Glück, dass ich gleich neben meinem Handy schlafe«, grummelte sie mich an.

»Dir auch einen guten Morgen. Ich hab Schoko-Croissants.« Sie waren noch warm – frisch vom Bäcker um die Ecke – und verströmten einen herrlichen Duft. Morgenmuffel Merle ließ sich mit Schokolade immer bestechen.

Schlaftrunken zupfte sie mir die Tüte aus der Hand. »Komm rein. Aber leise. Meine Eltern schlafen noch.«

Ich schlüpfte aus den Schuhen und folgte ihr in ihr Zimmer.

»Wie kannst du nur schon so früh wach sein«, brummelte sie gähnend. »Hast du wieder Zoff mit deiner Mom?«

»Nimm erst mal eins von denen«, antwortete ich und deutete auf die Tüte in ihrer Hand.

»Wo kommt die denn her?« Verwundert sah sie die Bäckertüte an.

Seufzend beugte ich mich zu ihr und riss das Papier etwas auf. Der Duft der frischen Schoko-Croissants stieg ihr in die Nase – und direkt ins Hirn.

»Oh! Du bist die Beste!«, gluckste sie, nahm eines und biss herzhaft hinein. »Noch warm.« Sie warf mir ein Küsschen zu. (Na bitte: Schokolade weckt Merle. Immer.)

Zufrieden ließ ich mich in den riesigen Kissenberg fallen, der vom Bett gerutscht war, und musterte ihre kuschelige Wohnhöhle.

Merle hatte Zimmerdecke und Wände mit Stoffen abgehängt, so dass man sich fühlte wie in einem Himmelbett. Dazu kam ihre Sammelleidenschaft für skurrile Dinge.

»Wir waren schon lange nicht mehr zusammen auf einem Flohmarkt«, stellte ich wehmütig fest, als ich die alten Fotos,

Kunstblumen, Figürchen, Scherenschnitte und Kerzenhalter, die sie aus irgendwelchen Ramschkisten gezogen hatte, betrachtete. Merle gab ein zustimmendes Geräusch von sich. Entweder weil sie meiner Meinung war, oder weil die Croissants so lecker waren.

Mitten im Seidentuchhimmel entdeckte ich die Fee auf dem Regenbogen-Einhorn. Die Spielfigur baumelte kopfüber zwischen zwei Tüchern von der Decke. »Deiner Fee wird übel.«

Merle winkte ab. »Ach was. Das ist ihr Angriff-Sturzflug auf mich. Das macht die jeden Morgen. Und dann bekomm ich die volle Ladung Glitzer ab.« Grinsend schüttelte sie ihre verwuschelten Locken. »Siehst du?« Schokocreme klebte ihr an der Nasenspitze.

»Sie zielt schlecht«, stellte ich fest und zog zweifelnd die Augenbrauen hoch.

Seufzend stand Merle auf. »Ja, ich überlege, sie mal zum Optiker zu schleppen. Ich hab das Gefühl, sie trifft *nie* richtig.«

Ich beobachtete, wie Merle auf den Flur schlurfte, um ins Bad zu gehen. Kaum war sie nebenan verschwunden, zog ich das Fußkettchen aus meiner Tasche. Wo konnte ich es deponieren, damit sie es auch fand? An ihrem Spiegel? Dort hingen unzählige Postkarten, die sie auf Flohmärkten erstanden hatte. Die meisten waren Schwarzweißaufnahmen. Es steckten auch zwei neue Bilder am Rahmen. Sie leuchteten blau-türkis, und schon bevor ich näher herangetreten war, wusste ich, was darauf war: Surfer.

Die Fotos waren vermutlich auf Hawaii aufgenommen, denn wir konnten hier weder mit dieser intensiven Farbe noch mit solch extremen Wellen aufwarten. Aber sie waren für Merle ein Symbol ihrer … ihrer … Ich brachte es nicht über mich, in Bezug auf Merle und Ben das Wort *Liebe* auch nur zu denken. Sie meinte es also ernst mit Ben. Ob sie sich gestern geküsst hatten? Nein … Merle hätte mich sicher sofort angerufen.

Ich gebe zu, ich *habe* nach Merles Kalender Ausschau gehalten – dass er allerdings aufgeschlagen direkt vor meiner Nase lag, damit hatte ich nicht gerechnet. Somit war ich regelrecht gezwungen, ihren Eintrag anzusehen.

Merle war ein richtiges Kreativtalent und verzierte die Blätter mit Stickern und Zeichnungen. Dadurch wurde der Planer ein Tagebuch, das ziemlich gut ihre Stimmungen und Erlebnisse darstellte. Der Tag gestern war mit Herzchen überfüllt. Herzchen, die surften. Herzchen, die sich knutschten. Herzchen, die ein Strichmännchen regelrecht überfielen und es zu Boden drückten.

Fast hätte ich einen doofen Kommentar zu ihr ins Bad gerufen, doch ich besann mich eines Besseren. Sie musste nicht wissen, dass ich ihren Planer gesehen hatte.

Das Kettchen hängte ich an einen Pin, mit dem eines der Surferbilder befestigt war.

Genervt von Merles *Zuneigung* zu Ben und mein blödes Bauchgefühl, das ich deshalb hatte, ließ ich mich wieder in den Kissenberg fallen. Sollte ich mich als beste Freundin nicht für sie freuen? Doch der Gedanke, dass die beiden gestern geknutscht haben könnten, machte mir Magenschmerzen.

Das Fußkettchen blitzte silbrig herüber, wie die Gischt, die auf dem Foto spritzte.

Als Merle aus dem Bad zurückkam, trug sie zwar noch immer ihren Einhorn-Pyjama, hatte aber ihre lila Brille auf und die Locken mit einem Haargummi gebändigt.

»Lust auf Kakao?«, fragte sie.

»Immer! Soll ich dir helfen?«

Merle nickte, und wir schlichen zur Küche hinunter. Dies war eindeutig der dunkelste und engste Raum, den ich kannte. Die Schränke waren aus speckigem schwarzem Holz, und es gab nur ein sehr schmales Fenster, das sofort durch die Tür verdeckt wurde, wenn man hereinkam.

Routiniert holte Merle Becher, Pulver und Milch heraus, rührte einen dicken Kakao an und wärmte ihn in der Mikrowelle. Zu meiner großen Freude zauberte sie eine Tüte Mini-Marshmallows aus einem der Schränke und schüttete sie großzügig in die heiße Schokolade.

Vor Glück kichernd huschten wir wieder in ihr Zimmer und machten es uns gemütlich. »Also, jetzt erzähl mal, wie lief es mit Ben? Ist er für die Klausur gewappnet?«

Mein Blick flog zu den Surfern an ihrem Spiegel und dem Kettchen. Merle und Ben waren meine besten Freunde. Wenn sie zusammenkämen, würde sich alles ändern. Vermutlich machte mir *das* Bauchschmerzen.

Merle verdrehte die Augen, und eine leichte Röte überzog ihre Wangen. »Ben ist einfach zu lieb für diese Welt. Zum Schummeln ist er wirklich nicht geboren.«

Neugierig sah ich sie an. »Was ist passiert?«

»Ganze zwei Stunden habe ich versucht, ihm mit Hilfe aller möglichen Eselsbrücken die Formeln und Elemente einzupauken. Keine Chance. Also haben wir dann Spicker-Basteln und -Benutzen geübt.«

Ich lachte. »*Benutzen* geübt? Was für Spicker hast du ihm denn empfohlen?«

Sie neigte sich zu mir herüber. »Feinmotorik ist nicht seine Stärke.«

Skeptisch musterte ich sie. Soweit ich mich erinnerte, hatte Ben als Kind eine intensive Modellbauphase gehabt. Sein Zimmer war mit Raumschiffmodellen überfüllt gewesen. Natürlich war er geschickt. »Was meinst du damit?«

Sie zwinkerte mir amüsiert zu. »Ich glaube, meine Nähe hat ihn nervös gemacht. Jedenfalls war er ganz schön schusselig und viel zu zittrig, um die kleinen Zettel zu beschriften.« Sie lächelte zufrieden.

Ich versuchte, mir das *nicht* vorzustellen. Ben nervös durch Merles Anwesenheit? Hatte sie auf seinem Schoß gesessen? Es ärgerte mich, dass es mich ärgerte, dass Merle und Ben sich verliebten.

Hastig trank ich meinen Kakao.

»Ben ist so süß.« Merle lächelte mit verklärtem Blick. »Er hat doch tatsächlich geglaubt, es würde schon passen, wenn er sich das Zeug auf einen Zettel schreibt, den er in sein Mäppchen zwischen die Stifte steckt.« Sie kräuselte die Nase. »Niedlich, oder?«

Nachdenklich zerdrückte ich einen Marshmallow mit der Zunge. »Wieso weißt du eigentlich so gut über Spicker Bescheid, Merle? Hast du mich etwa angeflunkert? Bist du gar nicht so gut in Chemie?«

Es dauerte eine Sekunde, bis sie verstand. »Du glaubst, ich hab Spicker-Erfahrung?« Entrüstet sah sie mich an. »Ich hab noch nie … Wirklich!«

Lachend winkte ich ab. »Schon klar. Keiner von uns hat jemals … Aber Ben gegenüber hast du dich als Expertin ausgegeben.«

Anscheinend hatte sie ihr Auftreten als Fachfrau für schulische Schummelei noch gar nicht aus dieser Perspektive betrachtet, denn sie wurde blass und trank ihren Kakao in einem Zug aus. »O Gott! Ben hält mich jetzt für faul und kriminell!«

»Nein. Das tut er nicht«, beruhigte ich sie. »Nur wenn es nicht klappt.« Ich grinste.

Sauer warf sie ein Kissen nach mir. »Na, du bist fein raus. Du hast deinen Ring, und alles ist supi.«

Verwundert blinzelte ich sie an. »Was meinst denn damit?«

»Na, ein bisschen Magie, und deine Wünsche werden wahr.«

Meine Miene verfinsterte sich. »Du warst zu lange mit Ben zusammen. Denkst du jetzt etwa auch, ich würde Noah dazu zwingen, mich zu lieben?«

»Nein«, ruderte Merle zurück. »So mein ich das nicht. Ehrlich. Es ist nur … Du und Noah, das ist einfach ein Traum.«

Grummelnd entschuldigte ich mich. »Sorry. Ben nervt mich mit seiner Anti-Magie-Haltung.« Es tat mir leid, dass ich an Merle gezweifelt hatte. »Hast du Ben denn gesagt, was du für ihn empfindest?«

»Bist du verrückt? Ich kann ihm das doch nicht so direkt sagen!«

»Natürlich kannst du ihm das so sagen.«

»Nein!«

»Aber sicher.«

»Ich mach mich peinlich.«

»Nein, du bist in ihn verliebt. Und er … also er …« (Verdammt. Julie!) »Er doch auch.«

»Und wenn nicht?«

»Wie, wenn nicht?«

Merle verdrehte die Augen und drückte sich ein Kissen vors Gesicht. »Whnn n nhft n mmhhh flhmmmmt sss?«

Mit einem Seufzen sah ich das Kissen an. Es rührte sich nicht. »Ich verstehe dich nicht«, meinte ich schließlich.

Merle lugte hinterm Kissen hervor. »Wie denn auch. Du hast ja den Ring. Der hat für dich dieses peinliche Gespräch erledigt.«

Mir war noch immer nicht klar, worauf sie hinauswollte, und ich glotzte vermutlich wie eine Kuh beim Stabhochsprung.

»Du musstest nicht den richtigen Moment und die richtigen Worte und Gesten finden. Oder gar das Risiko eingehen, dass Noah sich über deine Liebeserklärung schlapplacht. Ring drauf, zack, erster Kuss, alles paletti.«

Verblüfft sah ich sie an. So hatte ich den Abend, als Noah und ich ein Paar wurden, noch nie gesehen. Verlegen zog ich nun ein Kissen heran, um es wie ein Schild an mich zu drücken. »Du hast recht.« Nachdenklich betrachtete ich den Ring. »Der Ring hat Noah gesagt, dass er zu mir kommen soll, dass wir zusammengehören.«

Merle seufzte und ließ sich nach hinten fallen. »Vermutlich sind Ben und ich nicht unbedingt seelenverwandt und so schicksalsmäßig füreinander bestimmt wie du und Noah. Aber ich mag ihn wirklich sehr.« Sie seufzte und sah zu den beiden Surf-Fotos am Spiegel. »Ich habe es satt zu träumen, weißt du.«

Unwillkürlich hielt ich die Luft an und beobachtete, wie Merle die Stirn runzelte.

»Was ist denn …« Sie stand auf und ging zum Spiegel.

»Nur für dich!«

»Echt jetzt?« Sie nahm das Kettchen von der Nadel und betrachtete es begeistert. »Für mich?« Es klingelte leise, als die Perlen aneinanderstießen.

Ich trat zu ihr. »Es gibt keinen reinen Sportlichkeitszauber. Deshalb habe ich Kraft und Ausdauer mit einer Portion Siegeswillen gemixt.«

»Wann kann ich es tragen?«, fragte sie aufgeregt.

»Wann immer du besonders sportlich sein willst.«

»Danke!« Sie fiel mir um den Hals. Doch plötzlich hielt sie inne. »Moment. Schoko-Croissants mitten in der Nacht … Du bist nicht nur wegen des Kettchens hier.«

Ich musste mich anstrengen, kein Honigkuchenpferdgrinsen aufzusetzen.

»Da ist noch was. Du grinst schon wieder so.«

Mit zusammengepressten Lippen nickte ich.

»Verdammt! Was ist noch passiert? Geht es um Noah?«

Ich schüttelte den Kopf.

Auffordernd sah sie mich an. »Hast du noch einen weiteren Zauber?«, flüsterte sie ehrfürchtig.

»Besser.«

»Besser?« Sie kniff die Augen zusammen und schien meine Gedanken lesen zu wollen.

Ich kostete ihre atemlose Neugier noch eine Sekunde aus, bis ich damit herausplatzte: »Ich habe Frau Soma.«

Verwirrt setzte sich Merle. »Frau Soma? Unsere Frau Soma? Die Frau Soma, die in der Bücherei arbeitet?«

»Genau die. Die Frau Soma, die ich schon seit über drei Jahren kenne.«

»Was willst du mit der? Ausrauben? Wegen all der Ketten und dem Kram?«

»Frau Soma ist Daria, meine Großmutter.«

Merle klappte die Kinnlade runter.

»Sie ist Schmuckmagierin, und – Merle! – sie wird mir alles beibringen!«

Es dauerte eine Ewigkeit, zumindest kam es mir so vor, bis Merle wieder ein Lebenszeichen von sich gab. Zuerst ließ sie quietschend Luft ab, dann japste sie laut und hechtete zu ihrem Apothekerschrank. Keine Sekunde später saß sie mir gegenüber, und zwischen uns stapelten sich vier Tafeln Schokolade. »Für meine Nerven!« Hastig öffnete sie eine Tafel Nougat und schob sich einen ganzen Riegel in den Mund.

»Jewpts erfähl mal ganf langfam von foan«, nuschelte sie.

Und ich erzählte ihr alles, ganz langsam, von vorn, bis zu der Stelle, an der Noah auftauchte.

»Das ist jetzt ein bisschen so«, meinte sie, »als ob meine allerbeste Freundin Jennifer Lawrence wäre, die eigentlich Katniss ist. Das ist so cool.« Aufgeregt trommelte sie auf ihre Knie. »Jetzt wirst du eine richtig echte Magierin und rettest die Welt.«

Ich lachte laut los. »Das ist doch Quatsch!«

»Quatsch? Du kannst die Welt verändern. Du kannst den Menschen mit ein bisschen Bling-Bling ihre Ängste und Sorgen nehmen. Du wirst so ober-mega-cool sein!« Fassungslos starrte sie mich an. »So cool …«

»Du übertreibst«, meinte ich streng. »Bisher habe ich mit meiner Magie nur Chaos angerichtet.«

Merle zog eine Schnute und deutete auf den Ring.

»Na gut. *Fast* nur Chaos«, räumte ich ein. »Jedenfalls darf Mom nichts davon wissen.« Ich zog die Visitenkarte hervor und zeigte sie Merle. »Daria wohnt oben bei der Ferienhaus-Siedlung. Ich werde sie dort besuchen.«

»Oh, das ist so unglaublich!« Merle sprang auf und breitete die Arme aus, als stünde sie auf einer Theaterbühne. »Ab jetzt werden wir Königinnen sein«, verkündete sie. »Alle werden uns lieben, wir kommen auf die coolsten Partys, werden nie wieder bei einem Vokabeltest gedemütigt, und in der Shopping-Mall schenken sie uns, was immer wir wollen.«

»Klingt nach 'nem Plan.« Wir klatschten uns ab und futterten ihren Schokoladenvorrat auf.

8

Wieder zu Haus setzte ich mich auf mein Bett und zog das Schmuckbuch hervor. Mit Merle hatte ich einige hervorragende Ideen ausgesponnen, was wir mit Hilfe der Schmuckmagie bewirken wollten. Wir würden die Welt revolutionieren! (Also vorrangig unsere Welt.)

Ich schickte Daria eine Nachricht, wann ich zu ihr kommen könne. Und wartete auf eine Antwort. Doch das Display blieb stumm. Na gut. Mit dem Planer bewaffnet und Herrn Ha als Ratgeber kuschelte ich mich ins Bett und begann eine Liste mit unseren tollen Ideen. Wir brauchten eine Pickel- und Bad-Hair-Day-weghex-Kette, ein Homecoming-Queen-Diadem (es sollte ausgelost werden, wer es beim Ball tragen durfte), Ohrringe für Musikalität (für mich, damit ich mit Noah besser über seine Band quatschen konnte), und Merle bestand auf einen Ring, der unsichtbar machen konnte. (Ja, ich habe auch gelacht. Sie meinte es aber ernst.)

Es klopfte an meiner Tür.

»Immer nur rein.« Übermut tut selten gut.

Denn es war Mom mit einem Stapel frischer Wäsche im Arm. »Ich wollte nur kurz – « Sie stockte.

Entsetzt starrte sie auf … das Magie-Buch!

Ich starrte ebenfalls entsetzt auf das Magie-Buch.

Dann starrten wir uns gegenseitig für eine Sekunde an. Immer noch ziemlich entsetzt.

Shit!

Millionen von Möglichkeiten flitzten durch mein Hirn. Schnell die Decke über das Buch schmeißen? Den Planer unauffällig darauf ablegen? Aufspringen und Mom aus dem Zimmer jagen?

Ich beschloss, so zu tun, als wäre das Buch gar nicht da.

»Danke, Mom. Kannst du sie mir auf den Stuhl legen? Ich räum sie gleich ein.«

Wie in Zeitlupe ging Mom zum Schreibtisch, den Blick unverwandt auf das Buch gerichtet. Ich hielt die Luft an. Sie würde doch nicht etwa von dem Buch darauf schließen, dass ich Kontakt zu Daria hatte, oder? Oder?

Als Mom gerade die Wäsche auf den Schreibtisch legen wollte, hielt sie erneut inne, und ich schrie mich innerlich derart an, dass ich zusammenzuckte.

Der Schmuckkasten!

Er stand noch aufgeklappt auf dem Schreibtisch!

Zittrig legte Mom die Klamotten auf den Stuhl und sah mich an. Sie war blass um die Nase und schien keine Worte zu finden. »Julie …«

»Ist gut, Mom. Ich räum die Wäsche wirklich ein. Versprochen.«

»Das ist – «

»Ja, ich weiß, *wichtig*«, unterbrach ich sie eilig. »Sonst war das Bügeln umsonst.« (Liebe-Tochter-Lächeln.) *Geh einfach, Mom. Lass es einfach gut sein. Wir tun so, als wäre nichts, und keiner wird streiten.*

Ihr Blick wurde hart. Es war offensichtlich, dass sie einen Kampf mit sich ausfocht. Sollte sie mich nicht nach aller Mutter-Kunst zusammenfalten und glattbügeln?

Zu meiner großen Erleichterung entschied sie sich für schlichtes Übersehen der Beweise meines magischen Treibens und verließ wortlos das Zimmer.

Und ich notierte sofort den Mom-Umstimmen-Armreif auf der Zauberwunschliste. Platz eins. Den Armreif brauchte ich schnellstens!

Erneut überprüfte ich die Lautstärke meines Handys, denn Daria hatte noch immer nicht auf meine Nachricht reagiert.

Inzwischen war es Zeit, mich umzuziehen, denn in einer halben Stunde würde Noah klingeln, um mich zu unserem Essen abzuholen.

Doch wohin mit dem Buch? Ratlos sah ich mich um. Unters Bett? In den Kleiderschrank? Oder die Schultasche? Dann konnte ich es auch gleich offen liegenlassen! Wenn Mom es klauen wollte, hatte sie hier leichtes Spiel.

Da kam mir eine Idee. Ich schlich hinüber in Mikes Zimmer.

Niemand fand etwas in seinem Chaos, nicht mal er selbst. Auf dem Boden hätten Archäologen sicher an die drei Ablagerungsschichten tief graben können. Die Basis bildeten alte Wäsche und Pizzaschachteln. (Leere. Zum Glück.) Zwischen diesen Sedimenten lagen wahre Schätze verborgen. Zum Beispiel Moms vermisstes Besteck, Geld, Büchereiausweise oder auch diverse DVDs aus Paps' Sammlung.

Nach einem sorgsamen Blick, ob Mike auch wirklich nicht da war (es ist nicht so einfach, einen Berg dreckige Wäsche von meinem schlafenden Bruder zu unterscheiden), stakste ich mit Storchenschritten in das Durcheinander. Sofort bereute ich, das Buch nicht in eine Tüte verpackt zu haben.

Was zum Henker war das für ein weißer Pelz, der aus einem benutzten Trinkglas herauskroch und auf ein Französischbuch tropfte?

Hoffentlich fing sich mein heiliges Buch hier keinen Schimmelpilz ein.

Mit der Fußspitze buddelte ich ein Loch in einen Berg aus Schulbüchern und Heften, legte das Buch hinein und schob das Loch wieder zu. Zufrieden hüpfte ich zurück zur Tür, als mich ein schläfriges *Mmh-uff* zusammenfahren ließ.

Entsetzt fuhr ich herum. Was war das?

Da bewegte sich etwas im Bett. Mike! Er war doch im Zimmer! Begraben unter Decke und Klamotten. Durch seine Bewegung rutschte ein Playstation-Controller ab und schlitterte in eine Schüssel vertrockneter Cornflakes.

Nichts wie raus hier! Ich flitzte zurück in den Flur.

Erleichtert ging ich ins Bad, um mich zu waschen. Müffel-Mike-Muff hing sofort in Haaren und Kleidung fest.

Mom würde das Buch niemals finden! (Aber hoffentlich fand *ich* es wieder …)

Prüfend musterte ich mich im Spiegel und versuchte ein glückliches Lächeln. Es sah wenig überzeugend aus. Bisher hatte ich mich immer auf das romantische Dinner mit Noah gefreut. Es war inzwischen ein festes Ritual.

Doch heute war ich mit meinen Gedanken bei der Schmuckmagie. Ich platzte vor Neugier auf Daria und ihre Werkstatt. Aber über all das konnte ich mit Noah nicht reden.

Außerdem war er mir noch eine Erklärung wegen Chrissy schuldig. Anscheinend schrieben die beiden sich Nachrichten.

Hastig streifte ich ein Sommerkleid über, legte Make-up auf und suchte mir (unmagischen) Schmuck aus, der zu meiner Stimmung passte.

Kurz darauf klingelte es.

Ich sprang die Treppe runter, trällerte schon ein *Tschüüüs* an meine Familie und … rannte in Mom.

Sie hatte die Haustür geöffnet. Na wunderbar. Das auch noch.

»Hallo, Noah«, begrüßte sie ihn. »Schon wieder ein romantisches Date?«

»Hey, Noah«, drängte ich mich zwischen sie, um zu verhindern, dass Noah ein Gespräch mit ihr anfing. Unmöglich, denn mein Kavalier war einfach zu charming.

»Guten Abend, Frau Weidmann«, antwortete er. »Niemals würde ich freiwillig eine Minute ohne Julie verbringen. Sie ist meine große Liebe.«

Mom wandte sich zu mir um. Sie musterte den Ring und dann mich. *Wie kannst du nur*, sagte ihr vorwurfsvoller Blick. Doch ich begegnete ihr mit Verachtung.

Du bist die Lügnerin, gab mein Blick zurück.

Hastig schlüpfte ich in meine Sneaker, verhedderte mich jedoch (typisch!) hoffnungslos mit den Schnürsenkeln. Es half nichts. Ich musste mich auf die Treppe setzen und den Knoten in aller Ruhe auffummeln. (In aller Ruhe! Ist klar.) Innerlich brodelte ich, denn Mom durchbohrte mich noch immer mit ihren Blicken.

Warum konnte sie nicht einfach gehen! Wollte sie etwa ausgerechnet jetzt unseren Streit fortsetzen? Vor Noah?

Ich blitzte sie an. »Paps ist im Wohnzimmer?«, fragte ich, um ihr klarzumachen: *Sagst du vor Noah ein Wort über den Ring, habe ich Paps schneller über deine Lügen informiert, als du* magisches Armband *sagen kannst.*

Mom bewegte sich jedoch keinen Millimeter. »Paps ist dort, wo er immer ist.«

»Dann ist ja alles wie immer.«

Sie kniff die Augen zusammen. »Ist es das?«

Meine Finger wurden schweißnass. Irgendwie gelang es mir dennoch, die Schnürsenkel zu entwirren.

»Du bist doch diejenige, die dieses Haus jeden Tag verändert. So weiß keiner mehr, wie es wirklich bei uns aussieht, nicht wahr?« Ich schnappte mir meine Tasche und zog Noah hinaus. »Los, nichts wie weg hier.«

»Wiedersehen, Frau Weidmann.« Er winkte Mom fröhlich zu. »Ich bring sie vor elf wieder heim.«

»Schon gut. Amüsiert euch.« Mom sah uns nach.

Lügnerin, dachte ich und setzte mich hinter Noah auf sein Mofa.

Er reichte mir den Helm, den er extra für mich besorgt hatte. (Es waren Herzchen drauf. So süß von ihm!) Das Mofa war eine alte Maschine aus den Siebzigern, in strahlendem Blau. Sie machte einen Höllenlärm, dennoch liebte ich sie, weil ich mich während der Fahrt eng an Noah kuscheln konnte. Es war ein Gefühl, als ob wir zusammen auf Wolken dahingleiten würden. (Okay, manchmal waren es eher dreckige Gewitterwolken. Besonders, wenn er Gas gab.)

»Hast du wieder einen Tisch beim Italiener bestellt?«, brüllte ich gegen den Lärm der Maschine.

»Aber sicher, amore mio«, schrie er zurück.

Unser Italiener lag etwas abseits der Touristenmeile in der Altstadt.

Als Noah mich an unserem ersten richtigen Date dorthin ausgeführt hatte, mussten wir den ganzen Abend über kichern. Denn aus irgendeinem Grund hatte der Innenausstatter für dieses wirklich echt italienisch geführte Ristorante das Motto *Urige Seefahrt* ausgegeben.

Und so hingen Schiffsmodelle von der Zimmerdecke und dramatische Seegemälde an den Wänden, die Tische und Bänke waren aus alten Fisch-Trawlern entwendet, und als Raumtrenner fungierten zerschlissene Netze. Italien sah sicher anders aus.

Ganz Gentleman, hielt Noah mir die Tür auf, und die Bedienung begrüßte uns wie alte Bekannte.

Inzwischen lud er mich jeden Samstagabend hierher ein. Wir saßen stets am gleichen Tisch, etwas abseits, an einem Fenster, das mit hölzernen Möwen dekoriert war.

Noah schob für mich den Stuhl an den Tisch und setzte sich mir gegenüber.

»Was hast du heute gemacht?«, fragte ich ihn, um ein Thema zu finden, das nichts mit Magie zu tun hatte.

»Ich habe dich vermisst.« Seine grauen Augen strahlten mich an.

»Du bist süß. Ich dich auch. Aber … hast du gar nichts unternommen?«

Er schüttelte zögernd den Kopf.

Vermutlich hatte er Gitarre geübt und gezeichnet. Hatte mit Nick von der Band ein wenig abgehangen. Alles Sachen, von denen er annahm, dass sie mich nicht interessierten. Oder er hatte sich mit Chrissy getroffen … Was mich hingegen brennend interessierte.

»Also, ich war bei Merle. Ich hab ihr …« Gerade noch rechtzeitig hielt ich mich davon ab, mein Geheimnis auszuplappern. »… Schoko-Croissants gebracht.«

»Du bist wirklich eine gute Freundin.« Strahlendes Lächeln.

Skeptisch sah ich ihn an. »Na ja … also, eigentlich ist Merle in letzter Zeit etwas zu kurz gekommen. Deshalb dachte ich, es wäre irgendwie …« Die ganze Zeit über sah er mich unverwandt an. Nervös strich ich mir durchs Gesicht. »Ist da was? Hab ich einen Krümel im Gesicht?«

»Du bist einfach wunderschön.«

Natürlich machte mich das Kompliment verlegen, und ich fühlte mich glücklich. Aber da war etwas in seiner Stimme, das mich beunruhigte. »Also gut, Noah. Das ist lieb, aber du übertreibst. Was ist los?« Das ungute Gefühl, das ich schon am Bandhaus gehabt hatte, stieg wieder in mir auf. Verheimlichte er etwas vor mir? Irgendwie benahm er sich merkwürdig.

Anstatt zu antworten, steckte Noah seine Nase in die Speisekarte. »Was möchtest du heute?«

»Erst mal 'ne Cola, und Essen schau ich noch.« Über den Rand meiner Karte beobachtete ich ihn. Er sah etwas zerzaust aus, als ob er zu wenig geschlafen hätte.

»Möchtest du etwa gar keine Pizza?«

»Doch. Die ist lecker.« Bisher hatte ich jedes Mal Pizza bestellt. Wozu ging man sonst zu einem Italiener mit Steinofen? Pasta konnte ich mir auch von Paps machen lassen.

»Wir können auch woandershin.« Besorgt musterte er mich.

»Nein, Noah. Alles bestens.« Ich lachte. (Leicht genervt.) »Ich liebe Pizza.«

Sein Blick erinnerte mich an einen bettelnden Hund. Das seltsame Gefühl begann, sich zu einem Klumpen zusammenzuziehen. Deshalb versteckte ich mich wieder hinter der Speisekarte, um in Ruhe darüber zu grübeln, warum es sich zwischen uns so komisch anfühlte.

»Hast du Chrissy noch mal gesehen?«, fragte ich wie beiläufig hinter der Karte.

»Wen?«

Mein Blick feuerte über die Karte, doch er versteckte sich hinter seiner. »Willst du mich veräppeln?«

»Nein. Wen meinst du?«

Diese supernervige Tusse, die keine Gelegenheit auslässt, dich anzubaggern. »Das Mädchen, das immer zu euren Proben kommt.«

»Ach! Die Blaumeise.« Mit einem spöttischen Lächeln tauchte er über dem Kartenrand auf.

Blaumeise. Ich kicherte. Wenn er Chrissy solche Spitznamen gab, machte ich mir wohl umsonst Sorgen.

»Nein, heute habe ich sie nicht gesehen.«

Heute? Mein Blick verfinsterte sich wieder.

»Alles in Ordnung, Julie?«

»Ja. Ich brauch nur ein bisschen.« Eisern hielt ich die Karte vor mich, obwohl ich mich schon längst entschieden hatte. Also sah er Chrissy regelmäßig? Versuchte sie tatsächlich, ihn mir auszuspannen?

»Jetzt komm da doch mal raus«, beschwerte er sich. »Ich hab dich den ganzen Tag nicht gesehen. Julie?«

Seufzend senkte ich mein Speisekartenschutzschild und sah zu ihm. Sein strahlendes Glück warf mich regelrecht um.

»Der Tag war so lang ohne dich«, flüsterte er und nahm meine Hand. Der Ring kribbelte angenehm, und ich versuchte, dieses Gefühl zu genießen.

»Also, warst du bei der Band?«

Das Glück in seinen Augen erlosch, und er zog ertappt die Hand zurück.

Aha. Treffer. »Was ist los?«, bohrte ich nach. »Habt ihr Streit?«

Erneut flüchtete er sich hinter die Karte. Nachmacher. »Hast du dich schon entschieden?«, murmelte er.

»Pizza Capricciosa«, sagte ich knapp. In meinem Magen wuchs der Klumpen aus blöden Gefühlen weiter an. Das Kitzeln des Rings nervte.

»Nehme ich auch«, antwortete er hinter der Karte.

Anscheinend hatte die Bedienung uns belauscht, denn plötzlich stand sie mit Block und Stift neben uns und notierte sich die Bestellung.

»Also, heute die Capricciosa für die Turteltauben?«

»Und 'ne Cola«, grummelte ich.

»Für mich auch, bitte.«

»Aber gerne«, trällerte sie und verschwand Richtung Tresen.

»Also«, nahm ich den Faden wieder auf. »Offenbar warst du nicht bei der Bandprobe. Was ich irgendwie komisch finde. Aber na gut. Du hattest Wichtigeres vor. Was hast du also heute gemacht?«

Noah senkte sein Schutzschild, wich aber meinem Blick aus. Tiefe Schatten lagen unter seinen Augen, er sah plötzlich total fertig aus.

»Geht es dir gut?«, fragte ich besorgt.

»Wenn es dir gut geht, geht es mir gut.« Er lächelte, doch es schien mir etwas angestrengt zu sein.

Genervt sah ich zum Fenster hinaus. Wenn er nicht mit mir reden wollte, dann eben nicht. Es entstand eine unangenehme Pause. Das war uns noch nie passiert.

Der Klumpen ungutes Gefühl nahm beängstigende Ausmaße an. Er verheimlichte mir etwas! Sicher, ich hatte auch das ein oder andere Geheimnis, aber nur, weil ich mich und ihn schützen musste. Sollte ich ihn weiter wegen Chrissy nerven?

»Meinst du, das Wetter hält noch?«, unternahm ich einen zweiten Anlauf für eine normale Unterhaltung. (Das Wetter? Ernsthaft, Julie? Du redest mit deiner großen Liebe über das Wetter, weil dir nichts anderes einfällt?)

»Mir ist es egal, ob es regnet. *Du* bist meine Sonne.«

Ich lachte geschmeichelt. »Du bist ein oller Charmeur, Noah. Jetzt mal im Ernst. Was ist los mit dir?«

»Es ist doch alles wundervoll, Julie. Wir sind im romantischsten Lokal im Ort, und ich versuche, dir jeden Wunsch zu erfüllen.«

Es fühlte sich aber nicht wundervoll an. Das Lokal war langweilig. Die Speisekarte konnte ich inzwischen auswendig. War er wirklich der Meinung, dass etwas, das man aus Zwang heraus immer wieder am gleichen Tag zur gleichen Zeit am gleichen Ort tat, romantisch wäre?

»Vielleicht sollten wir das nächste Mal woandershin gehen«, überlegte ich. »Es ist jeden Samstag das Gleiche.«

»O Julie!« Entsetzt sah er mich an. »Natürlich. Warum hast du denn nichts gesagt!« Aufgebracht drehte er sich nach der Bedienung um. »Wir gehen sofort. Wo möchtest du stattdessen hin?«

»Nirgends!« Ich merkte, dass ich die Geduld mit ihm verlor. »Ich möchte bei dir sein. Mit dir quatschen und Spaß haben. Es ist mir völlig egal, wo, Noah! Aber du redest nicht mit mir. Es fühlt sich richtig dämlich an, hier mit dir zu sitzen.«

Noah wurde aschfahl, und seine Augenringe stachen schwarz hervor.

Die Bedienung brachte unsere Bestellung. »Hier, ihr Süßen, lasst es euch schmecken.«

Wir knurrten ein »Danke«, und die Frau stöckelte davon.

»Es tut mir leid«, murmelte er. »Ich will dich glücklich machen. Ich streng mich mehr an.«

»Irgendwie hab ich auch den Eindruck, dass es heute anstrengend ist.« Ich beugte mich über meine Pizza. Bloß nicht hochgucken, sagte ich mir, denn ich merkte, wie der Kloß in mir Tränen hochdrückte.

»Du darfst nicht unglücklich sein.«

Ich durfte nicht unglücklich sein? Hoffentlich hatten wir beide heute nur einen schlechten Tag. Auch Seelenverwandte durften mal nicht superhappy sein, oder?

»Schon gut«, sagte ich. »Lass es dir schmecken, bevor es kalt ist.« Damit verpasste ich dem Gespräch den Todesstoß.

Während er sich die Pizza gierig hineinschaufelte, aß ich ohne Eile. Das Schweigen zwischen uns verdarb mir den Appetit. Außerdem grübelte ich, warum *er* einen schlechten Tag hatte. War es Stress in der Schule? Oder zu Hause? Und warum wollte er es mir nicht sagen? Lief da doch was mit Chrissy?

Nachdenklich sah ich auf den Ring. Das Kribbeln war verstummt. Momentan fühlte er sich einfach nur wie ein ganz normales Schmuckstück an. Ich konnte mich nicht erinnern, dass er in Noahs Anwesenheit jemals *stumm* geblieben war.

»Warum redest du nicht mit mir?«, begann ich erneut. »Vielleicht kann ich dir helfen?«

Er rutschte auf seinem Stuhl umher. »Ach, Julie. Lass uns doch über dich reden.«

»Über mich? Wir reden immer nur über mich.« Es war

mir über die Lippen gekommen, bevor ich überhaupt darüber nachgedacht hatte, aber ich musste feststellen, dass es die Wahrheit war. Wann hatte Noah mir das letzte Mal etwas von *sich* erzählt? Ich wusste nicht einmal mehr, was die Band machte, ob Auftritte geplant waren, sie neue Songs hatten.

Ein letzter Versuch: »Noah!« Ich beugte mich über den Tisch und nahm seine Hände. »Wie hast du den heutigen Tag verbracht?«

»Ich … also … Was hast *du* denn heute erlebt, Julie?«

Enttäuscht ließ ich mich zurückfallen und verschränkte die Arme. »Na gut. Was ist los? Du verheimlichst mir doch etwas! Ist es Chrissy?« Hier ging es nicht um *Mach dir keine Sorgen, Julie*. Das war doch eindeutig ein *Geht dich nichts an, Julie!*

»Nein. Auf keinen Fall! Ich tue wirklich alles nur für dich. Ich lebe für dich.« Er stellte seinen leeren Teller zur Seite und wollte wieder meine Hand halten, aber ich blieb mit verschränkten Armen sitzen.

»Na, den Eindruck habe ich auch langsam. Was ist mit deinen Skizzen? Du machst jeden Tag eine Skizze. Warum zeigst du sie mir nicht mehr?«

Er nahm seinen Rucksack auf den Schoß und zog tatsächlich sein Skizzenbuch heraus.

»Sie sind … Es ist …«

»Ach, nun komm schon. Zeig mal.«

Noah konnte wirklich sehr gut zeichnen. Dadurch war er mir aufgefallen, denn die Scribbles druckte er sich oft auf seine T-Shirts. Meist waren es Zitate aus Büchern oder Dinge, die er am Strand gezeichnet hatte. Allerdings hatte er schon lange kein neues Motiv mehr auf dem Shirt gehabt.

Ich rupfte ihm das Skizzenbuch aus der Hand und schlug es auf. Die ersten Seiten waren mit Möwenstudien gefüllt und Skizzen von Leuten, die im *Lorenzo* saßen und quatschten. Er hatte ein paar Surfer gezeichnet und ziemlich gute Naturskizzen von Muscheln gemacht.

»Wow.« Ich drehte das Buch, so dass er sah, welche Zeichnung ich gerade entdeckt hatte. Es war ein Porträt von mir. Er hatte mich ziemlich gut getroffen. »Das ist super.«

Er winkte ab. »Nein. Es stimmt nicht. Das bist nicht du.«

Auf der nächsten Seite war ein weiteres Porträt von mir. »Wann hast du die denn gemacht?« Ich konnte mich nicht erinnern, ihn die letzten Tagen mit dem Zeichenstift gesehen zu haben. Allerdings schlug meine Begeisterung über seine großartigen Zeichnungen um, als ich mit wachsendem Unwohlsein weiterblätterte.

Alle Seiten waren nur mit meinem Gesicht gefüllt.

Hätte ich diese Szene in einem Film gesehen, wäre jetzt klar gewesen, dass der Typ von der Frau besessen war. Fragend sah ich Noah an.

Sichtlich nervös fuhr er sich durch die Haare. »Es … also … ich schaff es nicht, verstehst du? Du bist so wunderbar. Und ich kann dich nicht zeichnen. Es fehlt etwas. Das entspricht dir nicht.«

Ganz klar, er war ein Perfektionist, denn die Zeichnungen wirkten lebendig und nahezu fotografisch. Es gab überhaupt nichts daran auszusetzen.

»Vielleicht solltest du mal wieder etwas anderes zeichnen«, murmelte ich. So sehr es mich zunächst gerührt hatte, so sehr beunruhigte mich das Ganze jetzt. »Ich finde, du verrennst dich in ein Motiv.«

Noah schüttelte entschieden den Kopf. »Nein! Ich kann nichts anderes zeichnen. Ich will nur noch dich. Und zwar mit all deinem Zauber.«

Zauber? Geschockt klappte ich das Buch zu und sah auf meinen Ring. Das sonst so funkelnde Rot schimmerte nur matt. Aber er fühlte plötzlich wieder warm an. Die Magie war also noch am Werk. Es lag sicher an den schlechten Lichtverhältnissen, dass er nicht sein feuriges Glühen zeigte.

Ich schob Noah das Skizzenbuch hin.

»Was meinst du denn mit *Zauber*? Das ist doch Quatsch.«

»Mir ist klar, dass du es nicht sehen kannst. Aber da ist so ein … Leuchten. Du hast etwas … ich weiß nicht. Ich liebe es. Doch ich kann es nicht einfangen.«

Schweigend aß ich weiter. Meine Kehle fühlte sich wie zugeschnürt an, und ich musste die Bissen regelrecht herunterwürgen. Immer wieder glitt mein Blick zum Ring. Irgendwie war mir seine Wärme unangenehm.

Nachdenklich beobachtete ich Noah. Er hatte sich das Skizzenbuch genommen und schien ein weiteres Porträt von mir anzufertigen. Er sah überhaupt nicht glücklich aus, wie er verzweifelt arbeitete und wieder nicht mit seiner Kunst zufrieden war.

Ring hin oder her. Merle hatte recht, eigentlich war der Zauber nur dazu da, andere von uns fernzuhalten. Er verstärkte die Bindung zwischen Noah und mir, so dass sich keine Chrissy dazwischendrängen konnte.

Auch wenn sie es versuchte – seine Skizzen zeigten mir deutlich, dass die Blaumeise nur ein dämlicher Vogel für ihn war.

Doch warum fühlte sich meine Liebe zu Noah heute so anstrengend an?

Er fuhr mich viel früher heim als sonst, und ich verabschiedete mich mit einem flüchtigen Kuss. Als ich in meinem Zimmer durchs Fenster auf die Straße sah, stand er noch unten und blickte herauf. Ich winkte ihm und zog den Vorhang vor.

Ich hatte genug. Was für ein Albtraum-Abend.

»Wie kann es sein, dass Noah mir nichts mehr von sich erzählt? Meinst du, er verheimlicht mir etwas?«, fragte ich Herrn Ha, zu dem ich mich ins Bett gelegt hatte. »Was soll ich tun, wenn Chrissy wieder an ihm dran ist?«

Seine langen Ohren fielen ihm über die Augen.

»Nee, nicht du auch noch«, murmelte ich. »Wenigstens du solltest mit mir reden.«

Doch Herr Ha schwieg verlegen.

»Ach so. Du meinst also, weil *ich* ein Geheimnis habe, ist es sein gutes Recht, auch eines zu haben?« Mein alter Stoffhase war kein guter Berater. Ich setzte ihn in die Kissen. Blöderweise fühlte ich mich an meine Mom erinnert, die die Schmuckmagie vor Paps geheim hielt.

Super. War das Tradition oder vererbte Dummheit?

Ich knipste meine Leselampe an und betrachtete den Ring im Licht. Im Schein der Lampe stellte ich erneut fest, dass das feurige Rot aus der Perle verschwunden war. In der Pizzeria hatte ich gedacht, es läge am Kerzenschein. Doch nun war ich mir sicher: Die Perle hatte ihren Glanz verloren. Das Rot glich einer verlöschenden Glut, einem sterbenden Feuer.

Mir lief es kalt den Rücken hinunter.

Das konnte nicht sein!

Panisch griff ich unters Bett, um das Schmuckbuch hervorzuholen – doch meine Hand tastete ins Leere.

Verdammt! Es war bei Mike!

Leise huschte ich zu seinem Zimmer und legte das Ohr an die Tür. Kampfgeräusche und spitze Frauenschreie.

So ein verfluchter Mist. Mike war noch wach und guckte irgendeinen dämlichen Horrorfilm. Wie sollte ich denn nun mein Buch zurückholen! *Hey, Mike, sorry für die Störung, ich hab da was bei dir hinterlegt.*

Mist, Mist, Mist.

Immerhin war es dort vor Mom sicher.

Und wenn ich morgen früh (also vor zwölf Uhr Mittag) bei ihm einstieg? Er würde gar nicht merken, dass ich seine Müllhalde als Versteck benutzt hatte.

Sehr unglücklich rollte ich mich im Bett zusammen und hielt den Ring fest. Er durfte nicht kaputtgehen.

9

Mit dem ersten Möwenschrei stand ich auf. Im Gegensatz zu mir hatte die Sonne jedoch keine Lust, aus der Wolkendecke zu krabbeln.

Mein Plan war, so schnell wie möglich mit dem Buch zu Daria zu fahren, denn auch im Tageslicht wollte die Perle des Rings nicht mehr feurig funkeln.

Mir lag auch Noahs dämliches Verhalten noch immer im Magen. Ob die Perle deshalb nicht mehr leuchtete? Weil wir so etwas Ähnliches wie Streit hatten?

Das Buch aus Mikes Zimmer zu bergen, war ein Leichtes. Er schlief irgendwo in diesem Drunter und Drüber, wo mal sein Bett gewesen war, und er hätte mich sicherlich auch nicht bemerkt, wenn ich mit Pauken und Trompeten einmarschiert wäre. Sein Schnarchen dröhnte tiefenentspannt unter irgendwas hervor.

Geschickt schlug ich mich zu dem Berg durch, in dem ich das Buch begraben hatte, und begann leise, das Schüttgut abzutragen.

Verdammt.

Wo war das blöde Ding denn nur?

Ich räumte noch mehr Krempel zur Seite.

Wo war mein Buch?

Als ich bis zum (ziemlich dreckigen) Teppichboden gegraben hatte, geriet ich in Panik. War das der falsche Haufen?

Hektisch sah ich mich um – es gab keinen zweiten Bücherberg!

Halt! Was war das?

Neben dem Bett, in dem Mike irgendwo schnarchte, balancierte seine Playstation auf einem Stapel Bücher. Eines davon war mein Zauberbuch.

Leise fluchend stakste ich zu dem schiefen Turm. Anscheinend hatte Mike eine Ablage benötigt, denn nicht nur die Konsole, sondern auch Colaflaschen und leere Hotdog-Papiere lagen darauf. Aus einer Verpackung war Ketchup getropft.

Nein! Fast hätte ich gellend aufgeschrien.

Ketchup auf meinem Buch!

Mit einem Ruck riss ich es aus dem Turm und floh, so schnell ich konnte, aus diesem Saustall. Kaum war ich durch die Tür, hörte ich den Turm zusammenkrachen, gefolgt von einem »Mmh-uff?!«.

Im Bad reinigte ich mit (Mikes) Handtuch mein Buch. Hatte der ein Glück, dass sich der Einband nicht verfärbt hatte! Ich hätte Mike in Ketchup ertränkt!

Grummelig packte ich das Buch in meine Tasche und wollte zu Daria.

Doch heute war das Universum gegen mich.

In dem Moment, als ich die Haustür aufriss, öffneten sich auch die Schleusen des Himmels, und Wassermassen stürzten krachend zur Erde.

Nachdem ich unter Schock eine Minute lang auf den Wasservorhang gestarrt hatte, schlug ich die Haustür frustriert zu.

»Na großartig.« Immerhin war ich noch nicht unterwegs, versuchte ich mich zu trösten.

»Guten Morgen, Julie«, begrüßte mich meine Mom, die gerade die Treppe herunterkam. »Du bist ja schon fertig. Wo willst du hin?«

Offensichtlich hielten die finsteren Pläne des Universums mehr als eine Regendusche für mich bereit.

»Schon gut. Es schüttet. Ich bleibe hier.«

Sie warf einen Blick nach draußen. »Bist du mit Noah verabredet?«

»Nein. Toll, oder?«, pampte ich sie an.

»Julie! Ich kann nichts für das Unwetter.«

»Ehrlich?«

Sie stand noch auf der Treppe und versperrte mir den Weg. »So geht das nicht – wir sollten reden.«

»Nein, danke.«

»Warte.« Sie griff nach den Autoschlüsseln. »Willst du zu

Merle? Ich fahre dich. Und ich werde auch nicht mit dir sprechen.«

Sauer sah ich sie an. Jetzt war kein guter Zeitpunkt, um sich mit mir zu versöhnen. Ihretwegen war mein Buch besudelt worden. Ich hatte Streit mit der Liebe meines Lebens, und mein einzig gelungener Zauber machte komische Sachen.

Auf diesen Moment hatte sie doch nur gewartet. Mom hatte sich bestimmt gewünscht, dass etwas schiefging, damit sie triumphierend sagen konnte, sie hätte es ja gleich gewusst.

Auf keinen Fall würde ich mit ihr reden.

»Danke, Mom. Ich geh wieder in mein Zimmer. Ich wollte nur ein bisschen joggen«, log ich. »Hat sich erledigt.«

Bei dem Wort *Joggen* hoben sich Moms Augenbrauen, und sie fixierte meine riesige Strandtasche. (Julie! Denken, bevor du zu lügen versuchst!)

»Na gut. Deine Entscheidung.« Sie hängte den Schlüssel zurück ans Schlüsselbrett. »Hast du schon gefrühstückt?«

»Fällt aus.«

Nein, Mom, weder fahre ich Auto mit dir, noch setze ich mich an den Frühstückstisch. Ich will deine Vorwürfe und Verbote nicht hören.

Anscheinend hatte sie meine Gedanken gelesen, denn sie verschwand ohne ein weiteres Wort in der Küche.

Eine Weile starrte ich noch aus dem Türfenster auf den prasselnden Regen und trottete dann wieder hinauf.

Mir blieb nichts anderes übrig als Daria per Telefon um Hilfe zu bitten.

Ich wählte ihre Nummer und ließ es klingeln.

Und klingeln.

Schließlich sprang die Mailbox an.

»Hey, hier ist deine Lieblingsenkelin. Ich brauche deine Hilfe. Ruf mich bitte dringend an. Danke.«

Unsicher, ob sie die Mailbox abhörte, schickte ich sicherheitshalber zusätzlich noch eine Nachricht.

Und wartete.

Und wartete.

Der Regen rauschte noch immer, als wohnten wir unter einem Wasserfall.

Tatsächlich plingte endlich der Glöckchenton und meldete eine neue Nachricht.

Vermisse dich.

Die war garantiert von Noah.

Ungeduldig klickte ich sie weg. Sofort plingte es erneut.

Du bist mein Ein und Alles.

Ich seufzte und drehte den Ring. Er kribbelte nicht, die Perle blieb stumpf.

Warum antwortete Daria nicht?

Pling!

Küsse dich.

Pling!

Umarme dich.

Ich konnte ihm nicht antworten. Im Moment war mir nicht nach einem *Küsse dich*. Er verschwieg mir etwas.

Mein Ring ging kaputt!

Pling!

Vermisse dich.

Am liebsten hätte ich das Handy ab- oder wenigstens auf lautlos geschaltet, aber ich musste für Daria erreichbar bleiben.

Um mich von Noahs Dauerbeschuss – beziehungsweise von Darias Schweigen – abzulenken, nahm ich mir das Schmuckbuch vor und studierte es. Mit Stick-it-Notes markierte ich alle Stellen, zu denen ich Fragen hatte, und notierte sie in meinem Planer.

Erst Paps' Ruf zum Mittagessen unterbrach meine Studien.

Inzwischen waren zusätzliche zweiundzwanzig Nachrichten von Noah angekommen und null von Daria. (Dafür hatte sie noch fünf weitere von mir erhalten.)

Nach dem Familienessen, an dem Mike gar nicht und Mom als schweigende Geisha teilgenommen hatten (Paps war fast wahnsinnig geworden, so eine miesgelaunte Familie zu haben), verzog ich mich wieder auf mein Zimmer.

Ich überlegte kurz, etwas für die morgige Chemiearbeit zu tun.

Sehr kurz.

Jeder weiß, dass es gar nichts bringt, für die Schule zu lernen, wenn man ganz andere Sorgen hat. Auf keinen Fall konnte ich mich jetzt auf Reaktionszeiten konzentrieren – außer auf Darias. Und die tendierten eindeutig gegen unendlich.

Also tat ich das einzig Vernünftige: *binge watching.* Zu meinem Glück hatte ich gerade eine neue Staffel *Gossip Girl.*

Zumindest aus dieser Sicht wurde aus dem katastrophalen Tag doch noch ein ganz passabler Sonntag.

10

Zum Glück hatte das Universum sich das mit der Sintflut 2.0 zu guter Letzt doch noch anders überlegt, und der heftige Regen war am Montagmorgen vergessen. Die Sonne brutzelte von einem wolkenlosen Himmel, als ich ziemlich verschlafen das Haus verließ. (Nachteil von süchtig machenden Serien: Die Nacht dauert nur wenige Stunden.)

Grummelnd blinzelte ich gegen die Sonne und notierte mir im Geist: Daria unbedingt fragen, ob ein Schmuckmagier auch Einfluss auf das Wetter nehmen kann.

Außerdem: den Schulrektor dazu bringen, vernünftige Stundenpläne zu erstellen! Im Ernst, wer legt denn bitte schön in die erste Stunde – ich wiederhole: in die ERSTE Stunde! – Sport, und das am Montag? Entweder war der Rektor unfähig oder verflucht gut darin, seine Schüler zu quälen. So oder so verstieß Sport am Montag in der ersten Stunde eindeutig gegen die Menschenrechte.

Und weil das nicht reichte, gab's nach Sport auch noch Chemie. Wochen können doch nicht besser beginnen, oder?

»Einen ruhmreichen Montag wünsche ich, Julie«, begrüßte Merle mich trällernd, als ich die Umkleide betrat. (Mit ihrer Ironie traf sie stets ins Schwarze.)

Ich antwortete mit einem Laut, der ein *Hallo* sein sollte.

»Du siehst aber fertig aus.« Merle pfiff beeindruckt. Sie war bereits umgezogen und schien unfassbar gute Laune zu haben. Grinsend machte sie ein paar Dehnungsübungen. »Alles klar: Hinter dir liegt ein anstrengendes und furchtbar romantisches Wochenende.«

»Schön wär's.« Stirnrunzelnd beobachtete ich, wie sie auf der Stelle hüpfte, als ob sie sich für Sport aufwärmen würde. (Hahahahahahaha!) Mit der Schnelligkeit einer Schildkröte zog ich mich um. »Das Wochenende war ein Desaster.«

»Kopf hoch, Julie.« Aufmunternd klopfte Merle mir auf den Rücken. »Du stehst jetzt an der Startlinie eines neuen Tages. Sieh nach vorne und mach dein Rennen.«

»Wo hast du denn den Spruch her? Schlechte Filme am Wochenende geguckt?« Ihre Zappeligkeit, gute Laune und offensichtliche Energie machten mich völlig kirre.

Die Trillerpfeife unserer Sportlehrerin, Frau Mimers, schrillte durch die Umkleide. »Aufgepasst, Mädels! Heute gibt's Basketball. Zusammen mit den Herren! Auf geht's!«

Aufgeregt klatschte Merle in die Hände. »Basketball! Das wird cool! Mit Ben zusammen! Mal sehen, ob er so viele Körbe schafft wie ich.« Sie täuschte ein paar Würfe an, als wäre sie Dirk Nowitzki höchstpersönlich.

»Was soll denn der Mist?«, regte ich mich auf. »Hat die Mimers nicht auf den Plan im Lehrerzimmer geguckt? Da sind alle Arbeiten eingetragen! Wir schreiben gleich Chemie, und die will uns Basketball gegen die Jungs spielen lassen? Und wenn ich mir die Hand verstauche?«

»Ach komm, du Spielverderber. Du hast ja nur Schiss, auf der Verliererseite zu stehen.«

»Sagt die Chemie-Queen.« Sauer stopfte ich meine Jeans in die Sporttasche.

»Ein kleines Battle, das heizt deine grauen Zellen an.«

»Mir reicht das Chemie-Battle!«

Merle lachte. »Komm, sei keine Memme! Denen zeigen wir's.«

»Memme?« Ich fuhr zu ihr herum. »Alles klar bei dir? Das letzte Mal, als du 'nen Ball geworfen hast, musste Lucy ins Krankenhaus.«

»Es waren nur drei Stiche«, verteidigte sie sich (sehr überzeugend). »Und man sieht gar nichts mehr von der Narbe.« Wie ein hyperaktiver Jack Russell hüpfte Merle weiterhin von einem Bein auf das andere. »Los, raus mit uns«, trällerte sie. »Wer Erster ist.«

»Merle? Bist du's?«

Sie kicherte, gab mir einen verdammt harten Schlag auf die Schulter und sprintete davon.

Seit dem Blut-Ball-Vorfall hatte Frau Mimers von Ballspielen Abstand genommen. Meiner Meinung nach eine sehr vernünftige Entscheidung. Was hatte sie nur dazu bewogen, wieder damit anzufangen?

Als ich nach einer halben Ewigkeit (das Gähnen hielt mich vom Umziehen ab, wirklich!) in die Halle kam, lief das Spiel bereits. Ich traute meinen Augen nicht, denn Merle luchste gerade Ben den Ball ab, dribbelte und traf zielsicher in den Korb.

Frau Mimers pfiff, notierte die Punkte und wechselte mich gegen Leonie ein. Weiter ging's. Während meine Zunge schon nach drei Minuten hinter mir her schleifte, fing Merle einen Ball nach dem anderen, tänzelte um die männliche Abwehr und versenkte das Ding präzise und mit Schwung.

Hatte Merles Zauberfee etwa heute Morgen mit dem Feenstaub getroffen? Eigentlich war Merle weder des Fangens noch des Werfens mächtig. Und schon gar nicht solch ausgebufften Dribbel-Antäusch-Manövern. Ein mieses Gefühl beschlich mich, und mein Blick wanderte zu ihren Socken – trug sie das Kettchen?

Mit glänzenden Augen sprang sie an mir vorbei. »Hey, Memme. Ich gewinne!«

»Es ist ein Teamspiel!«, brüllte Franzi, ziemlich sauer, weil sie frei stand und locker auf den Korb hätte werfen können.

Doch Merle gab den Ball nicht ab. Sie griff schon wieder Conrad an, der ihr eingeschüchtert auswich.

»Was ist denn mit Merle los?« Ben stand plötzlich neben

mir, den Blick auf Merle geheftet, die wie ein Rammbock durch ihr Team pflügte.

»Keine Ahnung«, log ich. »Wie war es denn Freitag mit ihr?«

Er verdrehte die Augen. »Merle ist manchmal etwas übereifrig.«

In diesem Moment erreichte sie die Drei-Punkte-Linie. »Erster!«, jubelte sie.

»Übereifrig? Merle? Kann ich mir nicht vorstellen.«

Als wäre sie Michael Jordan höchstpersönlich, flog sie an den Korb, versenkte den Ball und baumelte noch kurz am Ring, bevor sie sich fallen ließ.

»Ich bin superstark! Ich kann alles. Ihr seid Loser«, brüllte sie. Und schon jagte sie wieder dem Ball nach, den Bob gerade Richtung Korb dribbelte.

Okay. Alles klar. Ich hatte mal wieder mit der Dosis übertrieben. Es tat nichts zur Sache, wie unscheinbar Zauberperlen aussahen. Diese winzigen Siegeswillen-Dinger hatten zu viel Power.

Merle knurrte Bob an, der nun den Ball hatte. Er stolperte vor Schreck, und Merle nahm ihm grinsend den Ball ab. Dann flog sie erneut zum Korb und schaffte einen Dunking.

Ich schlug die Hände vors Gesicht. Sie würden Merle einem Drogen-Screening unterziehen! Das Mädchen, das gestern keinen Schritt weit dribbeln konnte, tanzte nun mit dem Ball.

Ich musste das Kettchen schleunigst zurückholen, bevor –

Schallendes Gelächter riss mich aus meiner Panikattacke. Das Spiel hatte gestoppt, alle sahen lachend … zu Merle.

»Merle! Komm da runter«, zischte Frau Mimers.

Doch Merle dachte gar nicht daran. Sie hatte sich nach ihrem x-ten Slamdunk wieder den Metallring gegriffen und zog sich jetzt (mit Leichtigkeit) rauf, setzte sich triumphierend und baumelte mit den Beinen.

»32 zu 4«, grinste sie. »Gebt ihr auf? Gegen mich habt ihr keine Chance!«

»Runter da«, rief die Mimers.

»Die Aussicht ist so hübsch«, antwortete Merle ziemlich schnippisch.

»Merle?«, meinte ich zittrig. »Kann ich dich mal ganz kurz sprechen?«

Doch Merle sah nur auf mich herunter. »Memme.«

»Kann ich *dich* mal kurz sprechen?« Ben nahm mich am Arm und bugsierte mich zum Spielfeldrand.

»Was denn?«, fragte ich kleinlaut.

»Du lernst es auch nicht mehr, oder, Julie?«, schimpfte er und deutete Richtung Merle.

Mir war klar, dass ihm klar war, was ganz klar auf der Hand lag: Ich hatte gezaubert, und es ging mal wieder turbomäßig schief.

»Aber sie hat es doch so gewollt!«, unternahm ich einen matten Versuch der Rechtfertigung.

»Herrgott nochmal, Julie! Kleinkinder wollen auch ganz

unbedingt mit dem Feuer spielen – aber deshalb drückst du ihnen doch keinen Flammenwerfer in die Hand!«

»Das ist jetzt 'n bisschen übertrieben, findest du nicht?«

»Loser«, murmelte Ben und ließ mich stehen. Sauer trabte er zu den Jungs rüber, die eindeutig über Merle tuschelten.

»Neuer Spitzname? Süß. Passt zu dir.« Als wäre sie soeben einer Duschgel-Werbung gestiegen, schlenderte Chrissy an mir vorbei. Himmel! Was hätte ich dafür geben, sie auf der Stelle von einer Stinkmorchel niederwalzen zu lassen!

Sie stellte sich zu den Jungs, die Wetten darüber abschlossen, wie Merle von ihrem Thron wieder herabsteigen würde.

»Komm sofort runter! Das bricht gleich ab«, befahl Frau Mimers hilflos.

»Ich bin unbesiegbar. Es ist mein Recht, über euch Memmen zu thronen.« Hochnäsig ignorierte Merle Frau Mimers und entdeckte mich. »Julie! Schau! Ich bin Hulk!« Sie hob die Arme wie ein Wrestler und knurrte (wie ein Chihuahua).

Leider brach der Ring nicht.

Im Gegenteil.

Merle sackte, kaum das Chihuahua-Knurren geknurrt, wie ein Teigklumpen nach unten! Ihr Hintern rutschte in den Korb und blieb tief im Netz hängen, während ihre Füße nach oben ragten und ihre Nase an die Knie stieß.

»Upps!«, murmelte sie überrascht. Umständlich versuchte sie sich wieder aus dem Ring zu stemmen – doch es wollte ihr nicht gelingen. »Äh … Äh …« Verwirrt sah sie sich nach rechts und links um, hatte aber nur den Ring, um sich abzustützen und rauszuziehen.

»Oneinoneinoneinoneinonein!« Voller Panik tigerte Frau Mimers unter dem Korb auf und ab.

Merle steckte fest.

»Super gemacht, Jewels!«, war Bens Kommentar.

(Als ob es meine Idee gewesen wäre, dass sie sich da oben reinsetzt.)

Er rannte los, holte einen der Sprungkästen, und ich half ihm, ihn aufzustellen. Wir kletterten darauf, versuchten es zu zweit und zu dritt und schließlich zu viert, stemmten uns gegen Merles Hintern, schoben und drückten. Nichts zu machen. Sie saß fest.

Frau Mimers hatte inzwischen den Hausmeister alarmiert. Fluchend brachte der eine Leiter herbei und brummelte die ganze Zeit, dass ihm so was in seinen zweihundertachtzig Jahren Schullaufbahn ja noch nie passiert sei.

»Gleich bist du da raus«, wollte ich Merle Mut zusprechen, doch sie saß (oder steckte) mit verschränkten Armen im Ring und schmollte. »Ich hab gewonnen«, knurrte sie.

»Legt 'ne Matte drunter«, gab der Hausmeister den Befehl, und Bob, Karim und Lasse rannten los, um eine Weichbodenmatte zu holen, während Ben und ich den Kasten wieder wegrollten.

»Sie wollen mich fallen lassen?« Entrüstet starrte Merle ihn an.

»Auffangen werd ich dich nicht, Prinzessin – Shit.« Irgendwas hielt er mit Daumen und Zeigefinger.

»Was ist passiert?«, wollte Frau Mimers alarmiert wissen.

»Abgebrochen.« Grummelnd kletterte er von der Leiter. »Gehtsonichtmusswasanderesher.« Sprach's und schlurfte von dannen.

»Keine Angst, Merle. Wir haben's gleich«, versuchte Frau Mimers sie (und sich) zu beruhigen.

»Angst? Ich mach mir nur Sorgen, ob ich es rechtzeitig zur Prüfung schaffe. Denn ich werde nicht kneifen!«

Definitiv eine Überdosis an Siegeswillen. Aber ich konnte ihr schlecht vor aller Augen das Kettchen wegnehmen. (Vermutlich hätte ich dafür auch fliegen müssen, denn ihre Füße zeigten ja nach oben.)

Chrissy hatte ihr Handy aus der Umkleide geholt und filmte eifrig. Merle, der anscheinend überhaupt nicht klar war, wie dämlich sie aussah, winkte, posaunte Anfeuerungsparolen und grinste mit Victory-Zeichen in die Kamera.

Der Hausmeister kam mit einem Akkuschrauber zurück. Mit einem Gesichtsausdruck, den Jack Nicholson nicht besser hinbekommen hätte, machte er sich ans Werk.

Und plötzlich, mit einem grässlichen Geräusch, klappte der Korb nach unten weg. Nun hing die arme Merle waagrecht – doch sie steckte noch immer fest.

Erst mit vereinten Kräften konnten wir sie herausziehen wie einen Korken aus der Flasche.

Allerdings war sie schneller als wir alle wieder auf den Füßen. »Die Zeit läuft! Ich werde als Erste im Klassenraum sein!« Und schon war sie weg.

Frau Mimers sah ihr perplex nach. »Braucht Merle eine Krankschreibung?«, fragte sie mich unsicher.

»Falls ich sie einhole, frag ich sie.«

11

Als ich in unserem Klassenraum ankam, saß Merle natürlich schon am Platz, grinste und jubelte: »Erste! Erste! Ihr seid alle Loser! Mich hält niemand auf!«

»Gib mir bitte das Kettchen«, sagte ich, doch sie sah mich verständnislos an. »Ich will es überprüfen.«

»Es funktioniert einwandfrei. Du willst nur nicht, dass ich bei der Arbeit auch gewinne.«

»Man kann bei einer Chemiearbeit nicht gewinnen.«

»O Julie! Du bist immer so negativ! Kein Wunder, dass du so ’n Loser bist.«

Ich schnappte nach Luft, zwang mich zur Ruhe. Wie sollte ich das Kettchen von ihr abbekommen? Doch Herr Kampe forderte uns auf, Platz zu nehmen.

»Na, startklar?«, fragte er mit diesem sadistischen Blick, den sie Mathe- und Chemielehrern im Studium beibringen.

»Und wie, Herr Kampe«, sagte Merle strahlend.

»Ich habe schon von deiner Heldentat gehört«, murmelte er. »Sicher, dass du mitschreiben willst?«

Sie knurrte wieder ihr Chihuahua-Knurren. »Ich bin unbesiegbar.«

»Okay … Wie du meinst.«

Ben betrat mit ein paar anderen das Klassenzimmer und nickte Herrn Kampe knapp zu.

Ungeduldig trommelte Merle mit dem Bleistift auf den Tisch. »Hinter die Startlinie!«, rief sie den Nachzüglern zu.

»Merle«, zischte ich zu ihr hinüber. »Leg das Kettchen ab!«

»Das ist aufregend, oder? Ben muss sich keine Sorgen wegen der Arbeit machen. Ich habe ihn gut trainiert. Er ist ein Sieger!« Sie zwinkerte Ben zu, hibbelte dabei aber, als ob sie dringend zur Toilette müsste.

Ben gab ihr ein gequältes Lächeln zurück und prostete uns mit seiner Wasserflasche zu, bevor er einen großen Schluck daraus nahm.

So wie Ben aussah, war er ein ziemlich kaputter Sieger. Ob es am Basketballspiel oder Nervosität lag, konnte ich nicht einschätzen.

»Wann geht es endlich los? Ich kann nicht … ich kann nicht mehr warten«, murmelte Merle, während die letzten Schüler endlich ihre Plätze einnahmen. Auch Chrissy kam, warf Herrn Kampe ihr dämliches Grinsen zu und setzte sich so auf ihren Platz, dass er über ihre nackten Beine fallen musste, wenn er die Arbeiten verteilte.

»Bitte alles Unnötige von den Tischen.« Mit strengem Blick schritt Herr Kampe die Reihen ab und knallte jedem von uns das Aufgabenblatt verkehrt herum auf den Tisch. Ich sah zu Ben, der schräg vor mir saß. Tatsächlich hatte er kein Federmäppchen (also auch keinen Spicker) auf dem Tisch, nur zwei Stifte und die Wasserflasche. Fragend sah ich zu Merle. Sie gab mir ein Daumen-hoch-Zeichen und rutschte auf ihrem Stuhl hin und her.

»Die Zeit läuft ab jetzt.« Herr Kampe setzte sich auf die Kante des Pults, und synchrones Papierrascheln erklang, als alle Schüler gleichzeitig die Bögen umdrehten. (Hatte Merle gerade *Erste* geflüstert?) Danach herrschte Stille, bis das Schaben der Füller auf dem Papier erklang.

Nach einer kurzen Meditationspause und bevor ich einen Blick auf die Aufgaben riskierte, schrieb ich in Schönschrift Namen, Klasse und Datum in die obere Ecke des Blatts.

Dann las ich die erste Aufgabe. Ich fand sie ziemlich kompliziert. Um nicht zu viel Zeit damit zu verlieren, las ich lieber erst mal die zweite. Vielleicht konnte ich die ganz einfach beantworten.

Nope.

Eigentlich war ich nun schon so demotiviert, dass ich kaum mehr Lust hatte, Aufgabe drei, vier und fünf durchzulesen. Mein Blick glitt unauffällig zu Ben. Schon wieder trank er. So verschwitzt, wie er war, konnte er das sicher gut gebrauchen. Außerdem hilft ein guter Flüssigkeitshaushalt ja angeblich beim Denken.

Ich drückte ihm so sehr die Daumen, dass er es packte.

Merle hingegen saß tief über das Blatt gebeugt und schrieb, als wäre der Teufel hinter ihr her.

Mit einem leisen Seufzer versuchte ich, meinen eigenen Siegeswillen zu aktivieren. *Formuliere einen Reaktionsmechanismus für die Bildung von Polymethacrylsäure und gib den Reaktionstyp an.* Bingo. Das sah vielversprechend nach null Punkten aus. (Warum hast du nicht ins Chemiebuch geschaut, Julie? Ach ja. Mein Kopf war mit anderen Sorgen beschäftigt gewesen. Viel wichtigeren!)

Formuliere einen Reaktionsmechanismus ... Meine Gedanken drifteten zu Daria ab, auf die ich immer noch sauer war. Auch heute Morgen hatte sie meinen Anruf nicht angenommen. (Und die drei SMS hatte sie ebenfalls übersehen.) Ich starrte auf das Aufgabenblatt. Gehorchte Magie überhaupt den Gesetzen der Chemie und Physik? Würde sich dieses Schulwissen für mich nicht als absolut unnütz herausstellen?

Es durchfuhr mich wie ein Blitz.

Natürlich! Nichts hiervon war für mich als Schmuckmagierin relevant! Die Perle meines Rings hatte mein Blut aufgenommen, im Buch standen Dinge wie *Mondfeuer* und *im Eis schmelzen.*

Chemie war irrelevant für mich! (Yeah! Heureka!) Fast hätte ich laut gelacht.

Vielleicht hatte ich das auch tatsächlich getan, denn Herr Kampe räusperte sich und musterte mich fragend. »Julie scheint ein Licht aufgegangen zu sein. Wie schön für dich.

Du hast noch zwanzig Minuten, um mir deine Erkenntnisse schriftlich mitzuteilen.«

Sofort setzte ich mein Brave-Schülerin-Lächeln auf und beugte mich über die Aufgaben. Mit dem Wissen, dass das Ergebnis des Tests für meine Berufung unwichtig war, fühlte ich mich frei und beschwingt. Um des lieben Friedens willen kritzelte ich etwas aufs Blatt.

»Erste!«, brüllte Merle plötzlich neben mir, sprang auf, stopfte dem überraschten Herrn Kampe die Arbeit in die Hände, zeigte der Klasse eine Siegerpose und jagte aus dem Zimmer.

Ben sah kurz zu mir, schüttelte kaum merklich den Kopf und wandte sich dann wieder seinem Blatt zu.

O Himmel. Ich konnte nur beten, dass Merle tatsächlich die Fragen beantwortet hatte.

Irgendwann erlöste mich die Schulklingel, und Herr Kampe begann, die Arbeiten einzusammeln.

Gerade wollte ich Ben fragen, wie es für ihn gelaufen war, da spurtete auch er aus dem Klassenzimmer.

Verdammt, hatte er die Arbeit etwa in den Sand gesetzt? Im Pausenhof suchte ich nach Merle und fand sie an unserem Stammplatz. Sie machte Klimmzüge an unserer Kastanie.

Sauer stapfte ich zu ihr, packte ihre Beine, fummelte das Kettchen unter der Socke raus und riss es ab.

»Autsch!« Wie ein Sack Kartoffeln plumpste Merle zu Boden.

»Du hast es so was von übertrieben!«

»Ich wollte nur mal nicht die Letzte sein. Dafür hast du doch das Kettchen gemacht! Damit ich sportlicher bin.« Jammernd humpelte sie zur Bank. »Aaahhh. Wie kann man denn schon dreißig Minuten nach dem Sport Muskelkater haben?«

»Du bist Hulk, du überlebst es.« Mit den Fingerspitzen löste ich den Siegeswillen-Anhänger von der Kette. »Aber leg sie wirklich nur bei Sport an!«, meinte ich und gab es ihr zurück.

»Was hast du abgemacht?« Besorgt schielte sie nach den Perlchen.

»Den Siegeswillen.« Ich zeigte ihr die vier winzigen Perlen.

Ungläubig musterte sie die Körnchen in meiner Hand. »Die sind mikroskopisch klein!«

»Dachte ich auch.« Geschickt bog ich den Draht, auf den die Perlchen gefädelt waren, zu einem Ring und ließ sie in meiner Hosentasche verschwinden.

»Und Ben?«, wechselte Merle das Thema. (Nicht aber ihren leidenden Gesichtsausdruck.)

»Keine Ahnung. Er ist wortlos aus der Klasse gerannt, kaum dass Kampe eingesammelt hatte.«

»Da kommt er ja.« Merle wollte winken, doch schon den Arm zu heben war wohl zu viel. Wimmernd ließ sie es bleiben.

Ben wirkte sehr erleichtert. Er schwenkte seine Wasserflasche. »Das war fast ein Liter auf ex. Länger hätte die Stunde nicht dauern dürfen.«

»Es hat ja keiner gesagt, dass du sie austrinken sollst«, meinte Merle.

»Und? Was meinst du, hast du die Antworten gewusst?«, wollte ich wissen.

Er grinste. »Also ich denke, das war meine beste Arbeit ever.« Er hob die Hand, um Merle abzuklatschen. »Du hast es gerockt, Merle. Hut ab. Das war genial.«

»Danke.« Sie unternahm einen halbherzigen Versuch, die Hand zu heben. »Gott, wenn es jetzt schon so weh tut, was ist dann morgen?«

»Alles in Ordnung?« Besorgt musterte er sie.

»Sport ist Mord«, jammerte sie.

Bevor Ben mir wieder einen Vortrag über Verantwortung hielt, fragte ich ihn: »Also denkst du, dass du bestehen wirst?«

»Aber sicher. Der Spicker war einfach der Hammer!«

Ich blinzelte überrascht und setzte mich neben Merle auf die Bank unter die Kastanie. »Wie jetzt?« Um seine Schummelei nicht über den ganzen Pausenhof zu posaunen, senkte ich die Stimme. »Du hast geschummelt? Aber wie?«

Ben zwinkerte mir zu und bot mir die Flasche an. »Auch einen Schluck?« Das Wasser war fast leer.

»Nein, danke, ich – «

»Doch. Probier mal«, unterbrach er mich. »Da sind super Inhaltsstoffe drin.« Um es zu beweisen, hielt er mir das Etikett direkt vor die Nase, und ich begann zu lesen.

»Ihr seid ja …« Fassungslos sah ich ihn an. Dann zu Merle. »Woher hast du solche Tricks?«

Sie versuchte, keck mit den Schultern zu zucken, jaulte aber nur leise auf. »Bin eben ein modernes Mädchen.«

Das war in der Tat modern. Und frech und verwegen. Ben hatte das Etikett der Flasche ausgetauscht. Statt langweiliger Inhaltsstoffe und Werbeslogans standen nun Formeln und Merksätze darauf.

»Kampe hat nichts gemerkt.« Beeindruckt von Merles Fachkenntnis, nickte ich anerkennend. »Ich hätte Blut und Wasser geschwitzt«, gab ich zu.

Ben setzte sich neben mich und öffnete seine Brotdose. Zu meiner großen Freude waren meine absoluten Lieblingssüßigkeiten darin: Lakritzmäuse.

»Oh! Danke!« Begeistert ließ ich gleich zwei im Mund verschwinden. Merle lehnte dankend ab. Lakritze war nicht so ihrs, und ich notierte mir im Geiste, dass Ben unbedingt eine Liste mit Merles Lieblingsnaschereien brauchte.

»Wie ist es bei dir gelaufen?«, fragte er mich.

Doch ich zuckte nur mit den Schultern. »Ich schätze mal, Chemie werde ich für mein berufliches Leben nicht brauchen.«

Eine Sekunde lang war da ein Zögern in seinem Blick, dann wandte er sich wieder der Lakritze zu. »Also, wenn der Plan aufgegangen ist« verkündete er, »und ich 'ne Drei kriege, dann lad ich euch zwei auf 'ne Pizza ein.«

»O nein. Bitte nicht! Keine Pizza.«

»Hast du dich an Pizza etwa übergessen?«, fragte Merle schelmisch. »Du hast vorhin schon so eine komische Andeutung gemacht. Wie war dein Samstagabend-Date?«

»Schwierig«, gab ich zu und versuchte, das neugierige Schweigen der beiden zu ignorieren.

»Ärger im Paradies?«, hakte Ben schließlich nach, und Merle warf einen Blick auf den Ring.

»Was ist damit?«, rief sie überrascht aus.

»Schhht!« In dem Moment hatte ich Noah entdeckt. Er steuerte direkt auf mich zu, und ich wäre am liebsten weggelaufen. Eine Szene vor Ben und Merle – und der ganzen Schule – wollte ich auf keinen Fall. Nach kurzem Zögern winkte ich und schickte ihm eine Kusshand.

»Der Ring hat den Glanz verloren«, flüsterte Merle. »Was ist passiert?«

»Nichts«, zischte ich. »Wir hatten nur eine kleine … Meinungsverschiedenheit.«

»Über Magie?«

»Nein, sicher nicht. Noah weiß nichts davon, und das bleibt bitte auch so.«

Ben klappte die Dose mit den Lakritzmäusen zu und stand auf. »Wenn ihr jetzt wieder mit Magie anfangt, dann geh ich mal lieber.« Er räusperte sich und sah zu Noah, der schon fast bei uns war. »Außerdem kann er mich sowieso nicht leiden.«

»Julie!« Noah stürmte regelrecht auf mich zu, und ich stand

auf, um ihn zu umarmen. Ungestüm zog er mich an sich und gab mir einen Kuss, der mich sprichwörtlich atemlos zurückließ.

Merle saß mit offenem Mund da und starrte ihn an, während Ben mit den Augen rollte, »bis später« murmelte und ging.

»Das war – *aber* …«, stammelte ich, denn ich war völlig überrumpelt. Auf dem Schulhof hatten wir uns noch nie geküsst. Nur Händchenhalten und vielleicht einen Schmatz auf die Wange. Dieser Kuss war so leidenschaftlich gewesen, dass mir die Knie zitterten.

»Mach das nie wieder«, flehte er mich an. »Lass mich nie wieder ohne dich sein.« Erneut wollte er mich küssen, aber ich schob ihn mit Nachdruck von mir weg.

»Es tut mir leid, ich –« Verdammt. Was sollte ich ihm sagen? Der Ring fühlte sich plötzlich unerträglich heiß an. »Wir haben heute Chemie geschrieben. Ich hab, also … ich hab gelernt am Sonntag. Tut mir leid.«

»Du musst dich doch nicht bei mir entschuldigen! Es ist mein Fehler, dass ich süchtig nach dir bin.« Noah legte wieder die Hand um meine Schulter und presste mich an sich. »Ich hatte solche Angst, dich nicht mehr wiederzusehen.« Er klang regelrecht verzweifelt und ließ mich nicht los.

Lachend wand mich aus seiner Umarmung.

»Jetzt übertreib mal nicht. Wir sehen uns jeden Tag, Noah. Ich zieh doch nicht weg.« Vor Merle war mir sein Verhalten peinlich. Ich wusste, wie sehr sie sich einen Freund wünschte. Oder besser gesagt, wie sehr sie sich Ben zum Freund wünschte.

Als ich zu ihr sah, musterte sie Noah seufzend, dann winkte sie mir und rannte Ben nach.

»Ich übertreibe nicht.« Noah hielt meine Hand jetzt so fest, dass es unangenehm war.

Lächelnd strich er mir eine Haarsträhne aus dem Gesicht. »Es war ein schrecklicher Tag ohne dich.«

»Wir sehen uns doch heute Nachmittag am Strand.« Ich lehnte mich an ihn und beobachtete den Schulhof. Nie hätte ich mir träumen lassen, einmal zu den Mädels zu gehören, die in der Pause mit ihrem Freund knutschten.

»O Julie. Ich halte es kaum aus, wenn ich auch nur ein paar Minuten ohne dich sein muss. Gestern war die Hölle für mich.« Er seufzte.

»Noah. Das ist echt süß von dir.« Aber jetzt waren wir wieder genau am gleichen Punkt wie in der Pizzeria. Anscheinend gab es kein anderes Thema mehr für ihn. Ich stellte fest, dass er auch heute blass war und tiefe Schatten unter seinen Augen lagen. »Du siehst müde aus, Noah. Ist wirklich alles okay bei dir?«

»Jetzt ja.« Gerade wollte er mich erneut küssen, da ertönte die Schulklingel.

»Oh! Unterricht!« (Im Ernst, Julie? Du willst lieber in den Unterricht, als mit Noah zu knutschen?)

»Bleib! Verlass mich nicht.« Er streckte sehnsüchtig die Hand nach mir aus, aber ich wich vor ihm zurück.

»Ich verlasse dich doch nicht.« Ich lachte. In seinem Blick lag jedoch echte Unruhe. »Ich gehe zum Unterricht. Das solltest du auch tun.«

Er erneut nahm meine Hand. »Ich begleite dich.«

Tatsächlich eskortierte er mich bis zu meinem Klassenraum und gab mir noch einen Kuss. Was dazu führte, dass meine Mitschüler mich mit *»Oh, là, là«* und Pfiffen empfingen. Ich ignorierte ihr pubertäres Verhalten und setzte mich. Leider stellte ich fest, dass ich erleichtert war, Noah los zu sein. Das war grauenvoll! Ich sollte mich doch ganz anders fühlen, müsste dem Moment entgegenfiebern, wenn ich wieder bei ihm sein konnte. Und nicht hoffen, der Unterricht würde ewig dauern!

Während der nächsten Stunden versuchte ich, mich auf Deutsch zu konzentrieren und ausnahmsweise nicht die Uhr zu beobachten.

Als ich den Klassenraum zur Pause verließ, wartete Noah schon auf mich.

»Wollen wir jetzt an den Strand?«, fragte er hoffnungsvoll und überreichte mir eine Rose.

»Ich hab noch zwei Stunden Unterricht.« Hilfesuchend sah ich mich nach Merle um, doch die war mit Ben schon draußen.

»Lass sie ausfallen.«

Ich blieb stehen und streifte seine Hand von meiner Schulter. »Noah! Ich kann wegen dir nicht die Schule sausen lassen. Das gibt nur Ärger. Und Hausarrest. Dann darf ich dich gar nicht mehr sehen.«

Betreten sah er zu Boden. »Du hast recht. Es tut mir leid. Du fehlst mir nur so.«

Ich schluckte meinen Ärger hinunter und nahm wieder seine Hand. »Warst du am Sonntag bei der Band?«

Er schüttelte den Kopf.

»Was hast du denn gemacht?«

»Ich hätte dir gerne beim Lernen geholfen.«

Verärgert ließ ich seine Hand fallen. »Also entweder du verheimlichst mir etwas, oder … oder … keine Ahnung! Was ist denn los? Wenn ich deinen Worten glauben soll, dann sitzt du den ganzen Tag nur tatenlos zu Hause und wartest auf die Stunde, in der wir uns wiedersehen.«

Ertappt wich er meinem Blick aus und presste die Lippen aufeinander.

War das noch der Noah, in den ich mich verliebt hatte?

Ich ließ ihn stehen und stapfte ärgerlich hinaus zu Merle und Ben. Die Rose pfefferte ich in einen der Mülleimer.

12

Als die Klingel nach ungezählten Minuten endlich das Ende des Schultags verkündete, seufzte ich erleichtert auf. Nichts wie raus hier.

Der Wind hatte vom Meer her aufgefrischt und trug den Geschmack von Fisch und Salz zu mir. Ich atmete ein paarmal tief durch und ließ ich mit dem Strom der Schüler zum Fahrradschuppen spülen, schnappte mir mein Rad und fuhr los.

Der Leuchtturm war schon immer mein Platz, zu dem ich ging, wenn ich traurig war oder nachdenken musste.

Dank Noah war er nun auch der Platz, der mich für immer an meinen ersten Kuss echter, wahrer Liebe erinnern würde.

Als ich den Dünenpfad zum Turm hinaufstieg, bekam ich wieder dieses Kribbeln im Bauch, genau wie an dem wundervollen Abend, als Noah mich an der Hand genommen und hierhergeführt hatte. An *seinen* Rückzugsort, wie er sagte. Da hatte ich gewusst, dass Noah und ich füreinander bestimmt waren. Wir hatten den gleichen Platz ausgewählt! Uns einte ein schicksalhaftes Band! (Die Frage war nur, wohin es dieses Band verweht hatte.)

Leichte Federwolken zeigten sich am Horizont, der Wind war warm und am Strand reger Betrieb. Ich setzte mich auf die Bank am Turm und schloss die Augen. Stellte mir den Sonnenuntergang vor. Und Noah.

Unter keinen Umständen wollte ich ihn verlieren. Aber es fühlte sich so an. Es war fast, als würde der Noah, in den ich mich verliebt hatte, der mein Seelenverwandter war, verschwinden. Alles was ich an ihm großartig gefunden hatte, schien zu verblassen.

Ich öffnete die Augen und hob den Ring ins Sonnenlicht. Geschockt stellte ich fest, dass die Perle inzwischen die Farbe von geronnenem Blut angenommen hatte. Nicht nur das Leuchten war fort, die Perle verdunkelte sich!

Hatte es damit zu tun, dass Noah gerade in irgendeiner seltsamen Phase steckte? Oder waren meine Zweifel die Ursache?

An die Möglichkeit, dass etwas mit dem Zauber schieflief, wollte ich gar nicht denken. Davor hatte ich am meisten Angst.

»Dacht ich's mir doch.«

Erschrocken fuhr ich herum. Es war Merle, die plötzlich neben mir stand. Sie sah so aus, als sei sie mächtig sauer. Das verriet mir nicht nur ihr harter Blick, sondern auch die verschränkten Arme und der dünne, leicht schiefe Mund.

»Was ist passiert?«, fragte ich besorgt.

»Was passiert ist? Du dumme Nuss hast die Rose in den Müll geworfen.«

»Das hast du gesehen?«

»Blöder Zufall. Ich wünschte, ich hätt's nicht mitbekommen.«

»Und deshalb bist du hier?« War sie jetzt unter die Pflanzenschützer gegangen?

»Natürlich! Wie kann ich dich alleine lassen, wo *du* doch meine beste Freundin bist!« Gleich explodierte sie vor Wut … auf mich?

»Wie kannst du es wagen, Julie!«

»Was hab ich denn getan?« Ich hatte wirklich keine Ahnung, warum sie so sauer auf mich war.

»Ich halte zu dir, egal was ist. Weil es dir anscheinend mistig geht, komme ich natürlich.«

Das verstand ich. Ich lächelte sie dankbar an. Sie war die Beste.

»Aber das geht jetzt echt zu weit!«, blaffte sie mich weiter an. »War ja klar, dass du dich hierhersetzt und heulst.«

Ertappt wich ich ihrem Blick aus. Und prüfte wie beiläufig, ob mir eine Träne im Augenwinkel klemmte.

»Ich fass es nicht, Julie!«, schimpfte sie weiter. »Den ganzen Tag schwafelst du nur von dir. Und jetzt hast du den perfekten Typen, der nämlich auch nur von dir quatschen will –«

»Wie bitte?« Überrumpelt sah ich sie an. Was sollte das denn bedeuten?

»Noah ist ein Bilderbuch-Freund«, setzte sie ihre Tirade fort. »Er schenkt dir jeden Tag eine Rose – die du wegwirfst! Er lädt dich zum Essen ein, hat euch einen romantischen Rückzugsort am Strand besorgt. Es ist ein Traum, Julie!«

»Das mag so aussehen, aber es fühlt sich nicht so an! Unsere Beziehung ist irgendwie –«

»Irgendwie!« Wütend unterbrach Merle mich. »Es tut mir wirklich leid, Julie. Du hast alles bekommen, wovon du geträumt hast. Der Typ liegt dir zu Füßen! Und du jammerst schon wieder rum!«

Das traf mich nun wirklich tief ins Herz. Merle sah mich als ein verwöhntes Gör, das den Hals nie voll genug bekam und immer an allem herumnörgelte. »Das meinst du nicht so«, stammelte ich.

Sie wich meinem Blick aus. »Doch. Irgendwie schon. Du solltest endlich dankbar sein. Das wollte ich nur loswerden.«

Für ein paar Sekunden starrten wir wortlos aufs Meer.

»Noah mutiert zu einer Nervensäge«, murmelte ich und wusste, dass ich damit Öl ins Feuer goss. Aber es war so unfair. Was tauchte sie hier an meinem Leuchtturm auf, um mir so einen Vortrag zu halten!

»Er trägt dich auf Händen!«, schrie sie mich an. »Du wirst geliebt!« Sie ballte die Fäuste und wandte sich ab. »Vielleicht kommt dir Noah nur so nervig vor, weil er jetzt, wo er nur noch Julie im Kopf hat, langweilig für dich geworden ist«, brüllte sie und stapfte den Dünenweg hinab.

Sprachlos sah ich ihr nach. Bevor sie ganz hinter dem Dünenkamm verschwand, wandte sie sich noch einmal um.

»Weißt du, Julie«, brüllte sie, »andere Leute haben auch Sorgen. Und Wünsche. Und Hoffnungen. Zum Beispiel deine beste Freundin. Die träumt davon, ebenso geliebt zu werden wie du. Aber du hörst mir ja gar nicht mehr zu. Du fragst mich auch nicht. Und mir zu helfen, das kommt dir gar nicht erst in den Sinn.« Und damit verschwand sie.

Ich fühlte mich völlig leer.

Ich konnte Wünsche wahr werden lassen – mein Leben hätte perfekt sein müssen. Wieso nur war es so ein Desaster?

Aus meiner Tasche zog ich das Handy und wählte Darias Nummer. Endlich nahm sie ab.

»Hey, ich versuche schon die ganze Zeit, dich zu erreichen«, meldete ich mich. Vermutlich klang ich patzig. Merles Überraschungsangriff steckte mir noch in der Seele.

»Entschuldige. Ich musste kurzfristig weg.«

»Du warst weg? Wo denn?«

Es raschelte am anderen Ende. »Schätzchen, ich bin noch am Auspacken. Es ist gerade etwas hektisch.«

»Kann ich dir helfen?« Vor meinem inneren Auge sah ich mich schon die phantastischsten Steine und Juwelen in samtene Hüllen stecken.

Knistern in der Leitung. »Helfen?« Wieder ein Knacken. »Also – ach – das wäre toll, Julie. Ich brauche dringend ein Meerohr. Kannst du eins für mich suchen?«

»Ein Meerohr suchen?«, fragte ich zurück. Was zum Henker war ein Meerohr?

»Am Strand.« Wieder Knistern in der Leitung.

»Daria? Ich kann dich ganz schlecht verstehen.«

»Bitte. Meerohr … finden … sehen …«

»Daria?«

Die Leitung war tot.

»Der Teilnehmer antwortet nicht«, informierte mich eine sympathische Stimme, und ich drückte auf *Beenden*. Dann öffnete ich den Browser und gab *Meerohr* ein.

Ich erfuhr, dass es eine handtellergroße Schnecke war, die wie eine Muschel aussah. Diese Art kannte ich sogar. Sie wurde massenweise an den Souvenirständen verkauft, da sie innen mit Perlmutt überzogen war und herrlich schimmerte. Allerdings hatte ich so eine noch nie am Strand gesehen.

Aber wer weiß. Vielleicht hatte ich ja heute Glück. (Natürlich, Julie. Heute war definitiv ein Glückstag!)

Ich schlüpfte aus meinen Schuhen und rannte die Düne hinab. Das Meer begrüßte mich, ließ die Wellen an meine Zehen stippen. Stück für Stück nahm das rückläufige Wasser den Sand unter meinen Füßen mit.

Ich versank, der Boden unter mir bröckelte weg, und meine Füße gruben sich immer tiefer in den Sand. Mit einem Seufzer zog ich einen Fuß wieder aus dem nassen Sand.

Es war noch gar nicht so lange her, da hatte ich, um Noah zu zeigen, dass ich keine Beziehung mit Ben hatte, dessen

Freundschaft beinahe verloren. Nun riskierte ich Merles Freundschaft, weil ich zu sehr um Noah kreiste. Wieso passierte das? Warum konnte es nicht einfach gut mit Merle, Ben *und* Noah laufen?

Mit einem Schmatzer befreite ich den anderen Fuß.

Mein Blick glitt die Wasserkante entlang zur Promenade, wo das *Lorenzo* lag. Heute war ein Volleyball-Feld abgesteckt worden und reger Betrieb im Wasser. Falls dort ein Meerohr angespült worden war, hatte es sicher schon jemand gefunden. Also schlenderte ich in die andere Richtung, den Blick auf den nassen Sand gerichtet und mit den Gedanken bei Merle, bei Noah, dem sich verdunkelnden Ring und meiner Zukunft als Schmuckmagierin.

Ich bückte mich und hob eine winzige Herzmuschel auf. Sie war strahlend weiß und perfekt geformt. Sie würde Merle gefallen. Vielleicht konnte ich ihr eine Kette daraus machen. Ganz unmagisch. Einfach so … aus Freundschaft.

Aus der Schultasche holte ich meine leere Brotdose. Die letzten Krümel überließ ich den Strandläufern und legte die Muschel hinein. Immer wieder hob ich besonders weiße Herzmuscheln auf und steckte sie in die Dose. Natürlich hielt ich gleichzeitig nach Perlmutt Ausschau, aber ich konnte nichts finden, dass auch nur annähernd einem Meerohr glich.

»Julie?«

Erschrocken fuhr ich herum. Ich hatte gar nicht gemerkt, dass jemand hinter mir lief.

»Was machst du denn hier?« Es war Ben. Er trug einen Neoprenanzug und hatte eines seiner Surfbretter unterm Arm.

»Oh, ich suche nach Muscheln und häng meinen Gedanken nach.«

Er rammte sein Board hochkant in den weichen Sand. »Perfekte Ecke dafür.«

Ich sah mich um und stellte fest, dass ich den Leuchtturm nur noch als dünnen Strich erkennen konnte. Dieser Strandabschnitt war menschenleer.

»Und was machst *du* hier?«, fragte ich ihn.

»Da drüben, siehst du?« Er zeigte auf eine Stelle im Meer, an der sich die Wellen weiß kräuselten. »Da liegt eine Sandbank. Dort brechen sich die Wellen gut. Ich wollte ein paar Tricks üben. Und den Kopf freikriegen.«

Ich musste lachen. »Scheint hier die Kopf-frei-kriegen-Ecke zu sein.«

»Wusstest du das etwa nicht?« Er zwinkerte schelmisch.

»Nein.«

Da nickte er ernst. »Es war dir nur nicht bewusst. Deiner Magie jedoch schon. Sie hat dich hierhergeführt.«

»Meine Magie? Ich dachte, die ist für dich nur Quatsch.«

Er stellte sich an die Wasserkante und sah zu, wie die Wellen den Sand unter seinen Füßen wegtrugen.

»Ich glaube dir, dass sie existiert. Ich habe ja auch gesehen, was passiert ist, als du den Ring angesteckt hast.« Er streifte meine Hand mit einem flüchtigen Blick, woraufhin ich sie schnell in die Hosentasche steckte.

»Du findest es falsch«, stellte ich fest. Ich war ihm gar nicht böse, dass er nicht – wie Merle – in blanke Euphorie wegen der zauberhaften Möglichkeiten verfiel. Im Gegenteil, momentan war ich sogar dankbar, dass er seine eigene Meinung hatte und sie mir gegenüber auch klar aussprach.

Nachdenklich musterte er mich. »Ich weiß nicht, ob es falsch ist. Aber ich hab etliche Märchen gelesen und kenne diese Zauberwesen, bei denen man drei Wünsche frei hat.« Er warf mir einen frechen Blick zu.

»Du denkst, ich bin eine Fee?« Bei der Vorstellung prustete ich los. Mein Lachen – oder meine alberne Darbietung – steckte Ben an, und wir lachten, bis uns die Bäuche weh taten.

»Du hast die Macht, Wünsche zu erfüllen«, stellte er irgendwann fest, während ich nach Atem rang.

Eine Fee! Immer noch giggelnd wischte ich mir Lachtränen aus den Augenwinkeln.

»Da es Magie gibt, ist sicherlich einiges an den alten Geschichten wahr«, meint er. Inzwischen hatten sich seine Füße schon fast ganz in den Sand eingegraben. »Das bedeutet aber auch, dass es weiße Magie und schwarze Magie gibt.« Er wandte sich mir zu und sah mich gedankenversunken an.

»Ich bin auf jeden Fall eine weiße Magierin«, brauste ich auf. »Das ist das Tolle, ich kann den Leuten helfen. Ihnen ihre drei Wünsche erfüllen.«

»Aber nicht jeder Wunsch ist gut, oder?«

Ich schwieg. Sicher waren nicht alle Wünsche gut. Aber es lag doch an mir, welchen ich erfüllte. Es galt eben genau abzuwägen. »Daria wird mir alles beibringen, was ich wissen muss, um eine gute Schmuckmagierin zu werden.«

»Wer ist Daria?«

»Meine verschollen geglaubte Großmutter.«

Überrascht zog er die Augenbrauen hoch. »Die, die nie auf Einladungen reagiert hat?«

»Weil Mom sie nie eingeladen hat«, entschuldigte ich Daria. »Sie ist sehr nett. Du magst sie.«

»Ich mag sie?« Zweifelnd sah er mich an.

»Ganz sicher.«

»Na, wenn du das sagst …«

Eine weiße Herzmuschel wurde an meine Füße gespült, und ich hob sie auf. »Du kennst sie nämlich schon lange. Es ist Frau Soma.«

Ungläubig schüttelte er den Kopf. »Die aus der Bücherei?«

»Jepp. Schon ziemlich schräg, oder? Sie hat all die Jahre nichts gesagt.«

»Sie kam mir immer sehr hilfsbereit und freundlich vor. Allerdings kann ich mir nur schwer vorstellen, dass sie die Mutter deiner Mutter ist. Die beiden haben nicht wirklich viel gemeinsam, oder?«

»Wohl kaum. Sonst hätten sie sich sicher nicht derart zerstritten.« Ich legte die Herzmuschel zu den anderen in die

Brotdose. »Das Seltsame ist, ich fand Frau Soma schon immer echt cool. Wahrscheinlich wegen des Schmucks, den sie trägt.«

»Ja, der ist mir auch aufgefallen. Und ich hab immer darauf gewartet, dass ihr zwei irgendwelche Tipps austauscht.« Er lachte. »Na, jetzt ist es wohl so weit.«

»Stell dir vor«, schwärmte ich, »sie hat quasi schon die ganze Welt bereist. Ich kann es kaum erwarten, bis ich das auch alles machen kann.«

Er befreite seine Füße aus dem Sand. »Was machen kannst?«

»Na, reisen. Quer durch die Welt, überall den Leuten helfen.« Begeisterung ließ meine Wangen glühen, und ich fühlte mich so glücklich wie schon seit langer Zeit nicht mehr.

Eine graue Wolke schlich sich von hinten links an und kaperte meine gute Stimmung. Warum fühlte sich mit Noah alles so anstrengend an? (Ja, ja, schon klar. Geheimnisse sind Gift.)

»Was ist passiert?« Ben trat auf mich zu und sah mir tief in die Augen. »Eben noch so glücklich und schon wieder traurig. Was ist denn los mit dir?«

»Ach. Ich hab Streit mit Merle. Und Noah … Noah ist auch irgendwie komisch drauf.«

Er murmelte ein *Hm*, setzte sich in den Sand und sah auf die Wellen. Ich ließ mich neben ihm nieder, und für eine Weile blickten wir stumm dem ewigen Auf und Ab des Wassers zu. Mir wurde bewusst, wie einfach es war, mit Ben zu schweigen. Mit Merle gab es kaum stille Minuten. Sie war immer am Quasseln. Und wenn es zwischen Noah und mir still wurde, fühlte es sich jedes Mal bedrückend an.

Nicht mit Ben. Mit Ben konnte ich einfach nur sein. Deshalb war er mein bester Freund. Mit ihm war immer alles so simpel. Ich musste bei ihm nicht tun, als ob.

Nachdenklich musterte ich ihn von der Seite. Er sah gut aus mit den dunklen, ein bisschen zu langen Haaren. Merle hatte Glück. Bestimmt würden sie und Ben ein tolles Paar werden.

»Merle mag keine Lakritze«, sagte ich. Mir war klar, dass diese Info jetzt leicht aus dem Zusammenhang gerissen war. Aber ich wollte unbedingt etwas für die beiden tun.

Allerdings war ich mir nicht sicher, ob Ben wusste, dass Merle sich in ihn verliebt hatte. Er war ein aufmerksamer und einfühlsamer Mensch – weder ihr verliebtes Grinsen noch das tägliche Belauern am Surferstrand konnten ihm entgangen sein, oder?

»Wie kommst du denn jetzt da drauf?« In seinem Blick lag ein wenig Ärger, als er mich ansah. War er sauer, weil ich unsere harmonische Stille gestört hatte?

»Na ja. Ich dachte, ich sag dir das mal. Sie hat heute in der Pause – also, da war sie ein wenig enttäuscht.«

Er warf einen Stein in die Wellen. »Ja. Ich weiß, dass sie keine Lakritze mag. Sie ist doch auch meine Freundin.«

Das war kein K.-o.-Kriterium für die Liebe, redete ich mir ein. Noah mochte Sardellen. Ich nicht. Dennoch liebten wir uns. »Sie hat das cool gemacht mit der Flasche«, startete ich einen neuen Versuch.

Tatsächlich huschte ein Lächeln über sein Gesicht. War das ein Hinweis, dass er sie auch mochte? »Ich hoffe wirklich, dass es geklappt hat«, meinte er. »Ich war so was von nervös.« Nachdenklich sah er mich an. »Der Gedanke, dass ihr ohne mich zum Abschlussball geht …«

»Ach!« Kumpelhaft rempelte ich ihn an. »Eine von uns hätte dich schon reingeschmuggelt.«

»Geschmuggelt.« Verärgert zog er die Augenbrauen zusammen.

»Na klar.« Grinsend klopfte ich ihm auf die Schulter. »Merle kennt da bestimmt einen Trick.«

Er grinste zwar ebenfalls, aber ich merkte, dass er den Scherz nicht lustig fand.

»Weißt du schon, was du mal machen willst?«, wechselte ich das Thema. »Ich meine, nach der Schule, so als Beruf?«

»Ich werde Chemie studieren.«

Er sagte das mit solcher Ernsthaftigkeit, dass ich losprusten musste. Es dauerte eine Weile, bis ich mich wieder gefangen hatte. »Du bist großartig, Ben.« Immer noch musste ich kichern, und es fühlte sich gut an.

»Jetzt lachst du. Wirst schon sehen! Ich erfinde irgendetwas total cooles Chemisches. Ich schick dir ein Foto aus meinem Labor – falls du mich auf dem Laufenden hältst, wo du auf der Welt herumzauberst.«

Eine kleine Spitze piekte mich ins Herz. So wie er das sagte, klang es schrecklich. Als ob ich alle, die ich liebte, leichtsinnig im Stich lassen, sie aus reiner Selbstsucht verlassen würde. (Neuste Nachrichten! Grässlicher Verdacht gegen Julie Jewels: Sie ist eine Egoistin.)

»Deshalb hast du gemeint, du brauchst Chemie nicht«, meinte er. »Du hast gar nicht vor, die Schule zu beenden.«

»Na ja … ich … also …« Überrumpelt wich ich seinem Blick aus. »Keine Ahnung. Doch. Schon. Glaub ich.«

»Sobald deine Großmutter sagt, dass du jetzt alles kannst, gehst du weg, nicht wahr?« Er stand auf, zog das Board aus dem Sand und klemmte es sich unter den Arm.

»Aber das dauert doch noch! Ich kenn ja noch nicht mal die ganzen magischen Techniken.« (Und zu allererst muss ich ein Meerohr finden.)

Die Stimmung war dahin. Ich hatte es so genossen, mit Ben hier zu sitzen. Es hatte gutgetan, mit ihm zu reden. Mit Noah konnte ich nicht über Daria und die Schmuckmagie sprechen, denn er durfte nichts von meinem Talent wissen. Ich hätte ihm sonst vom Ring erzählen müssen. Und obwohl ich wusste, dass der Ring gute Magie war, hatte ich Angst, Noah könnte sie als böse ansehen.

Als hätte Ben meine Gedanken erraten, sagte er: »Und Noah? Dein Seelenverwandter, den du mit dem Ring an dich bindest? Wird er dich quer durch die Welt begleiten? Wirst du ihm dann endlich von deiner Zauberei erzählen?«

Mir klappte der Unterkiefer runter. Nicht, weil Ben schon wieder gegen Noah und den Ring ausgeteilt hatte. (Auf dem Ohr stellte ich mich inzwischen taub.) Aber er hatte recht! Was war mit Noah und unserer Liebe, wenn ich durch die Welt flog, um fremde Leute glücklich zu machen? Ich warf Ben einen verärgerten Blick zu. Das war nicht fair. Er tat ja so, als ob ich meine Zukunft schon komplett durchgeplant hätte und alle, die mir wichtig waren, vergessen würde.

»Na dann, Jewels. Ich geh surfen.« Er tippte sich zum Gruß an die Stirn. »Viel Glück beim Grübeln weiterhin.« Und damit befestigte er sich die Leash am Knöchel und ging ins Wasser.

Ich sah ihm nicht nach, denn ich war regelrecht erstarrt. Würde ich Noah aufgeben müssen, um Schmuckmagierin zu werden? Ich konnte ihn nicht bitten, mich auf meinen Reisen zu begleiten. Noah hatte eigene Träume, die Band, ein Kunststudium …

Doch konnte man seine echte, wahre Liebe aufgeben?

13

In der Nacht wurde ich wieder von düsteren Träumen geplagt. Ein Tornado verfolgte mich, darauf aus, mich in seinen Strudel einzusaugen. Ich rannte und rannte, aber er näherte sich mir unerbittlich. Auch Daria war da. Völlig unbeeindruckt von dem Sturm, pflückte sie Sterne vom Himmel, um sie mir zu schenken. Und ich wusste, dass Noah da war, aber ich konnte ihn nicht finden. Als ob er unsichtbar wäre.

Schweißgebadet wachte ich auf.

Kaum in der Schule, machte ich mich auf die Suche nach Noah. Und fand ihn nicht. Wo steckte er bloß? Panik stieg in mir auf, und beim Pausenklingeln rannte ich sofort los. Sein Kursraum war schon leer, also sprintete ich zur Pausenhalle. Statt Noah fand ich Nick von der Band.

»Hey, schon lang nicht mehr gesehen«, sprach ich ihn an.

»Julie! Wie geht es denn?«

Er stand am Kiosk an, und ich stellte mich neben ihn, was böse Kommentare von anderen Wartenden zur Folge hatte.

Ich mochte Nick. Er war immer geradeheraus.

»Na, es ist Schule, wie soll es einem da schon gehen?« Ich grinste und lachte.

»Recht haste. Willst du auch was?« Er deutete auf die Auslage des Kiosks, die eine Auswahl an geschmolzenen Schokoriegeln und trockenen Brötchen bereithielt. Ich schüttelte den Kopf, und er bestellte sich zwei Erdnussriegel.

»Ich suche Noah.«

»Tja, wer nicht.« Herzhaft biss er in einen der Riegel.

Überrascht blieb ich stehen, doch die Pausenhalle war derart voll mit Schülern, die hinaus- und hereinströmten, dass ich Nick dadurch fast verloren hätte.

»Warte, was meinst du?«

Jetzt war er es, der stehen blieb und mich erstaunt musterte. »Du weißt wirklich nicht, wo er steckt? Seid ihr nicht mehr zusammen?«

»Sicher sind wir noch zusammen«, kiekste ich. (Nö, ich bekam bei diesem Gedanken natürlich keine Schnappatmung – mitten in der Pausenhalle. Unter Hunderten von Klatschtanten und Plappermäulern.)

Wieder biss er schmatzend ab und zog mich aus dem Gedränge in die Tür zum Kopierraum.

»Du hast keine Ahnung, was Noah macht, oder?«

Beschämt sah ich auf meine Schuhspitzen. »Er redet nicht mit mir über die Sachen, die er gerade so plant.«

»Plant?« Nicks Tonfall klang fies. »Der Typ plant gar nichts mehr. Der braucht ’ne Therapie.«

Wütend sah ich ihn an. »Was soll das denn, habt ihr Streit?«

»Schön wär's. Er hat uns einfach sitzenlassen. Ohne ein Wort. Und nun taucht er noch nicht mal mehr zum Unterricht auf. Es ist das letzte Jahr vor dem Abi, Mann! Er mag ja gut sein, aber so langsam holt er den Stoff nicht mehr auf.«

Mit jedem seiner Worte fiel mir die Kinnlade einen Tick weiter runter. »Was?«, stammelte ich tonlos.

»Okay.« Das letzte Stück Erdnussriegel verschwand in Nicks Mund. »Ich merk schon. Du hast noch weniger Ahnung als wir.« Er beugte sich zu mir vor und sah mir direkt in die Augen. »Sicher, dass ihr noch zusammen seid?« Damit klopfte er mir tröstend auf die Schulter, reihte sich in den Strom der Schüler ein und wurde davongeschwemmt.

Ich stand wie erstarrt da. Erst das zweite Läuten der Schulklingel weckte mich aus meinem Schock, und ich rannte zum Klassenraum. Keinen Schimmer, welches Fach wir hatten, ich sah und hörte nichts. Der Tornado aus meinem Traum hatte mich erwischt. Ich wurde herumgewirbelt, oben war unten und unten oben und alles durcheinander.

Wo war Noah?

Er war tatsächlich unsichtbar geworden.

Kaum klingelte es zur zweiten Pause, stürmte ich wieder aus dem Zimmer. Laut Stundenplan hatte Noah eben Kunst gehabt. Sein Lieblingsfach. Das würde er nicht so einfach schwänzen. Als ich schnaufend bei den Kunstsälen ankam, verließen gerade die letzten Schüler den Raum. Noah war nicht dabei. Ich lugte hinein und entdeckte Frau Sandhorst am Pult.

»Entschuldigung, war Noah hier?«

»Schön wär's.« Sie klappte ihre lederne Mappe zu, nahm sie unter den Arm und kam zu mir. »Bist du mit ihm befreundet?«

Ich nickte.

»Dann sag ihm bitte, wenn er eine weitere Stunde unentschuldigt fehlt, gibt es ein Problem.« Sie schob mich aus dem Klassenzimmer, zückte einen dicken Schlüsselbund und verschloss den Raum.

Er war also tatsächlich nicht gekommen. Und anscheinend hatte er auch keine Entschuldigung abgegeben. Ich sah auf meinen Ring.

Das Rot glich weiterhin einem Braun. Die Verfärbung hatte nichts mit unserer Liebe zu tun. Ich sagte mir das immer wieder, und hoffte, dass es dadurch auch wirklich wahr war.

Diese Beschwörung murmelnd ging ich zurück zu meiner Klasse. Ich hatte den Ring geschmiedet, damit er unsere Liebe stärkte. Wenn es nicht an der Liebe lag, dass er die Farbe änderte – dann konnte es doch nur daran liegen, dass Noah krank geworden war.

Ernsthaft krank, schoss es mir durch den Kopf. Denn auf einen simplen Schnupfen hätte die Magie sicher nicht derart extrem reagiert.

Ich beschleunigte meine Schritte und eilte in unseren Klassenraum. Dort schnappte ich mir meine Tasche, schob Federmappe und Hefte hinein und rannte hinaus.

Es klingelte zur fünften Stunde, als ich den Fahrradschuppen erreichte. Hastig schloss ich mein Rad auf, warf die Schultasche in den Korb und zog es aus dem Ständer. Da bemerkte ich die Rose, die unter der Klingel steckte.

Noah!

Suchend sah ich mich um. Aber wer weiß, wann er sie an mein Fahrrad gesteckt hatte? Ich musste zu ihm!

Das Haus, in dem Noah wohnte, lag in einem der alten Stadtviertel. Die Häuser waren niedrig und schmal, und viele von ihnen standen unter Denkmalschutz, da sie vor Ewigkeiten von irgendwelchen Fischerfamilien gebaut worden waren. Neben Noahs Haus stand sogar noch der hölzerne Anbau, in dem einst der Fang getrocknet worden war.

Ich lehnte mein Rad an den weißen Gartenzaun, rannte zur Eingangstür und klingelte Sturm.

Mir kam es wie eine Ewigkeit vor, bis ich Schritte hörte. Endlich wurde die Tür geöffnet, und Noahs Mutter sah mich verschlafen an.

»Julie?«

»Entschuldigen Sie, Frau Berglund. Ist Noah da?«

Sie blinzelte mir entgegen und fuhr sich durch die zerzausten Haare. »Habt ihr schon wieder schulfrei?«

Ich wurde rot. »Ja. Ganz überraschend sind die letzten Stunden ausgefallen.«

Sie nickte langsam. »Ich weiß nicht, ob Noah hier ist. Ich hatte Nachtschicht.«

»Es tut mir leid, dass ich Sie geweckt habe«, stammelte ich. »Ich muss ihn finden.«

»Wahrscheinlich ist er zur Arbeit, wenn er jetzt schon frei hat.«

Wie bitte? Noah hatte einen Job? »Wo … wo arbeitet er denn?«, fragte ich und musste mich zwingen, ruhig zu bleiben.

»Beim Fischmarkt.«

Alles klar. Dort wurde immer gesucht. Fische mussten verladen, gesäubert und verpackt werden. Rund um die Uhr. Schüler waren da gerngesehene Hilfsarbeiter.

Ich bedankte mich und saß auch schon auf dem Rad.

Der Fischmarkt lag am anderen Ende der Promenade. Dort stand für die Touristen noch eines der alten Gebäude, in dem Fischer Marktstände betrieben und einen Teil ihres Fangs direkt an die Urlauber verkauften. Es hatte eine hübsche Holzfassade mit viel Schnitzwerk. Hinter diesem schmucken Haus versteckt standen die neuen Hallen aus Blech, mit den lauten Maschinen, den Gabelstaplern und Tanks voller Fischabfall.

Ich fuhr zum Pförtnerhäuschen.

»Entschuldigen Sie.«

Der ältere Mann in dem Glaskasten wartete anscheinend

seit einigen Jahrzehnten auf seine Pensionierung und war dabei eingenickt. »Ich suche einen Ihrer Hilfsarbeiter.«

Mit verschmitztem Lächeln musterte er mich. »Da kann er sich aber glücklich schätzen.«

Sofort wurde ich rot. »Ähm. Na ja. Also. Ist er auf dem Gelände?«

»Nun ja, Mädchen. Das kann ich dir leider nicht sagen.« Er zog ein Klemmbrett mit einer langen Namensliste unter einer Zeitung hervor. »Er hat mir nichts von dir erzählt. Also musst du mir erst mal verraten, wie dein Freund heißt.«

»Noah Berglund.«

Er blätterte in seiner Liste. »Ach ja, der verrückte Kerl.«

»Verrückt?«

»Er fragt nach fast jeder Nachschicht. Die sind besser bezahlt. Heute ist er bei einer Lieferung als Packer mitgefahren.«

Jetzt war mir klar, weshalb Noah so fertig aussah. Er war nicht krank. Vielleicht komplett irre. Ansonsten schlichtweg übermüdet. »Wann kommt er zurück?«

»Tut mir leid, Kleine. Keine Ahnung. Der Lieferwagen muss um drei Uhr neu beladen werden.«

Ich bedankte mich und verließ das Gelände.

Warum auch immer er mir seinen Job verschwieg – er war gesund. Und das war momentan alles, was für mich zählte.

Erleichtert musterte ich den Ring. Seine Farbe war unverändert, doch ich bildete mir ein, dass er eine Nuance heller schimmerte.

Ich fuhr zurück zur Promenade und atmete durch. Obwohl ich wirklich sauer war, weil ich nicht verstand, warum er aus dem Job ein Geheimnis machte, beschloss ich, mir für den Rest des Tages keine Gedanken mehr zu machen. Bevor er nicht zurück war, bekam ich sowieso keine Antwort.

Deshalb schrieb ich Merle auf dem Handy an.

Bist du am Strand?

Nach gerade mal zehn Sekunden hatte ich schon eine Antwort.

Bist *du* etwa am Strand? Wo warst du?
Wir hatten noch Unterricht.

Musste Noah suchen.

Gefunden?

Fast. Wo finde ich dich?

Am Strand.

Na also. Ich kannte meine beste Freundin einfach zu gut.

14

»Ich rede eigentlich nicht mehr mit dir, bis du dich entschuldigst«, begrüßte mich Merle. Sie fläzte sich wieder mal im Liegestuhl am *Lorenzo*. Dem letzten Stuhl in der Reihe, mit bester Aussicht auf die Surfer. Neben ihr war jedoch leider kein Platz mehr frei, weil jemand Handtuch und Sommerlektüre darauf deponiert und so sein Revier markiert hatte.

»Es tut mir leid, Merle.« Ich setzte mich vor sie in den Sand. »Ich bin wirklich doof. Natürlich weiß ich, dass du in Ben verliebt bist. Aber ich hab keine Ahnung, wie ich dir helfen soll.«

Merle hatte die Arme verschränkt und schmollte.

»Ich will doch nur nicht meine beste Freundin verlieren, Merle.« (Und meinen besten Freund.)

Sie sah an mir vorbei zu den Surfern aufs Meer. »Ich hab meine an dem Tag verloren, als sie mit ihrem Freund zusammengekommen ist.«

Seufzend folgte ich ihrem Blick. Ben konnte ich unter den Jungs in den Wellen nicht ausmachen. »Es tut mir unendlich leid. Ich wollte dich nicht ausschließen. Aber sicher willst du auch nicht zwischen uns sitzen, wenn wir unser romantisches Dinner haben. Da herrscht nämlich zurzeit ziemliches Gezicke.«

Ich grinste sie an, doch ihr Blick war weiterhin stur geradeaus gerichtet. Schweigen – von Merle! Selten genug. Aber okay, ich wollte heute sowieso nicht mehr über Noah reden. Als Strafe dafür, dass er mich belogen hatte. Also wechselte ich das Thema.

»Ich hab unsere Zauberwunschliste in den Planer geschrieben.« Merle starrte weiterhin an mir vorbei. »Ist dir noch was eingefallen?« Hoffnungsvoll beobachtete ich, wie sie die Lippen spitzte und mich prüfend von der Seite ansah.

»Ach komm schon, Merle.« Langsam verlor ich die Geduld mit ihr. Was musste ich denn noch sagen? »Wir werden uns doch nicht wegen Jungs zerstreiten!«

Sie räusperte sich und wandte sich mir schließlich zu. Wie die Queen saß sie da und sah zu mir herunter. »Du machst mir einen Liebeszauber.«

»Na ja, klar. Warum nicht? Sobald mir Daria beigebracht hat, wie das richtig geht.«

»Wundervoll!« Merle giggelte begeistert und bot mir die Hand zum Einschlagen. Der Deal war besiegelt. »Wann kannst du damit anfangen?«

»Am liebsten sofort …«, antwortete ich wahrheitsgemäß.

»Aber?« Merle sackte in sich zusammen und seufzte. Abwartend sah sie mich an.

»Äh. Ich hab gar nicht *Aber* gesagt.«

»Hast du wohl. A-B-E-R!«

»Wirklich?«

»Wirklich.«

»Okay, aber ich *wollte* gar nicht *Aber* sagen.«

»Ich hab's aber genau gehört. Du hast gesagt ›am liebsten sofort …‹ Da waren Pünktchen dran. Und in den Pünktchen war schon das *Aber* drin. *Dickes* Aber.« Oberlehrerinnenhaft sah sie mich über ihre Brille hinweg an. »Also, du schwänzt die Schule und bist nicht bei Daria, zu der du doch eigentlich schon seit Tagen willst. Ist das das Aber?«

»Das Aber wäre – wenn überhaupt – Daria selbst. Sie war verreist.«

»Aha … Und wo warst du, während ich Spaß bei Herrn Fuchs hatte?«

»Ich musste nachsehen, ob es Noah gutgeht.« (Ach, Julie. Halt dich doch einmal an deine eigenen Regeln! Jetzt redest du ja schon wieder über ihn.) »Und es geht ihm gut. Er ist mit einem Wagen voller Fische unterwegs.« Zugegeben, im letzten Satz schwang so etwas wie ein Vorwurf mit.

»Er arbeitet beim Fischmarkt?« Merle war ebenso erstaunt wie ich. »Seit wann?«

»Keine Ahnung. Zwei oder drei Wochen? Ich schätze, das ist die Sache, die er mir nicht sagen will.« (Ja, es war nicht zu überhören: Ich *war* sauer auf Noah.)

»Tut mir leid. Ich dachte, du übertreibst.«

Ich winkte ab. Wir waren quitt im Ignorieren der Sorgen der besten Freundin.

»Du hast echt einen seltsamen Freund«, meinte sie und lehnte sich zurück, um mit einem kurzen Blick die Surfer abzuscannen. Ben war noch immer nicht da. »Ich hab dich in Mathe entschuldigt. Hab gesagt, dir ist schlecht geworden.«

»Danke.« Für einen Moment starrte ich auf den Sand vor mir, ritzte gedankenverloren irgendwelche Zeichen mit einer Muschel hinein. »Ich mach mir Sorgen, Merle«, meinte ich schließlich leise. »Was, wenn Noahs Verhalten etwas mit dem Ring zu tun hat?« Verdammt. Ich biss mir auf die Lippen. Schon wieder redete ich über Noah! Dabei hatte ich mir so fest vorgenommen, nur über Merle und Ben zu sprechen.

»Du wolltest doch Daria fragen.« Sie betrachtete meine Sandzeichnungen.

»Sie war ja nicht da. Und am Telefon hatte ich keine Gelegenheit.«

Merle musterte den Ring. Die Perle war eindeutig dunkler geworden.

»Und Noah?«, fragte Merle. »Verändert die Veränderung ihn?«

»Na … also, er arbeitet beim Fischmarkt und schwänzt die Schule. Sogar Kunst!« Unglücklich sah ich sie an. »Das gilt als Veränderung, oder?«

»Verdammt viel Veränderung«, stimmte sie mir betroffen zu. »Aber Daria hat den Ring doch gesehen, oder?«

»Sie fand ihn beeindruckend.«

»Siehst du. Sie hätte mit Sicherheit erkannt, wenn du mit dem Ring etwas falsch gemacht hättest. Das Problem mit Noah kommt nicht von deinem Zauber. Du musst dir keine Sorgen machen.«

Das war eine Feststellung. Unumstößlich.

»Ich muss mir keine Sorgen machen«, wiederholte ich laut. Dankbar lächelte ich sie an.

»Na also. Immer musst du gleich übertreiben und alles schwarzsehen. Bleib doch mal cool.« Sie reckte sich und zählte die Surfer im Wasser durch.

»Und du?«

»Na, ich *bin* cool!« Sie breitete die Arme aus, um mir zu zeigen, wie cool sie war. Sie trug ein Tankini-Top und abgeschnittene Jeans. So etwas hatte ich an ihr noch nie gesehen.

»Wo ist der Schlabberpulli geblieben?«

»Den hab ich erdrosselt und in den Schrank gehängt. Als Mottenfutter.«

»Echt?«

Sie nickte. »Sieht doch hot aus, oder?«

Ich nickte anerkennend. »Cool.«

»Hot.«

»Cool-hot.«

»Sag ich doch … Siehst du. Ich tu mein Bestes.«

»Aber deine Hotness geht ein bisschen flöten, Merle, wenn du hier nur im Liegestuhl sitzt.«

»Wieso?«

»Da sieht dich doch keiner.«

Nervös begann sie, sich eine Haarsträhne um die Finger zu wickeln. »Na ja … Also … Übertreiben wir doch erst mal nicht. So mit meiner Hotness. Ich bin hier. Und ich sehe *ihn* … Wenn er da ist.«

Seufzend stand ich auf und klopfte mir den Sand ab. »Aber so sieht *er* dich doch gar nicht. Was ist mit dem Sportlichkeitskettchen? Warum trägst du es nicht jetzt und gehst mit da raus?«

»Ben weiß doch, dass ich 'ne Sportlusche bin. Und er mag Magie nicht. Ich glaube nicht, dass er es *cool* fände, wenn ich ihm mit dem Kettchen die Show auf dem Board stehle.«

Kurz wollte ich einwenden, dass Ben sicher nicht surfte, um eine Show abzuziehen, sondern um den Kopf freizukriegen. »Aber ihr hättet dann ein gemeinsames Hobby, könntet euch zum Wellenreiten verabreden.«

Merle rutschte tiefer in den Liegestuhl. »Es passt so auch. Er weiß schließlich, dass ich hier bin. Ich bin immer hier.«

Erst jetzt fiel mir ihre Schultasche auf, die hinter dem Liegestuhl im Schatten stand.

»Du kommst direkt nach der Schule hierher?«

»Klar. Ich bin schon durch mit den Hausausgaben, und du?« Sie grinste frech.

Doch ich zuckte nur mit den Schultern. »Pah. Ich bin Schmuckmagierin. Ich hab andere Hausaufgaben.«

»Ehrlich?«

»Ich muss ein Meerohr finden.« (Ja, ich klang verzweifelt.)

»Ein was?« Sie stand etwas umständlich aus dem Liegestuhl auf.

»Ach diese Muscheln, du weißt schon.« Ich zeigte ihr die Größe mit der Hand. »Innen Perlmutt, außen grau, mit Löchern am Rand.«

»Ja, kenn ich. Der *Austernfischer* hat solche.«

»Aber ich soll eins finden. Das war Daria wichtig.«

Merle zückte ihr Handy und tippte darauf herum. Dann hielt sie mir eine Internetseite hin. »Die sind hier nicht heimisch, Julie. Du kannst dich am Strand totsuchen.«

Verdattert starrte ich auf den Lexikoneintrag. »Aber – das muss Daria doch wissen … wieso …« Sauer schleuderte ich die Muschel, mit der ich gezeichnet hatte, davon.

»Ich helfe dir.« Sie klang extrem zuversichtlich.

»Wirklich? Das ist superlieb von dir.« Ich klang sogar extrem verzweifelt.

»Kein Thema.« Sie nahm Handtuch und Buch von dem Liegestuhl neben ihr. Mit hochgezogenen Augenbrauen sah ich sie an.

»Was denn?«, fragte sie unschuldig. »Du hast nicht gefragt.«

»Du belegst *zwei* Stühle?« Das war dreist.

»Ich hab ihn für Ben freigehalten. Aber er scheint ja nicht aufzutauchen.«

»Seid ihr denn verabredet?«

Sie angelte ihre Schultasche hervor und hakte sich dann bei mir ein.

»Verabredet? Ich und Ben? Nein!«

Abrupt blieb ich stehen und sah sie strafend an. »Merle! Wie willst du denn mit ihm zusammenkommen, wenn du ihn nicht fragst?«

Anscheinend war es ihr peinlich, zwischen lauter Fremden über ihre nicht gemachten Dates zu sprechen, denn sie zog mich rasch aus dem Gedränge. Auf dem Weg zu den Fahrrädern murmelte sie: »Ich kann ihn doch nicht selbst fragen. Das wäre doch irgendwie … na ja … *seltsam*.«

»Nein, wäre es gar nicht! Willkommen in der modernen Welt. Du kannst ihn fragen, ob er mit ins Kino kommt oder was auch immer.«

Sie schüttelte entschieden den Kopf, so dass die Locken ungestüm wippten. »Nein. Er muss *mich* fragen.«

»Und wenn er es nicht tut?«

Blankes Entsetzen lag in ihrem Blick. »Meinst du etwa, er empfindet nicht das Gleiche?«

»Keine Ahnung, Merle. Wirklich nicht. Soll *ich* ihn fragen?«

»Nein!« Ihr Schrei klang so panisch, dass die Gäste auf der Terrasse des *Lorenzo* sich nach uns umsahen. Mit eingezogenem Kopf lief Merle zu ihrem Rad und schloss es auf.

Ich holte meines, und zusammen schlenderten wir die Straße zur Promenade hinauf.

»Du kennst mich. Ich bin altmodisch. Ich möchte von meinem Prinzen gefragt werden.«

Schmunzelnd stellte ich mir Ben auf einem weißen Pferd vor, mit einem albernen Samthütchen samt wippender Feder. »Er holt dich bestenfalls mit seinem Surfboard ab«, meinte ich dann lachend, und Merle lachte ebenfalls. Zum Glück.

Die Promenade war Teil der Fußgängerzone. Auf der Seite zum Meer protzte die Straße mit schön gestalteten Grünflächen. Dem gegenüber reihten sich niedliche Holzhäuschen aneinander. In jedem war ein Geschäft untergebracht, meist süße Boutiquen, die Kunden mit buntem, sommerlichem Firlefanz lockten. Es gab auch kuschelige Eis-Cafés und Bistros, Souvenir- und Buchläden. Wenn es hier nicht immer rappelvoll mit Touristen wäre, würde die Seepromenade sicher zu meinen Lieblingsorten gehören. Aber ich ziehe die ruhigeren Ecken dem Trubel vor.

Merle blieb am *Austernfischer*, einem der maritimen Souvenirläden, stehen und deutete auf einen Weidenkorb neben der Eingangstür. »Siehst du, hier gibt es Ohrmuscheln.«

Netze mit einem Sammelsurium an Muscheln und Meeresschnecken stapelten sich im Korb. Sie waren hier alle nicht heimisch, aber unheimlich dekorativ, weshalb sie gerne von Touristen gekauft wurden.

»Eigentlich ist es eine Ohr*schnecke*, und mein Auftrag lautet, dass ich eine *finden* muss. Vermutlich hat das was mit Magie zu tun, die zu einem kommt, oder so ähnlich.«

Nachdenklich musterte Merle mich. »Alles klar«, verkündete sie dann plötzlich. »Ich bin gleich wieder da. Warte hier.« Sie drückte mir ihr Fahrrad in die Hand. Im Vorbeigehen schnappte sie sich eines der Netze und verschwand im Laden. Mit einem breiten Grinsen kam sie kurz darauf wieder.

»Was hast du gemacht?« Ich verdrehte die Augen. Hatte ich nicht gerade gesagt, dass kaufen sicher nicht funktionieren würde?

»Ich helfe dir.« Sie nahm ihr Fahrrad und stieg auf. »Man kann Sachen ja nur finden, wenn man die Augen offen hält. Und …« Oberlehrerinnenhaft sah sie mich mit erhobenem Zeigefinger an. »… Wenn man auch an ungewöhnlichen Orten sucht. Komm mit!«

Sie fuhr los, und ich folgte ihr auf den Dünenradweg. Plötzlich gab sie Gas und raste davon.

»Hey! Merle!« Obwohl sie nur so ein olles Hollandrad fuhr, tat ich mich schwer, ihren Vorsprung mit meinem Touren-Rad wieder aufzuholen. (Trug sie etwa das Kettchen?) Der Weg hatte etliche Kurven, und Merle war schnell außer Sicht.

Hinter der nächsten Biegung wartete sie jedoch auf mich. Mit verschränkten Armen stand sie da und sah mich erwartungsvoll an.

Ich stieg ab. »Was war denn das für ’ne Nummer. Trägst du wieder das Fußkettchen?«

»Ach – lieben Dank, dass du den Siegeswillen entfernt hast. Ist viel besser so, oder?« Sie machte noch mal die Hulk-Pose und lachte. Anscheinend war sie sehr zufrieden mit sich, denn sie grinste von einem Ohr zum anderen. »Ich hab dir gesagt, dass ich dir helfe! Guck dich um!«, forderte sie mich auf.

Verwirrt folgte ich ihrer Anweisung. »Wieso? Was meinst du?«

Der Radweg schlängelte sich hier um einige große Dünen, Sand wehte auf den Asphalt, Dünengras raschelte im Wind.

Auf der einen Seite flachte das Dünengras ab, wandelte sich nach und nach in normales Gras und mündete schließlich in ein altes, kaum noch benutztes Fußballfeld. Dahinter lagen ein paar Bootsschuppen. Auf der anderen Seite des Radwegs begann das Naturschutzgebiet. Ein Warnschild wies uns an, die Wege nicht zu verlassen. Eine Möwe kreiste über uns, und hinter dem Dünenkamm tauchte immer wieder ein Lenkdrachen auf. Sein Knattern war bis zu uns zu hören. Mein Blick glitt über die typischen Pflanzen, den schmalen Trampelpfad, der sich hinaufwand, und blieb kurz an etwas hängen, das in der Sonne glitzerte. Vermutlich hatte wieder irgendein Depp seinen Müll liegen lassen.

»Ich habe keine Ahnung, was du von mir willst«, stellte ich fest und erntete nur einen missbilligenden Schnaufer.

»So wird das nichts mit dir und der Magie. Du musst dich schon ein wenig mehr anstrengen.«

»Wieso …« Da dämmerte mir, was Merle getan hatte. Ich suchte nach dem vermeintlichen Müll, betrat den Trampelpfad und lief auf das Glitzern zu.

Dort im lockeren Sand des Wegs steckte ein Meerohr. Lachend drehte ich mich zu Merle um. »Du bist einfach galaktisch!«

»Vielen Dank!« Sie machte eine Theaterverbeugung.

Breit grinsend zog ich die Schnecke aus dem Sand.

Sie war handtellergroß und schimmerte in allen Regenbogenfarben. »Ich hab ein Meerohr gefunden!«, johlte ich, rannte zurück und umarmte Merle. »Du bist die beste, beste Freundin überhaupt!«

»Ich hab dich auch lieb.« Sie schob mich von sich und sah mich mahnend an. »Aber bitte denk an dein Versprechen. Ein Liebeszauber, okay?«

»Versprochen!«

15

Darias reetgedecktes Luxus-Ferienhaus duckte sich einsam hinter eine Düne. Es lag abseits des Wegs, der die Touristen an den Strand führte. Ich holperte mit dem Fahrrad die Schotterstraße zu ihrem Grundstück hinunter.

»Wow«, entfuhr es mir, als ich das Haus erreichte. Es war wie aus dem Bilderbuch, die Erfüllung aller verträumten Ferien-an-der-See-Klischees. Allerdings hätte ich Darias Wohnstil etwas außergewöhnlicher eingeschätzt. (Also viel, viel, viel außergewöhnlicher.)

Sollte ein Hexenhaus nicht windschief, eingewachsen und verwittert aussehen?

Die Türen und Fensterläden leuchteten jedoch in einem frischen Hellblau, Malven wippten in Rot und Rosa vor weißen Wänden im Wind. Das Haus sah groß aus, eine sechsköpfige Familie hätte darin gut ihre Ferien verbringen können. Etwas abseits stand ein Carport mit Zugang zu einem Vorratshäuschen, das wiederum direkt an das Wohnhaus anschloss. Sehr praktisch – aber nicht im mindesten märchenhaft.

Ich stellte mein Fahrrad in der gekiesten Auffahrt ab und spähte durch eines der Fenster. Ein großzügiger, offener Raum erstreckte sich bis zu einer Terrassentür auf der anderen Seite, durch die man in den Garten sehen konnte.

An der Haustür gab es einen Türklopfer, geformt wie eine zusammengerollte Schlange. Das Messing hatte einen stumpfen grünen Belag, wodurch das Schuppenmuster besonders gut zur Geltung kam.

Nervös klopfte ich.

Ich hatte Daria eine Nachricht geschickt, aber nicht auf Antwort gewartet. Hoffentlich war sie überhaupt zu Hause.

Schließlich hörte ich Schritte, die Tür wurde aufgerissen, und meine Großmutter stand, leicht außer Atem, vor mir. Sie trug so etwas Ähnliches wie einen Kaftan, und ihr burgunderroter Bob war reichlich zerzaust. Hing da welkes Laub in ihren Haaren?

»Julie! Welche Freude! Komm herein, Schätzchen.« Mit einer ausladenden Geste winkte sie mich ins Haus.

»Entschuldige, dass ich einfach so hereinplatze. Aber – du und dein Telefon, ihr seid nicht die besten Freunde, oder?«

Sie lachte. »Es ist schwer, überall auf der Welt guten Empfang zu haben.«

»Wo warst du?«

»Ein Kunde hatte einen Notfall, und ich musste zu ihm. Aber jetzt bin ich ja wieder hier. Willkommen in meinem Reich, Schätzchen!«

Etwas enttäuscht sah ich mich um: Ein typisches Ferienhaus. Ein Sofa mit Tischchen stand verloren im Raum. Das übliche Sideboard drückte sich an eine Wand. Auf den Fensterbänken nisteten die bewährten Nippes-Möwen, und neben dem Kaminofen stapelte sich Brennholz.

»Hübsch hier«, meinte ich höflich, hatte aber eigentlich erwartet, dass Hühnerkrallen und Kräuter von der Decke baumelten, Bücherregale sich unter der Last dicker Lexika bogen und aus allen Nischen Mitbringsel ihrer Reisen hervorlugten. Anscheinend hielt sie wenig von persönlichen Stücken, um ein Haus lebendig zu gestalten.

»Ach, ich bin hier nur eingezogen. Das war schon alles so.« Daria pustete sich eine störrische Haarsträhne aus den Augen.

»Seit wann wohnst du denn hier?«

»An die vier Jahre werden es wohl schon sein. Aber ich verreise ja auch hin und wieder. Da ist es besser, weniger Ballast zu haben.«

Sie hatte offensichtlich gar keinen. Zögernd ging ich weiter ins Haus. War das der Grund, warum Mom sie aus ihrem Leben geworfen hatte? Weil Daria sowieso nie bei ihr gewesen war? »Hast du Zeit für mich?«

»Natürlich!« Jetzt erst bemerkte sie, dass Blätter in ihren Haaren hingen, und zupfte sie hastig heraus. »Entschuldige. Ich war gerade dabei …« Sie hielt inne und sah mich scharf an. »Weißt du was? Du bist genau richtig gekommen.« Entschlossen packte sie mich an der Hand und zog mich mit sich.

Für eine ältere Frau mit einer so zierlichen Erscheinung war sie erstaunlich kräftig.

Wir durchquerten das Wohnzimmer und gelangten zu einer runden Tür, die zu einem weiteren Anbau führte. Wieso war sie mir eben nicht aufgefallen? (Denn sie war *extrem* auffällig!)

»Was ist das?« Solch eine Tür hatte ich höchstens mal in einem Fantasyfilm gesehen.

»Oh. Das? Eine Sonderanfertigung. Falls mal was schiefgeht.« Lächelnd tätschelte sie das Türblatt.

Im ersten Moment hatte ich beim Anblick der Tür an eine Hobbithöhle denken müssen, doch aus der Nähe hatte sie viel mehr Ähnlichkeit mit einer Brosche. Das Türblatt schien aus einer Art Glas gefertigt zu sein, und den Türrahmen bildete eine aufwendig gestaltete Silberschmiede-Arbeit. Es waren die gleichen Rankenornamente wie auf meinem Buch und dem Schmuckkasten.

Ehrfürchtig legte ich meine Hand ans Glas. »Was ist das für ein Material?«

»Das ist Bergkristall. Kombiniert mit Silber. Es kann sicherlich nicht alles abhalten, aber doch eine ganze Menge störender Elemente.«

Fragend sah ich sie an, aber sie schüttelte lächelnd den Kopf. »Eins nach dem anderen, Schätzchen. Jetzt komm doch erst mal rein in meine gute Stube. Und –« sie nahm mich am Arm und sah mir fest in die Augen – »nichts anfassen. Verstanden?«

Ich nickte, war aber leicht beleidigt. Was dachte sie denn von mir? Dass ich so tollpatschig war, über meine eigenen Füße zu fallen, und aus Versehen irgendwelche zerbrechlichen Vasen umrempelte? (So ein Quatsch! Das letzte Mal war schon mindestens sieben Monate her. Und das war echt nicht meine Schuld gewesen!)

Wir betraten einen hohen, von Licht durchfluteten Raum. Die rechte Wand bestand aus Glas und bot einen weiten Blick über die Dünen. Die linke Seite war gemauert und vollkommen zugestellt mit Schränken, Truhen, Kommoden und Tischen. Das Ende des Raums konnte ich nicht erkennen, denn die Wände liefen um eine Kurve. Wie weit mochte diese Werkhalle – ein anderer Begriff wollte mir dafür nicht einfallen – wohl noch weitergehen?

»Jetzt noch mal richtig: Willkommen in meinem Reich.« Daria musste mich sanft vorwärtsschieben, denn ich war völlig überwältigt von all den Dingen, die ich sah.

Da gab es Arbeitstische mit klassischen Schmuckwerkzeugen. Eine wuchtige Esse, eine Drechselbank und einen Schmelzofen. Außerdem standen unzählige Apothekerschränke mit Schubladen und Klappen aller nur denkbaren Größen herum. Überall wuchsen die sonderbarsten Pflanzen, selbst von der Decke hingen lianenartige Gewächse.

Aber was mich sprachlos machte, waren besonders wundersame Dinge. Dinge wie das verworrene Netz aus Seilen – ein komplizierter Flaschenzugmechanismus, der sich über die Zimmerdecke spannte. Mit Hilfe der Seilzüge konnte man die hängenden Töpfe, Krüge, Vogelkrallen, Pflanzenwurzeln, Federbüschel und Tierschädel herunterlassen. Weiter hinten brodelte eine Destillationsanlage. Durch gläserne Röhren dampfte es gelblich und kondensierte schließlich giftgrün in einen Kolben.

Staunend ging ich weiter in den Raum. Ich entdeckte ein flaches, aus Stein gehauenes Wasserbecken, auf dessen Grund Kieselsteine und Muscheln lagen. Münzgroße silbrige Fische sausten darin umher.

Immer wieder versperrten Kübelpflanzen den Durchgang. So ungewöhnlich in Farbe und Form – vermutlich stammten sie aus den Tropen.

»Was ist das alles?« Ich drehte mich zu Daria um, die gerade eine rosa Schote über das steinerne Wasserbecken hielt. Die Fischchen begannen wie wild hin und her zu flitzen, ballten sich zu einem Knäuel und schossen aus dem Wasser. Mit einem grässlich knirschenden Geräusch rissen sie Daria die Frucht aus den Fingern, platschten zurück ins Wasser und waren wieder die niedlichen, lieben Fische, die friedlich umherschwammen.

Entsetzt starrte ich in das Becken. »Sind das etwa Piranhas?«

»Nicht doch. Das sind Götterfunken, Schätzchen.«

Fragend sah ich sie an. »Von solchen Fischen habe ich noch nie gehört.«

Lächelnd legte sie mir den Arm um die Schulter und schob mich weiter. »Das liegt vielleicht daran, dass es keine Fische sind. Nicht alles ist, was es zu sein scheint.«

Unsicher betrachtete ich eine hölzerne Truhe, in der Tierhörner lagerten.

»Du bist im Buch auf Zutaten gestoßen, von denen du keine Vorstellung hast, wo und wie du sie finden kannst, nicht wahr?«

»Ähm.« Hatte ich da gerade einen koboldhaften Schatten hinter einer Palme verschwinden sehen? »Das … also …« Ein Schauer überlief mich. Meine Haut fühlte sich wie elektrisiert an. Es kribbelte in meinen Fingern.

Daria beobachtete mich. »Du spürst es, nicht wahr?«

»Ja, es zieht hier irgendwo.« Ich sah mich nach einem offenen Fenster um.

Sie lachte. »Nein. Das ist die Magie, Schätzchen. Die Magie ruft dich.«

Der Wunsch, etwas zu formen, mir Draht und Zange zu schnappen und etwas anzufertigen, wurde immer stärker.

»Am liebsten würdest du sofort loslegen.«

»Woher weißt du das?« Das Kribbeln in meinen Fingern wurde fast unerträglich.

»Du gehörst hierher. Dies, mein Schatz, ist das Labor unserer Familie. Seit Jahrhunderten wird es von der Mutter an die Tochter weitergegeben. Die Magie hier drin weiß, dass du zu uns gehörst.« Sie seufzte. »Wir haben auf dich gewartet.«

»Jetzt bin ich hier«, rief ich aufgeregt. »Bitte, bitte! Bring mir alles bei.«

»Natürlich, Julie. Wir müssen allerdings weit ausholen. Hätte deine Mutter die Magie nicht aus deinem Leben verbannt, wäre der Grundstein schon gelegt, und wir könnten gleich mit dem Handwerk beginnen. Jetzt muss ich dich erst mal mit den Materialien bekannt machen, Schätzchen.«

»Aber ich weiß doch eine Menge! Schließlich mache ich schon lange Schmuck«, versuchte ich zu argumentieren, aber Daria begann zu lachen.

Sie ging zu einer Esse. »Dann weißt du, was das ist?«

»Aber sicher. Eine Esse, um Metalle zu erhitzen und biegsam zu machen.«

»Richtig. Sehr gut.« In der Feuerstelle glomm noch Kohle. »Für manche Dinge reicht es, ein herkömmliches Feuer zu entfachen, viele Schmuckzauber benötigen jedoch eine magische Bearbeitung.«

»Ja! Das hab ich im Buch gelesen. Mondfeuer zum Beispiel, richtig?«

Daria löste eines der Flaschenzugseile, das an einem Kantholz neben der Esse festgezurrt war. Ein Schnarren ertönte, und eine hölzerne Box schwebte herunter. Daria platzierte sie in der Glut.

»Fängt das Holz nicht Feuer?«

Warnend sah Daria mich an. »Geh einen Schritt zurück.«

Gehorsam rückte ich ein wenig nach hinten, während sie

einen dicken Handschuh überzog. Sie trat hinter die Kiste und öffnete die Klappe. Sofort schoss eine schwefelgelbe Flamme hervor.

»Vorsicht!«

Vor Schreck sprang ich auf und stieß dabei an eine Amphore. Sie geriet ins Wanken, aber ich reagierte schnell und hielt sie fest, bevor sie umfallen konnte.

»Pass auf!« Schon war Daria neben mir und riss mich von dem Gefäß weg. »Nichts anfassen!«, kreischte sie und zerrte mich zu einer Schale mit Wasser. Hastig tunkte sie meine Hände hinein und untersuchte besorgt meine Handflächen. »Alles in Ordnung?«

Ich nickte verdattert.

»Es ist wirklich, wirklich wichtig, dass du dich an die Regel hältst: Nichts anfassen!«

»Ja. Ich hab verstanden. Aber du hättest mich vor diesem … diesem Flammenwerfer warnen können.«

Endlich ließ sie meine Hände los und ging zurück zu der Kiste.

»Was ist das für Feuer?«, wollte ich wissen.

»Das ist Drachenfeuer.«

Hatte ich mich da grade verhört? »Drachenfeuer?« Ich blinzelte. »Willst du mir sagen, dass in dieser schäbigen Holzkiste …«

Sie sah mich strafend an. »Nein! Ich sperre doch keine Drachen ein!«

»Nein. Natürlich nicht.« Nervös begann ich zu lachen. »Das wäre ja auch Tierquälerei.«

»Richtig. Deshalb nutze ich isoliertes Drachenfeuer. Ein ganzer Drache wäre eine unnötige Gefahr, findest du nicht?«

»Ja, klar. Und die Unmengen Jungfrauen zum Frühstück – nee.« Ich lächelte schief.

Daria zog die Drachenfeuerbox wieder unter die Decke und kam zu mir. »Wir haben noch viel vor uns. Vielleicht ein Rat schon mal vorab – obwohl ich Verallgemeinerungen im Allgemeinen nicht gutheiße: Du kannst davon ausgehen, dass fast jede Legende, von der du mal gehört hast, auf realer Magie basiert.«

»Was meinst du denn damit? Einhörner? Phönixe und Kobolde?« Ich musste an Bens Worte über Märchen denken. »Feen?«

»Goldenes Vlies, Drachenblut … was auch immer.« Sie nahm nochmals meine Hände und musterte sie. »Fühlen sie sich seltsam an?«

Unsicher bewegte ich die Finger. »Warum? Was ist mit der Amphore?«

Seufzend zeigte sie auf das Gefäß. »Erkennst du die Malerei?«

»Die ist griechisch, oder?«

»Richtig. Dieses Gefäß dient als Urne. Leider ist sie inzwischen etwas undicht. Ich habe sie erst kürzlich zurückgeholt und muss sie dringend reparieren.«

»Eine Urne?« Ein Schauder überlief mich. »Heißt das, da ist Asche von einem Menschen drin?«

»Genau das meine ich.«

Angewidert musterte ich meine Hände. »Und wessen Knochenmehl hab ich angefasst?«

»Midas. Ich hoffe wirklich nicht, dass du etwas von ihm an den Fingern hast. Und jetzt komm mit.« Sie zog mich zurück zur Tür.

Midas? Erschrocken sah ich mich zur Urne um. Wenn ich davon ausgehen sollte, dass jede Legende Wahrheit in sich trug … Mir wurde schlecht. Glück gehabt, Julie! Die Vorstellung, Noah in eine goldene Statue zu verwandeln, war nicht lustig. Fass hier bloß nichts mehr an!, ermahnte ich mich.

Dennoch, hier wartete ein Wunderland auf mich, und ich platzte vor Ungeduld, endlich alles auszuprobieren.

»Wann darf ich mit dir hier arbeiten?« Daria hatte uns einen Eistee gemacht, und wir saßen hinter dem Haus, auf einer hölzernen Terrasse mit Blick auf die Dünenlandschaft. Man hörte das Meer rauschen, hin und wieder tauchte eine Möwe über dem Dünenkamm auf und beäugte uns neugierig. Eigentlich hätte man von hier aus die Werkstatt sehen müssen, doch anscheinend hatte ich mich getäuscht, denn da waren nur Rasen und Düne. Mein Orientierungssinn war noch nie der Beste gewesen.

»Ich kann dich so gut verstehen, Julie, Schätzchen. Es kribbelt in dir. Aber die Schmuckmagie kann auch gefährlich werden, wenn man ihre Regeln nicht kennt.«

»Ach, das krieg ich schon hin.« (Klar. Alle anderen magischen Katastrophen hatte ich schließlich auch gemeistert.)

»Es handelt sich um Magie! Falsch angewendet, destilliert oder dosiert, kann sie schnell in eine unerwünschte Richtung kippen. Ganz abgesehen davon, dass man wissen muss, wie man mit Drachenfeuer umgeht.«

Einen Augenblick blieb ich stumm und dachte über Darias Worte nach. »Ich hab bisher einfach drauflosgebastelt«, gab ich zu. »Aber den Ring, den habe ich nach deinem Buch gefertigt.« Ich hielt ihn ihr hin.

»Ich weiß, Schätzchen. Er ist dir sehr gut gelungen.«

Nervös räusperte ich mich. *Falsch angewendet, destilliert oder dosiert, kann sie schnell in eine unerwünschte Richtung kippen.* »Die Perle verfärbt sich. Deswegen wollte ich dich auch so dringend sprechen. Habe ich etwas falsch gemacht?«

Daria warf einen Blick auf den Ring. Viel zu flüchtig, fand ich, schließlich war es ein sehr ernstes Problem.

»Vermutlich hast du kein echtes Quellwasser genommen?«

Verdattert nickte ich. »Du meinst, deshalb verändert sie sich? Und der Zauber?«

Sie wiegte den Kopf hin und her. »Wahrscheinlich hat die Perle eine mindere Qualität. Du hast einen sehr starken Wunsch gebannt. Das Material ist zu schwach dafür.«

»Zu schwach? Und was passiert jetzt mit dem Zauber?«, fragte ich ängstlich.

»Wieso?«

»Weil … also, Noah … er ist so komisch. Wir streiten neuerdings dauernd.«

Daria lachte. »Und du meinst, weil du deine Beziehung mit Magie untermauerst, wäre sie nicht wie jede andere Beziehung auch?«

Irritiert sah ich sie an. »Was meinst du denn damit?«

»Jeder streitet sich mal, Schätzchen«, meinte sie sanft und verkniff sich ein Lachen.

»Natürlich. Sicher.« Unschlüssig sah ich auf den Ring. *Jeder streitet sich mal.* Hatte ich völlig umsonst Panik geschoben?

»Wie sieht es mit dem Meerohr aus?«, wechselte sie das Thema.

»Oh, entschuldige. Ich hab eines.« Aus meiner Tasche kramte ich die Schnecke hervor und gab sie ihr.

Daria war sichtlich überrascht. »Du hast es doch nicht etwa gekauft?«

»Ich? Nein.« Ich grinste. »Ich hab es in den Dünen gefunden.«

»Wirklich?« Sie kniff die Augen zusammen und musterte mich scharf. »Das ist wichtig.«

»Ehrenwort!«

»Dann hab vielen Dank. Mein Kunde wird glücklich sein.« Damit stand sie auf. »Komm doch einfach vorbei, wenn du

Zeit hast. Und überleg dir, was du als Erstes anfertigen möchtest. Vielleicht können wir daran arbeiten und dir gleichzeitig ein paar Grundlagen beibringen.«

Ich sprang auf und fiel ihr um den Hals. »Danke, Oma! Tausend Dank.«

»*Oma!*«, wiederholte sie entsetzt. »*Oma!* Ich glaube, Schätzchen, wir müssen uns darauf einigen, dass ich Daria bin.« Sie schüttelte sich. »*Oma* lässt meine Haare grau werden.« Lachend gab sie mir einen Kuss auf die Stirn.

Luftig-leicht flog ich mit meinem Rad zurück nach Hause. Welchen Wunschzauber sollte ich als Erstes anfertigen?

16

Den Abend verbrachte ich mit Hausaufgaben und einem aufgeregten Kribbeln im Bauch. Immer wieder schlug ich die Liste auf, die ich mit Merle zusammengestellt hatte.

Der Abschlussball lag noch in weiter Ferne, deshalb war das Diadem erst mal nicht so wichtig. Vielleicht das Collier für die Shopping Mall? Damit wir alles geschenkt bekamen?

Plötzlich klackerte etwas an meinem Fenster. *Klacke-di-klack*. Ich stand auf und sah hinaus.

Inzwischen war die Sonne im Meer versunken und der Garten mit dunkelblauen Schatten gefüllt. Nur die Lichterkette am Rosenspalier leuchtete geheimnisvoll.

War da ein Schatten auf dem Rasen?

Mit klopfendem Herzen öffnete ich mein Fenster und beugte mich raus.

»Hallo?«, wisperte ich.

»Julie!«, rief Noah. Er klang verzweifelt.

»Was ist passiert? Geht es dir gut?« In der Dämmerung konnte ich ihn kaum erkennen. »Warte, ich komm runter.«

Hastig eilte ich die Treppe hinab. Aus dem Wohnzimmer hörte ich den Fernseher, also streifte ich leise meine Schuhe über und stahl mich zur Haustür hinaus. Unter keinen Umständen wollte ich jetzt mit meinen Eltern über nächtliche Besuche von Freunden im Allgemeinen und Noah im Besonderen diskutieren.

»Noah?« Noch immer mehr flüsternd als rufend umrundete ich das Haus und schlüpfte durchs Rosentor in den Garten. »Warst du bis jetzt mit dem Fischzeug unterwegs?«

Die Lichterkette warf einen bläulichen Schimmer auf sein Gesicht und zeichnete tiefe Schatten unter seine Augen. Gerade wollte ich ihn erneut fragen – da nahm er mich in seine Arme und küsste mich.

Er küsste mich, dass das Universum anhielt, die Zeit ins Straucheln geriet und mein Herz zu schlagen vergaß.

»Du …«, konnte ich nur noch hauchen, als unsere Lippen sich trennten. Eigentlich hätte es ein *Du! Was bildest du dir ein, mich die ganze Zeit zu belügen!* werden sollen, aber es blieb bei einem hingerissenen Seufzer.

»Dieser Tag war die Hölle.« Er hielt noch immer meine Hand und zog mich zur Hollywoodschaukel.

»Ich war beim Fischmarkt«, meinte ich leise. »Deine Mutter hat mir verraten, dass du da einen Job hast.«

Zu meinem Erstaunen nickte er nur. Dafür, dass er mir das die ganze Zeit verheimlicht hatte, nahm er es jetzt ziemlich gelassen. Deshalb setzte ich gleich noch einen drauf.

»Und Nick hat mir gesagt, du bist aus der Band ausgestiegen.«

Er zog mich zu sich auf die Schaukel. »Die sind mir alle egal. Du bist das Einzige, was zählt.«

»Charmeur«, murmelte ich, und wir versanken wieder in einem Kuss.

Die nächste Atempause nutzte ich, um weiterzubohren. »Warum hast du mir das denn alles nicht gesagt? Selbst als ich dich nach der Band gefragt habe, bist du mir ausgewichen.«

Seine Miene verdüsterte sich. »Das sind doch alles Idioten.«

»Was? Wieso? Ihr seid Freunde! Nick ist sehr nett und –«

Er unterbrach mich ruppig. »Nein!«

»Was? Wieso *nein*?«

»Sie wollten, dass ich dich verlasse.«

Perplex sah ich ihn an. Das konnte nicht sein. Nick war heute so lieb zu mir gewesen. Und die Jungs hatten es immer völlig okay gefunden, wenn ich bei den Proben aufgetaucht war. »Bist du sicher?«

»Die haben mich vor die Wahl gestellt. Du oder die Band.« Er sah mir fest in die Augen. »Wie hätte ich mich anders entscheiden können?«

Mir war schwindelig. Der Ring begann wieder zu glühen. Es fühlte sich an, als verbrenne er meine Haut. Mein Herz zerriss. Denn einerseits wollte ich dahinschmelzen, weil er mich so sehr liebte, mich vor seinen Freunden verteidigte – und auf der anderen Seite konnte ich es nicht glauben.

»Nick hat auch eine Freundin. Ich verstehe das nicht. Wieso haben sie das von dir verlangt?« Im Stillen überlegte ich, ob ich Nick fragen sollte, doch kaum hatte sich dieser Gedanke in mein Bewusstsein gestohlen, schämte ich mich. Ich misstraute den Worten meiner einzig wahren Liebe!

Also küsste ich ihn, um mir selbst klarzumachen, worum es hier ging: um grenzenlose Liebe. Um echte, wahre, bedingungslose, vom Schicksal bestimmte Liebe.

Da konnte uns doch so eine piefige Schülerband mal kreuzweise!

»Wollen wir zum Strand?«, fragte er mich nach dem leidenschaftlichen Kuss. »Wir könnten dort schlafen und uns den Sonnenaufgang ansehen.«

Oh! War das romantisch! Ich konnte nicht anders, ich musste ihn erneut küssen.

Leider ließen meine Gedanken mich trotz all der Schmetterlinge in meinem Bauch nicht in Ruhe, und deshalb gewann letztlich die Stimme der Vernunft die Oberhand.

»Wollen wir das nicht aufs Wochenende verschieben? Wenn Mom und Paps rausfinden, dass ich nicht im Bett liege, dann gibt's Ärger. Morgen ist Schule.«

»Wir brauchen keine Schule. Wir brauchen nur uns und unsere Liebe.« Sanft strich er mir übers Haar.

Was sollte ich darauf antworten? *Ja! Natürlich!*

Doch ich seufzte. »Noah. Bitte. Nick hat gesagt, du hast schon etliche Kurse geschwänzt.«

»Ich habe einen Job. Er wird gut bezahlt.« Er klang patzig, wie ein Kleinkind, das seinen Willen nicht bekommt.

»Aber der Abschluss ist doch –«

»Nein!«, fuhr er mich an und küsste mir sogleich eine Entschuldigung auf die Lippen. »Nein«, wiederholte er ruhiger. »Der Abschluss bringt kein Geld.«

»Kein Geld? Das ist doch erst mal egal. Du willst an die Kunsthochschule. Dafür brauchst du den Abschluss.«

Er schüttelte den Kopf und sah mich verliebt an. »Du meinst, weil man von Luft und Liebe so gut leben kann? Nein. Ich werde arbeiten gehen. Dafür brauch ich keinen akademischen Grad. Und ganz ehrlich, Julie – ein Kunststudium? Davon kann ich nicht mal die Miete bezahlen.«

Ich ließ mich von seinem Schoß rutschen und betrachtete ihn nachdenklich im spärlichen Licht der Nacht. Als wir zusammengekommen waren, hatte er mir von seinen Träumen erzählt. Er wollte Graphikdesign studieren. Seine eigene T-Shirt-Kollektion vertreiben. Oder für Bands Coverdesign machen. Dafür, dass er einen Traum hatte, auf den er hinarbeitete, hatte ich noch mal doppelt geliebt. Das war gerade mal sechs Wochen her. Ich schnappte nach Luft und kratzte all meinen Mut zusammen. »Wann hast du deine Träume in den Müll geworfen?«

Er zog mich wieder zu sich. »Ich hab doch nicht meine Träume weggeworfen. Ich hab mir nur neue Ziele gesteckt. Du hast mich verändert.«

»Was?« Erschüttert von seinen Worten wich ich zurück. Ich hatte ihn verändert? *Der Ring*, schoss es mir durch den Kopf.

Der Schmerz, den er verursachte, schnitt mir scharf in die Haut. Daria hatte gesagt, der Zauber sei okay, es läge nicht am Ring, dass Noah sich veränderte.

»Du tust das wegen mir?«, stammelte ich entsetzt.

Nein! Wie konnte das sein! Nichts dergleichen hatte ich je von ihm verlangt. Im Gegenteil. In meinen Zukunftsvisionen hatte er eine erfolgreiche T-Shirt-Linie laufen, und ich fertigte erlesene Schmuckstücke an, die sich großartig verkauften. »Das war nicht unser Traum, Noah. Ich … ich meine … ich will das nicht.«

Er schwieg.

Seinen Blick konnte ich in der Dunkelheit nicht deuten. Wieso benahm er sich nur so dämlich?

Plötzlich begriff ich. Es hatte tatsächlich nichts mit dem Ring zu tun! Mir fiel quasi ein ganzer Gebirgszug vom Herzen. »Du hast diesen dämlichen Job nur, um mir täglich Rosen zu schenken und mich jede Woche auszuführen!« Ich fasste mir an die Stirn. Wie bescheuert war das denn? »Noah! Das ist so saublöd!«

»Du bist meine Liebe. Mein Leben.« Hilflos saß er da und streckte die Hände nach mir aus.

»Das ist jetzt nicht wahr. Sag mir, dass du deinen Abschluss nicht wegen diesem blöden Romantikkram aufs Spiel setzt! Das ist deine Zukunft, Noah!«

»*Du* bist meine Zukunft.«

»Nein!«

Ich zuckte zusammen. Wie ein Blitz hatte eine Flamme meine Hand durchstochen. Der Schmerz war so heftig, dass ich mir reflexartig den Ring vom Finger riss. Doch in der gleichen Sekunde wurde mir bewusst, was ich getan hatte, und ich steckte ihn sofort wieder an.

»Noah?«

Er saß da wie erstarrt. Mein heftiges Nein hatte ihn schwer getroffen.

In mir tobte ein Tornado. Es war wie in meinem Traum. Der Sturm verschlang mich, und ich war hilflos.

Nein!

Dieses Nein hatte schrecklich geklungen. Grausam. Verletzend. Gelogen.

»Geh nach Hause. Wir sehen uns morgen.« Ich wandte mich ab und stolperte über den Rasen zurück auf den Gehweg. An der Haustür zitterte meine Hand so heftig, dass ich den Schlüssel nicht ins Schloss bekam.

Nein! Ich bin nicht deine Zukunft.

17

Keine Ahnung, wie ich ins Haus gekommen war, in mein Zimmer, in mein Bett, aber als ich durch das Piepen des Weckers aufwachte, war ich noch angezogen und mein Kopfkissen feucht.

Der Sturm aus meinen Träumen hatte mich davongetragen.

Als ich mich aufrappelte, fühlte ich mich, als wäre alles wirklich passiert. Jeder Muskel tat mir weh, und meine Augen waren vom Weinen rot und geschwollen.

Ohne Frühstück flüchtete ich aus dem Haus. An der ersten Straßenecke außer Sichtweite hielt ich an. Auf keinen Fall durften meine Eltern mich so sehen, mit tiefen Schatten unter den verquollenen Augen und einer rotgeheulten Nase. Sie hätten mich solange mit Taschentüchern, Eis und einfühlsamen Verständnis gefoltert, bis ich ihnen alles gestanden hätte.

Ich fühlte mich absolut nicht nach Schule. Allein der Gedanke, dort Noah zu begegnen, schnürte mir die Kehle zu. Mein Kopf dröhnte. Also setzte ich mich auf eine Parkbank, die irgendein netter Nachbar vor Jahren hier aufgestellt hatte. (Vermutlich für genau solche Notfälle.)

Wie hatte ich nur zu Noah, zu meiner Liebe, meiner wahren und echten Liebe sagen können, dass ich nicht seine Zukunft war! (Julie! Ich könnte dich dafür auf den Mond schießen!) Natürlich hatte ich es im Affekt gesagt. Ich wollte doch nur, dass er mit den Rosen und dem Essengehen aufhörte. Ich brauchte all diesen Firlefanz nicht.

Ich brauchte nur ihn und unsere gemeinsame Zukunft.

»Hey, Jewels!« Bremsen quietschten. Ben hielt mit dem Rad neben mir. »Was ist los?« Als er bemerkte, wie verweint ich aussah, stieg er ab und setzte sich zu mir. »Was ist passiert, Julie?«

»Geht schon.«

»Ja, ganz offensichtlich ist bei dir alles okay. Also?«

»Nein, wirklich, Ben. Lieb von dir. Ich komm schon klar. Aber du kommst zu spät zur Schule.«

»Du auch.«

Ich lächelte. »Ja, aber ich hab schon einen Job, erinnerst du dich? Ich brauch keine guten Noten mehr.«

Ben lachte. »Ich bin jetzt Chemie-Profi, da fragt kein Hahn mehr nach anderen Fächern.« Nachdenklich musterte er mich. »Ist es wegen deiner Mom?«

Schweigend schüttelte ich den Kopf und merkte, dass ich sie schmerzlich vermisste. Bevor die Schmuckmagie in mein Leben getreten war, hatte ich Mom immer meine Seelennöte anvertraut, und sie hatte stets einen guten Rat für mich gehabt.

»Kann ich irgendetwas für dich tun, Jewels?«

Ich bemerkte, dass Ben mich umarmen wollte, sich aber doch nicht traute und den Arm wieder zurückzog. Ein Schmunzeln huschte über meine Lippen. Ich setzte mich gerade hin und atmete durch.

»Ich schätze, es wird heute nicht mein Tag werden. Entschuldigst du mich in der Schule?«

»Du bist gestern vor Unterrichtsschluss abgehauen. Hängt das irgendwie zusammen?« Wenn er grübelte, bekam er diese Falten auf der Stirn. (Merle wäre jetzt sicher dahingeschmolzen.)

»Ich hab Streit mit Noah«, gestand ich, und ein Steinchen kullerte mir von der Seele. Es auszusprechen tat gut, obwohl dieser vermeintliche Kiesel nun wie ein unüberwindbarer Fels vor mir lag und ich keine Ahnung hatte, wie ich ihn überwinden konnte. Streit mit Noah! Meiner wahren Liebe.

»Na und? Worum ging es?«

»Na und?« Entsetzt sah ich Ben an. »Wir lieben uns. Wir sind für einander bestimmt! Wie können wir dann streiten?«

Kopfschüttelnd stand Ben auf. »Julie. Das ist doch schwachsinnig. Jeder streitet mal. Weil man Stress in der Schule oder mit der Familie hat. Dann regt man sich über ’ne Jacke auf, die nicht ordentlich am Haken hängt. Das hat doch nichts mit Liebe zu tun.«

»Es ging nicht um eine Jacke«, gab ich patzig zurück.

Er stieg auf sein Fahrrad. »Dann hat Noah eine andere Meinung als du zu einem Thema? Na und? Jeder von euch bleibt er selbst. Liebe heißt nicht, sich selbst aufzugeben, um dem anderen zu gefallen, Julie!« Sein Blick drang bis in mein verletztes Herz. »Wenn ihr euch verändern müsst, um miteinander klarzukommen, dann irrst du dich. Das ist keine Liebe. Liebe lässt dich so sein, wie du bist. Mit allen Fehlern.« Er fuhr an, und ich meinte, ihn noch sagen zu hören: »Wahre Liebe gibt dich frei, damit du glücklich sein kannst.«

Woher hatte Ben diese Weisheit? Lernte man so etwas bei *Star Trek*?

Ich sah ihm nach, bis er hinter der nächsten Straßenecke verschwunden war.

Seufzend lehnte ich mich zurück und blickte ins Blau des Himmels. Ben hatte wahre Worte gesagt, und ich wusste, genau das war der Grund, weshalb ich mich so verzweifelt fühlte. Noah war dabei, sich für mich aufzugeben. Er hatte sich absolut auf mich fixiert und richtete sein Leben nur noch auf mich aus. Das machte mir nicht nur eine Heidenangst, ich verlor auch den Noah, in den ich mich verliebt hatte.

Er ging einfach davon aus, dass es existentiell wichtig für mich war, jeden Tag eine Rose geschenkt zu bekommen. Und nun setzte er seine Träume in den Sand, um diesen Blödsinn zu finanzieren.

Entschlossen stieg ich aufs Rad und machte mich auf zu

Daria. Ich brauchte den Rat einer Freundin mit Lebenserfahrung und die weisen Worte einer Großmutter.

Daria öffnete mir in einem weißen Bademantel. Die Goldstickerei auf der Brusttasche verriet, dass er eigentlich Eigentum eines Hotels war.

»Weißt du, wie früh es ist?«, jammerte sie, ließ die Tür für mich offen und ging zurück ins Haus.

Wenn Daria morgens ähnlich drauf war wie Mom, musste ich behutsam vorgehen. Morgenmuffel können wirklich mega-muffelig werden. »Soll ich dir einen Kaffee machen?«, fragte ich deshalb fürsorglich.

»Ich trinke Tee. Schon gut. Was um Himmels willen ist passiert, dass du die Schule schwänzt?« Sie schlurfte in Pantoffeln (die zum Bademantel passten und wahrscheinlich auch geklaut waren) in die Küche und setzte Wasser auf, während ich im Wohnzimmer blieb.

Mein Handy piepte. Es war kurz nach acht, und die Schule hatte begonnen. Vermutlich war die Nachricht von Merle.

Wo bist du?

Es war Noah.

Ich klickte die Nachricht weg.

»O nein!«, rief Daria plötzlich und sprang aus der Küche

auf mich zu, ihre Augen vor Schreck weitaufgerissen. »Hat Caroline etwa herausgefunden, dass ich hier bin? Dass wir Kontakt haben?«

Dieser Gedanke hatte sie in absolute Panik versetzt. Alarmstufe rot, quasi. Mir war zwar klar, dass es Stress bedeuten würde, wenn Mom das mit Daria herausfand, aber gleich so einen Superhorror zu schieben war doch übertrieben. Was sollte Mom schon tun? Mir Hausarrest geben?

»Nein, es hat nichts mit Mom zu tun«, beruhigte ich sie. »Ich hab mich mit Noah gestritten.«

Erleichtert ließ Daria sich aufs Sofa gleiten. Sie warf mir einen tadelnden Blick zu. »Du holst mich wegen Liebeskummer aus dem Bett?«

»Es ist mehr als das. Noah ist nicht mehr Noah.« Ich setzte mich neben sie. »Er hat sich total verändert. Ist das so, wenn man in einer Beziehung ist? Dass man sich selbst aufgibt?«

Statt mir zu antworten, ging sie erneut in die Küche und hantierte mit den Teetassen.

Morgenmuffel. Typisch. Jetzt war sie sauer, dass ich sie aufgeweckt hatte. War ja klar. Für sie war meine Krise nur Pillepalle. Eine alberne Teenagerliebe. Doch für mich bedeutete es alles.

Wieder gab es ein *Pling*, und das Handy meldete eine weitere Nachricht von Noah.

Ich sterbe. Gib mir ein Lebenszeichen.

»Daria? Ich brauche dringend deinen Rat. Hab ich einen Fehler gemacht?«, bettelte ich und versenkte das Handy wieder in meiner Tasche.

Sie kam mit zwei dampfenden Tassen zurück.

»Einen Fehler? Warum? Weil du dich verliebt hast?«

»Nein, ich … ich weiß es nicht. Alles fühlt sich falsch an. Er gibt sich für mich total auf. Ich will das nicht.« Tränen stiegen in mir auf. Mom hätte mich jetzt in den Arm genommen, mir übers Haar gestrichen und geflüstert, dass alles gut wird. Daria saß kerzengerade da und nippte an ihrem Tee.

»Als wir gestritten haben«, schniefte ich, »hat mir der Ring einen fiesen Schlag verpasst.« Wie zum Beweis hielt ich ihn ihr hin. Dabei stellte ich zu meinem Entsetzen fest, dass er schwarz geworden war. »Was ist passiert? Warum ist die Perle schwarz?« Noch mehr Tränen schossen mir in die Augen. (Alarm! Sturmflut. Alle Schotten dicht!)

Daria starrte den Ring gelassen an, ohne mit der Wimper zu zucken. »Warum hast du den Ring angefertigt?«, fragte sie geduldig und nippte weiter am Tee.

»Damit wir zusammenkommen. Warum ist er schwarz?« Gleich würde ich hyperventilieren.

»Seid ihr zusammen?«

Ich nickte.

Noch, dachte ich. Wenn er den Job nicht kündigt und den Abschluss macht, garantiere ich für nichts.

»Also ist alles gut.« Entspannt lehnte sie sich zurück. »Der Ring tut, was du ihm aufgetragen hast.«

Sprachlos sah ich sie an. »Hab ich den Schlag bekommen, weil, weil ich gedacht habe, es sei aus zwischen uns?«

»Hast du das tatsächlich gedacht?«

»Ich weiß nicht. Nein! Aber ich war so sauer.«

»Also, mein Schatz: Wo liegt denn nun das Problem? Willst du mit Noah zusammen sein oder nicht?«

Ein beklemmendes Gefühl nistete sich in meiner Brust ein. »Ja, schon. Aber der Ring ist schwarz!«

»Das kann ich sehen.« Sie lächelte mich über den Rand der Teetasse hinweg an.

Sauer stellte ich meinen Tee ab. »Noah und der Ring – beide verändern sich. Liegt das an meinem Zauber? Habe ich etwas falsch gemacht?«

Daria seufzte. »Wovor hast du denn solche Angst?«

»Dass … dass …« Bevor ich meine Ängste sortiert hatte, um sie alle aufzuzählen, unterbrach Daria mich.

»Ist irgendetwas Lebensbedrohliches passiert?«

»Nein«, murmelte ich. »Kann Noah durch den Ring etwas zustoßen?« Kreischende Geigen übertönten jeden anderen Gedanken.

»*Ist* ihm etwas passiert?« Sie schien sich zur Geduld mit mir zwingen zu müssen.

»Nein«, räumte ich kleinlaut ein.

»Siehst du. Alles gut. Du scheinst mir etwas übermüdet und gestresst.«

Schweigend sah ich auf den Ring.

Stritten Noah und ich uns tatsächlich nur darüber, dass die Jacke nicht am Haken hing? Das beklemmende Gefühl machte sich in meiner Brust breit und nahm an Gewicht zu.

»Komm mit«, sagte Daria schließlich. »Wenn du heute kein Mathe und Deutsch lernst, Schätzchen, bringe ich dir ein wenig Schmuckmagie bei.«

Ich ließ den dicken Kloß links liegen und wollte ihr jubelnd um den Hals fallen, doch sie wich mir aus, denn sie hatte noch immer ihren Tee in der Hand.

»Warte, warte. Ich mach mich schnell fertig.«

Sie verschwand im Schlafzimmer.

Nachdem es in meiner Tasche noch dreimal *Pling* gemacht hatte, zog ich das Handy heraus.

Ich liebe dich.

Verzeih mir.

Ich tu alles für dich.

Seufzend tippte ich ihm eine Antwort.

Ich liebe dich auch. Ich will eine Zukunft mit dir.
Du wirst der coolste Designer ever, und ich mache zauberhaften Schmuck. Deshalb: Lass den Job.
Ich will keine Rosen mehr. Ich will Zeichnungen!
Von allem außer mir.

Ich schickte die Nachricht ab und versuchte, mich besser zu fühlen.

»Startklar?«

Verblüfft, wie schnell Daria sich umgezogen hatte, stand ich auf. Wie immer trug sie eine lange Bluse, die mit einem leuchtenden Farbmuster die Blicke auf sich zog, und natürlich baumelten etliche Ketten, Armreife und Ohrringe an ihr. Ich fragte mich, ob das alles normaler Schmuck war oder auch der ein oder andere Zauber darunter war.

Sie bemerkte meinen Blick und schmunzelte. »Ja, ich trage magischen Schmuck.«

»Welcher ist es?« Forschend musterte ich die unterschiedlichen Schmuckstücke. An ihrem Handgelenk entdeckte ich ein Armband mit etlichen Charms. Neugierig trat ich näher und erkannte ein Hufeisen, ein Kleeblatt, einen Anker und ein Herz. Die Anhänger hatten nichts Besonderes, sie konnten genauso gut aus irgendeinem Kaufhaus stammen.

»Du glaubst, das ist der magische Schmuck?« Sie ließ die silbrigen Anhänger klimpern.

»Nein.« Keine Ahnung, warum ich so sicher war. Vielleicht, weil sie auf mich wie billiger Tand wirkten. Mein Blick blieb an einer Kette mit einem silbernen Anhänger haften. Ich hatte sie schon oft an ihr gesehen. Der Anhänger war rund, und in ihm wuchs ein Baum, an dessen verzweigten Ästen Blüten sprossen. Er erinnerte mich an die Verzierungen auf dem Schmuckkasten und dem Buch. »Der ist es«, sagte ich und hatte keinerlei Zweifel.

»Du hast ein gutes Auge«, lobte sie mich und nahm den Anhänger auf die Hand. »Das ist eines meiner ältesten Stücke. Es wird seit Generationen in unserer Familie von der Mutter an die Tochter weitergegeben.«

»Ein Familienerbstück? Welcher Zauber wohnt darin?«

»Das wirst du erfahren, wenn es so weit ist.«

Ich tastete nach meinem Ring. Wie lang ich ihn noch tragen würde? Bis wir mit der Schule fertig waren und Chrissy aus unserem Leben verschwand?

»Ich muss dir jedoch noch sehr viel beibringen, bevor ich dir das Amulett und alles, was damit zusammenhängt, überlassen kann.«

Obwohl ich inzwischen wusste, was mich hinter der Rankentür erwartete, verschlug es mir erneut den Atem. Es war fast, als beträte man einen geheimen magischen Garten, der mir die wunderbarsten Schätze versprach. Am liebsten hätte ich in alle Klappen und Schubladen der Materialschränke geguckt, um zu sehen, welche zauberhaften Dinge darin verborgen waren.

»Ich habe dir deinen eigenen Arbeitsbereich eingerichtet«, verkündete Daria.

»Wirklich?« Mein Herz platzte fast vor Glück.

Daria zeigte auf einen eleganten Tisch. Die Tischplatte zierten einige Schrunden und Dellen, doch das störte mich nicht im mindesten. An der Wand, ordentlich aufgehängt, reihte sich eine Vielzahl an Rundzangen, Saitenschneidern, Flachzangen, Punzen, Ahlen und Rollen mit verschiedenen Schmuckdrähten, Garnen und Lederbändern. Daneben stand eines dieser Schubladenschränkchen.

»Was ist darin?«, fragte ich neugierig.

Sie öffnete einige der Schubladen und präsentierte mir eine Auswahl an Verschlüssen. Der Rest der Schubladen war leer.

»Du kannst diesen Schrank mit deinen Stücken füllen.« Sie nahm eine leere Schublade heraus und zeigte mir, dass sie mit Samt ausgeschlagen war. »Wenn du etwas aufgeladen hast, kannst du es darin aufbewahren. Es wird weder seine Magie verlieren noch wird sie nach außen hin Einfluss nehmen.«

»Aufgeladen?« Mein Puls raste, und meine Hände fühlten sich schwitzig an.

»Die Magie ist in dir. Du kannst sie in Objekte bannen. Wird der Schmuck dann getragen, entfaltet er seinen Zauber.«

»Also ist es nicht das Objekt, das von sich aus magisch ist, sondern es wird erst durch *mich* magisch?«

Sie nickte und öffnete einen mannshohen, sehr robusten Schrank. In den Fächern lagen Steine: gewöhnliche Flusskiesel in unterschiedlichen Größen. Daria wählte einen walnussgroßen aus und legte ihn vor mich auf den Arbeitsplatz.

»Ich habe dir ja schon erklärt, dass es auf deine Gedanken, deine Gefühle ankommt. Du musst dich auf das konzentrieren, was du erreichen willst.«

Das klang einfach.

»Versuch, diesen Stein mit Zuversicht aufzuladen.«

»Zuversicht?«

Das klang nun überhaupt nicht einfach. Jedenfalls momentan nicht.

Denn was die Situation mit Noah anbetraf, war ich im Moment wenig zuversichtlich. Mir war jedoch bewusst, dass Daria genau deshalb diesen Zauber vorschlug. Sie forderte mich heraus.

»Versuch es«, meinte sie. »Ich bin dort hinten. Fokussiere dich. Nimm den Stein in deine Hand und verwandle ihn in ein Amulett der Zuversicht.«

Ich wischte mir die Hände an der Jeans trocken und setzte mich an meinen neuen Arbeitstisch.

Ausatmen.

Einatmen.

All meine Gedanken und Sorgen rund um Noah und meine Zukunft versuchte ich auszublenden.

Zuversicht!

Immer wieder sagte ich mir dieses Wort im Geist vor.

Zuversicht!

Der Stein war völlig ebenmäßig. Von Zeit und Wasser perfekt geschliffen, leicht eiförmig und langweilig grau. Doch je länger ich ihn anstarrte, umso wunderbarer erschien mir seine Farbe und Beschaffenheit. Wie glatt er war. Das Gewicht war genau richtig für ein Amulett. Ob er auch als Schmuck gut aussehen würde? Das lag wohl in meiner Hand. Die Fassung würde entscheidend sein. Doch wie sollte ich dieses Ei fassen? Mit Draht umwickeln? Bei der Vorstellung musste ich eher an Gefangenschaft denken als an Zuversicht.

Ich sah mich um und entdeckte einen Schraubstock und einen Bohrer. Vielleicht konnte ich den Stein durchbohren? Obwohl er ziemlich klein und rund war. Keine leichte Aufgabe. Schließlich hatte ich noch nie einen Stein gebohrt. Aber selbst wenn es mir nicht gelang – was sollte schon passieren?

Also spannte ich den Stein in den Schraubstock ein und setzte den Bohrer an.

Ich blickte mich nach Daria um, in der Hoffnung auf ein bestätigendes Lächeln, doch sie schien mich nicht zu beachten.

Na gut.

Allerdings fragte ich mich, ob sie eingreifen würde, falls ich etwas Dummes tat. Etwas Magisch-Gefährliches. Bestimmt würde sie das tun.

Vermutlich war ihr klar – im Gegensatz zu mir –, dass nichts passieren konnte. Ich sollte ja keinen unheilvollen Zauber erschaffen. Nur ein wenig Zuversicht.

Natürlich rutschte ich erst mal mit dem Bohrer ab und musste mir ein Fluchen verkneifen. Na toll. So schnell gab ich aber nicht auf. Nach einigen Versuchen (und etlichen Kratzern auf dem Kiesel) hatte ich endlich eine Mulde im Stein. Das dauerte ja ewig! Ich bezweifelte, dass ich damit noch vor dem Mittagessen fertig werden würde. Also gab ich mit dem Bohrer mehr Tempo, und irgendwann hatte ich es geschafft. Jetzt platzte ich fast vor Stolz, dass er nicht gesprungen war. Abgesehen von den Kratzern sah er ganz passabel aus. Zufrieden legte ich ihn auf die Arbeitsfläche und versuchte, wieder total zuversichtlich zu sein.

Nun brauchte ich eine Kette. Oder doch lieber ein Band? Ich musterte die Garne und Lederbänder. Spielte es eine Rolle, welche Farbe oder welches Material ich nahm?

Ich entschied mich für Leder. Probeweise nahm ich ein schwarzes, dann ein braunes und noch ein weißes Band.

Welche Farbe harmonierte besser mit dem Grau? Schwarz oder Braun?

Schließlich fiel meine Wahl auf das braune. Aus einer der Schubladen fischte ich passende Verschlusskappen und fädelte den Stein auf. Das war ein Klacks. Im Nu hatte ich die Kette fertig.

Skeptisch betrachtete ich mein Werk. Die Idee des Flusskiesels als Schmuckanhänger gefiel mir, aber die Ausführung ließ zu wünschen übrig. Die Kratzer störten mich – und dann war da doch noch etwas anderes. Ich konnte nicht genau sagen, was es war, aber ich war unzufrieden mit dem Ergebnis.

Stumm starrte ich die Kette in meiner Hand an.

Hatte ich die Aufgabe erfüllt? Oder total versagt? Hatte meine Konzentration ausgereicht? Was, wenn ich zwar ein gewisses magisches Talent geerbt hatte, aber handwerklich eine totale Null war?

»Bist du fertig?« Daria trat hinter mich und musterte mein Werk.

Am liebsten hätte ich die Kette unter dem Tisch versteckt, so sehr zweifelte ich an meinem Können.

»Was denkst du?«, fragte sie.

»Hätte besser werden können«, murmelte ich.

»Leg es weg.« Sie sagte es ziemlich bestimmt. Und da war ich mir sicher, dass ich versagt hatte. Anscheinend bekam ich gar nichts mehr auf die Reihe. Kein Wunder, dass Noah das Gefühl hatte, er müsse mir ständig Geschenke machen. Sicher hatte er auch bemerkt, dass ich immer wieder Bestätigung brauchte, weil ich so eine Niete war.

»Ich sollte es wohl lieber gleich in den Müll werfen.« Enttäuscht über mein erstes Lehrstück wollte ich aufstehen, doch Daria drückte mich zurück auf den Stuhl.

»Leg es hin. Auf die Arbeitsplatte. Los!« Ihr Tonfall war scharf. Als Nächstes würde sie mir offenbaren, dass sie sich in mir getäuscht hatte. Tränen stiegen in mir auf. Denn alle täuschten sich in mir. Noah. Merle. Und auch Ben. Ich war ein Loser.

»Leg es hin!« Daria schrie mich regelrecht an. Und mit einem tiefen Seufzer über meine Unzulänglichkeit folgte ich ihrem Befehl.

Kaum hatte ich die Kette nicht mehr in der Hand, fühlte ich mich besser. Mir wurde bewusst, dass ich eigentlich keine Lachnummer war, dass ich mich tapfer durch mein chaotisches Leben schlug und stolz auf mich sein konnte.

Erschrocken drehte ich mich zu ihr um, als mir klar wurde, was passiert war. »O nein! Ich hab's vermasselt!«

»Das Schwerste an der Schmuckmagie ist nicht das Handwerk – es ist die Gedankenkontrolle. Ein falsches Gefühl, ein winziges Abschweifen, und der Zauber ist verdorben.«

Entsetzt starrte ich die Kette an. »Aber ich hab doch versucht, mich nur auf die Zuversicht zu konzentrieren! Und jetzt ist der Stein voller Zweifel!«

Daria nahm eine Zange von der Wand und packte damit den Stein. »Du hattest so große Zweifel, dass die Magie schon bei bloßer Berührung wirkt.« Sie hob die Kette an, als sei sie Giftmüll. »Das bestätigt meinen Verdacht: Deine Macht ist außergewöhnlich stark. Wir müssen dir dringend beibringen, wie du sie in die richtigen Bahnen leitest.«

Mir schnürte es die Kehle zu. Das hatte ich nicht gewollt. Wer immer nun mit diesem harmlos aussehenden Kiesel in Kontakt kam, würde alles anzweifeln, all seine Fähigkeiten! Das war fürchterlich! »Kann ich es rückgängig machen?«

»Du kannst es gerne ein weiteres Mal versuchen.«

»Nein, ich meinte, wie kann ich den Zauber von dem Stein nehmen?«

»Gar nicht.«

»Was?« Vermutlich wich mir jegliche Farbe aus den Wangen. Die Vorstellung, dass ich diesen grässlichen Zauber in die Welt gebracht hatte und nun nicht mehr unschädlich machen konnte, ließ mich vor Angst regelrecht erstarren. Mir wurde bewusst, wie sorglos und naiv ich bisher gewesen war. Ich konnte von Glück sagen, dass meine ersten Magie-Versuche so glimpflich verlaufen waren.

Daria hielt die Kette wie eine giftige Schlange vor sich und trug sie nach hinten. Ich folgte ihr und blieb erstaunt stehen, denn dieser Teil der Werkstatt, den man von der Tür aus nicht sah, weil der Raum sich krümmte, ähnelte einem Kuriositäten-Kabinett. Die seltsamsten Dinge stapelten sich hier. Alte Hochseekoffer, goldene Vogelkäfige, ein Grammophon, Discokugeln, Perlenvorhänge, eine Kleiderstange mit Pelzen und Brautkleidern – war das Darias Speicher? Erinnerungsstücke ihres Lebens? Wie ein Labyrinth türmten sich die

Dinge, und ich folgte Daria vorsichtig hindurch. Schließlich blieb sie vor einem altmodischen Tresor stehen.

»Ich werde ihn einschließen, dann kann er keinen Schaden anrichten.« Sie begann das Zahlenkombinationsschloss zu drehen.

»Was ist das hier?« Noch immer staunend über das seltsame Sammelsurium an Gegenständen, sah ich mich um. Ein uralter Fernseher stand wacklig auf einer Holztruhe, an der ein Säbel lehnte. Woher hatte Daria all das Zeug?

»Oh, ich nenne es meine Asservatenkammer.« Sie lächelte. »Ich weiß, ich müsste mal wieder aufräumen. Aber es sammelt sich eben so einiges an.« Sie drehte die Kombination und öffnete den Tresor.

Zu meiner Überraschung lagen schon einige andere Schmuckstücke darin. Ein herrliches diamantenes Diadem funkelte mir entgegen, und auf einem Samtkissen glänzten rubinrote Manschettenknöpfe. Die anderen Stücke konnte ich gar nicht so schnell erkennen, wie Daria den Tresor schon wieder verschlossen hatte. »Was sind das für Sachen?«

»Du bist nicht die Einzige, der mal ein Zauber danebengegangen ist.« Sie klopfte auf den Tresor. »Aber hier sind sie sicher.«

Ein Tresor voller bösartiger Zauberstücke. Mir wurde schwindelig. Bisher hatte ich wirklich Glück gehabt.

Und Ben hatte mal wieder recht: Magie hat eine helle und eine dunkle Seite. Sei in Zukunft vorsichtiger mit deiner Magie, ermahnte ich mich. Zu schnell konnte der Zauber durch einen flüchtigen Gedanken Schaden anrichten.

»Gibt es Schmuckmagier, die dunkle Zauber anwenden?«

Überrascht musterte Daria mich. »Dunkel?«

»Na, du weißt schon. Böse, gemein …«

In ihrem Blick lag völliges Unverständnis, und ich kam mir plötzlich albern vor. Wie ein unwissendes Kind, das dumme Fragen nach dem Offensichtlichem stellt.

Daria musste anscheinend über die Antwort nachdenken. »Licht und Schatten liegen sehr nah beisammen«, sagte sie schließlich, während wir in die Werkstatt zurückgingen. »Das eine existiert ohne das andere nicht. Die Dunkelheit mag den einen ängstigen. Doch es ist auch die Zeit der Träume, der Regeneration, der Vorbereitung für die Geburt eines neuen Tages. Ohne die Dunkelheit kann das Licht nicht zurückkehren.«

Nachdenklich nickte ich. Natürlich hatte sie recht, was Licht und Dunkel betraf – aber eine Antwort auf meine Frage war dies nicht.

»Du hast sehr viel Talent«, fuhr Daria fort. »Auch wenn deine Magie diesmal in die falsche Richtung ging, weil es dir noch an Konzentration mangelt – der Stein ist mächtig. Sehr stark.« Sie musterte mich, und seltsamerweise begann ich, mich unwohl zu fühlen.

»Du hast eine große Zukunft vor dir. Aber du musst lernen.« Mit dem Finger stippte sie mir gegen die Brust. »Vor allem musst du lernen, dich da drin gut aufzuräumen. Ich kann meinen Tresor nicht mit missglückten Zauberstücken vollstopfen.«

»Nein! Nie wieder darf mir so etwas Schreckliches passieren!« Wenn ich Schmuckmagierin wurde, dann eine gute. Eine, die nur positive Zauber wirkte.

Sie lachte. »In Ordnung. Aber für heute lassen wir es gut sein. Und das nächste Mal«, merkte sie mit einem Schulterklopfen an, »klebst du den Stein und die Bohrstelle ab. Dann gibt es auch keine unschönen Kratzer. Und jetzt ab nach Hause. Nicht, dass Caroline noch hinter dein Geheimnis kommt.«

Sie zeigte auf eine Standuhr – verflucht! Die Schule war seit einer halben Stunde aus.

Ich musste nach Hause, bevor Paps eine Vermisstenanzeige aufgab.

18

Paps war tatsächlich drauf und dran, eine Vermisstenanzeige aufzugeben. Allerdings nicht für mich.

»Das geht zu weit, Caroline!« Er stand mitten in der Küche, eine dampfende Auflaufform in den mit Ofenhandschuhen bewehrten Händen – und fluchte. »Wo ist der Esstisch!«

Mit einem Seufzen sah ich mich um. Mom hatte endlich ihr Japankonzept (konsequent) umgesetzt. Deshalb hatten wir nun weder einen Esstisch noch Stühle. Dafür verstellten edle japanische Paravents die Sicht auf die deutsche Einbauküche. (Immerhin war die noch da …)

Wütend stapfte Paps mit dem Auflauf ins Wohnzimmer. »Caroline!«

Ich folgte ihm gespannt. Es war schon immer wieder erstaunlich, wie Mom es schaffte, unser Haus völlig zu verändern. Wo gestern noch auf dem gemütlichen Fernsehsofa gelümmelt wurde, lag nun nur noch eine schlichte Reisstrohmatte. Paps' DVD-Sammlung wurde durch einen schmalen

Schrank aus dunklem Kirschholz ersetzt, auf dem eine Schale mit qualmenden Räucherstäbchen die Luft verpestete.

Ein junges Pärchen stand neben der Matte, hielt sich an den Händen und sah ziemlich unentschlossen aus.

»Die Reduktion auf das Notwendige findet in diesem Stil seine Entsprechung, finden Sie nicht?«, meinte meine Mutter.

»Minimalismus«, flüsterte die Frau, und ihr vollbärtiger Mann nickte.

»Man braucht einen Esstisch!«, pampte mein Vater, der noch immer mit dem Auflauf dastand. »Wie soll man essen, wenn man keinen Tisch hat!«

»Ein Tisch wie auch Stühle sind unnötig«, wandte meine Mutter ein. »Der Minimalismus bedient allein die notwendigen Grundbedürfnisse –«

»Ich habe Hunger! Es ist mein Grundbedürfnis, zu essen!«, unterbrach Paps sie harsch.

»Die Urwaldvölker essen am Boden, im Kreis sitzend. Das stärkt die Gemeinschaft«, murmelte der Mann und warf Paps einen unsicheren Blick zu.

»Alles klar!« Sauer knallte der die heiße Auflaufform auf den Boden. »Setz dich, Caroline!«

Verdattert sah meine Mom auf Paps, dann zu ihren Kunden, die miteinander tuschelten. Schließlich verbeugten sie sich, raunten etwas Unverständliches und verließen das Zimmer. Völlig geräuschlos.

»Die waren aber spooky«, murmelte ich, als ich mich neben Paps auf den Boden setzte.

»Minimalistisch. In allem«, antwortete Paps. Wir grinsten uns an.

Seufzend schlüpfte Mom aus dem Kimono und nahm ebenfalls auf dem Boden Platz. »Vielen Dank! So gewinnt man Kunden!«

»Ich denke, es besteht die minimale Chance, dass sie wiederkommen«, meinte Paps. »Allerdings werden sie minimale Änderungen wollen. Von allem ein Mini-Stückchen mehr.«

Mom musste lachen.

Und ich muss zugeben, das war eines der besten Familienessen jemals. Der Vollbart hatte recht mit diesem Gemeinschaftsding. Wir scherzten und lachten, während wir uns reihum den Servierlöffel teilten.

Nach dem (minimalistischen) Essen verschwand ich auf mein Zimmer und schrieb Merle.

Hab ich in der Schule was verpasst?

Es dauerte eine Weile, bis sie antwortete.

Ben ist ein Vollidiot!

O nein! Hatte sie Ben etwa ihre Liebe gestanden und von Ben einen Korb bekommen? Das konnte doch nicht wahr sein!

Soll ich rumkommen? Oder Kakao im Lorenzo?

Das hilft jetzt auch nicht mehr.

Es war noch schlimmer, als ich befürchtet hatte! Was sollte ich nur tun? Wie konnte ich zwischen den beiden vermitteln? Es klingelte, und ich hörte, wie meine Mutter öffnete. Kurz darauf rief sie nach mir.

»Julie? Besuch für dich!«

Und schon kamen Schritte die Treppe rauf. Ein *Pling* meines Handys meldete eine neue Nachricht, doch ich las sie nicht. Ich ging in den Flur, um nachzusehen, wer es wohl sein mochte.

»Hey!«, grüßte mich Ben. »Ich hab dir die Hausaufgaben gebracht.«

Ein erneutes *Pling* erinnerte mich an die Nachricht. Ohne sie zu lesen, textete ich hastig eine Antwort.

Sekunde. Ben ist hier. Ich kläre das. Alles wird gut.

»Schreibt dir Merle?«, fragte er, während er in der Tür stehen blieb und sich im Zimmer umblickte.

»Ähm. Ja. Sie ist doch meine beste Freundin. Genauso wie

du mein bester Freund bist«, stammelte ich. »Und, also … ich weiß jetzt nicht so richtig …«

»Dieser Noah hat schon einen leichten Hang zur Übertreibung, oder?«

Verwirrt folgte ich seinem Blick und bemerkte die Rosen. All die Vasen mit roten Rosen, die zum Teil schon verwelkt auf Tisch, Fensterbrett und im Buchregal verteilt waren. »Oh. Na ja. Er ist eben ein Romantiker.« (Mit einem ungesunden Hang zur Übertreibung!)

»Hm«, war Bens Antwort. »Ich hab hier ganz unromantisch Mathe und Geschichte. Und die Chemiearbeit.«

»Chemie? Die hat er schon fertigkorrigiert?« Ich nahm ihm den Stapel Bücher ab und legte ihn auf meinen Schreibtisch. »Und? Was hat Kampe gesagt? Hast du bestanden?«

Ben ließ sich auf mein Bett fallen und begrüßte Herrn Ha, meinen Kuschelhasen aus Kindheitstagen. Ich erinnerte mich, wie Ben ihn einmal gerettet hatte. Wir waren am Strand gewesen, und ich hatte meinen Stoffhasen zu nah an den Wellen sitzen lassen. Plötzlich hatten die Wellen ihn mitgenommen. Keine Ahnung, wie alt wir da waren. Alt genug, um schon im Meer zu schwimmen, denn Ben hatte sich – in meinen Augen todesmutig – in die Fluten gestürzt, um Herrn Ha zu retten. Ich war ihm so unendlich dankbar gewesen, dass ich ihm einen Kuss gegeben hatte.

Als das Bild dieses unschuldigen Kusses mir vor Augen stand, wurde ich prompt rot.

Jetzt saß ein durchaus attraktiver und vor allem ausgesprochen sympathischer junger Mann auf meinem Bett – und redete mit einem Stofftier! Merle wäre bei diesem Anblick sicher vor Verzückung in Ohnmacht gefallen. (Vor allem, hätte er auf *ihrem* Bett gesessen.)

»Was ist? Nun sag schon! Kommst du in Chemie durch?«

Ben sah mich prüfend an, und aus irgendeinem dämlichen Grund wurde ich noch einen Tick röter, also wandte ich mich ab und suchte zwischen den Büchern nach meiner Chemiearbeit. Eine Fünf leuchtete mir in rot aus der oberen Ecke des Bogens entgegen. Ich seufzte und schob die Arbeit zurück in den Stapel.

»Ich dachte, Merle hätte es dir schon brühwarm erzählt.«

Verwundert drehte ich mich zu ihm um.

»Sie meinte nur …«

O nein! Sie hatte gar nicht von einer missglückten Liebeserklärung gesprochen! Ich hatte ihre Nachricht falsch gedeutet. Es ging um Bens Note! »Nein. Also ich meine, doch. Aber … weil …« Ich setzte mich auf meinen Schreibtischstuhl. Mitleidig sah ich ihn an. Er hatte den Test also ebenfalls versemmelt. »Wie schlimm ist es?«

Zu meiner Verwirrung grinste Ben. »Sie hat dir gar nichts gesagt?«

»Wie? Doch, natürlich hat sie es mir gesagt. Sie ist meine beste Freundin! Ist doch klar, dass sie sich da bei mir ausheult.«

»Sie heult?« Er verdrehte die Augen. »Ich dachte, sie würde dir die Augen auskratzen.«

»Mir?« Jetzt war ich völlig verwirrt.

»Sie hat nicht mit dir geredet.« Er grinste amüsiert, weil er mehr wusste als ich.

»Ihre Worte waren … ähm … etwas kryptisch«, räumte ich entnervt ein.«

»Sie hat eine Vier. Minus.«

»Oha.« Das war für Merle eine Vollkatastrophe. Sie hatte noch nie etwas Schlechteres als eine Drei plus nach Hause gebracht. (Außer in Sport.)

»Sie hat eine philosophische Interpretation aus den Ergebnissen abgeleitet, um das stärkste Element zu benennen und es zum Sieger zu erklären.«

Ich stöhnte auf. »O nein! Sie lyncht mich.«

Ben winkte ab. »Zuerst wird sie mich zu Mus verarbeiten. Ähm … Hat sie dieses dämliche Kettchen noch?«

Ich nickte unglücklich.

»Autsch.« Seufzend vergrub er das Gesicht in den Händen. »Merle wird mich verprügeln. Das ist echt bitter.«

»Na, bis jetzt meint sie nur, du bist ein Vollidiot. Bekennst du dich etwa schuldig?«

Lachend hob er die Hände. »Jepp. Ich hab es richtig versemmelt. Keine Ahnung, wie ich so dämlich sein konnte. Aber es war – es war so verflucht einfach, verstehst du? Es stand ja alles drauf …«

Nein, ich verstand nicht, und Ben sah es mir an.

»Ich habe eine Eins geschrieben. Null Fehler.« Er zuckte hilflos mit den Schultern, und mir fiel die Kinnlade runter. Das war …

»Vollidiot.« Mehr konnte ich dazu nicht sagen.

Wie dämlich war das denn! Er hatte bisher ausschließlich Fünfen und Sechsen geschrieben – und dann plötzlich null Fehler?

»Vollidiot«, bestätigte er und ließ sich rückwärts auf mein Bett fallen. »Herr Kampe hat schon mit meinen Eltern gesprochen.«

Ich wagte nicht zu fragen, welche Strafe auf ihn wartete.

»Da der Betrug offensichtlich ist, wird die Arbeit mit einer Sechs gewertet.«

Ich presste die Lippen aufeinander. Das war's mit dem gemeinsamen Abschlussball.

»Also musst du die Klasse wiederholen.« Ich seufzte.

Er setzte sich wieder auf und sah mich derart traurig an, dass es mir das Herz zuschnürte. Stumm schüttelte er den Kopf. »Schlimmer. Mein Vater ist außer sich, dass ich geschummelt habe.«

Ich kannte Bens Vater als einen sehr korrekten Mann, immer pünktlich, immer zuverlässig, immer in tadellosem Anzug – außer auf Grillabenden. Da legte er dann sehr großen Wert auf geschmacklose Freizeitkleidung, Bier aus Flaschen und auch mal einen niveaulosen Witz zur rechten Zeit.

Ben drapierte Herrn Ha liebevoll auf meinem Kopfkissen. »Er will mich ins Internat schicken.«

Keine Ahnung, wie viele Minuten verstrichen, bis ich ein »Was?!« brüllte. Aber es dauerte eine Weile, die Tragweite und Bedeutung des Begriffs *Internat* durch meine Gehirnwindungen zu dreschen. »Das kann er doch nicht machen!«, tobte ich. »Jeder baut mal Mist! Du hast nur bei einer einzigen Arbeit gespickt! Schick den zu mir! Ich hab heute einen Stein fabriziert, der zerstört jegliches bisschen Selbstsicherheit! *Das* ist scheiße! Aber doch nicht so ein dämliches Spicken!« Voller Wut tigerte ich in meinem Zimmer auf und ab. »Ich erlaube es deinem Vater nicht, dass er dich mir wegnimmt!«

Ben saß still auf meinem Bett. Eine Augenbraue leicht nach oben gezogen, beobachtete er die Furie Julie, die wilde Verwünschungen schrie.

Als ich meine Wut halbwegs herausgebrüllt hatte, setzte ich mich neben ihn. »Also gut. Bleiben wir sachlich. Ich helfe dir.«

Grinsend winke er ab. »Nein, danke. Ich brauche keinen Stein, der mich an allem zweifeln lässt.«

»Mach darüber keine Witze! Das ist ein Albtraum! Ich wusste wirklich nicht, dass so was passieren kann.«

»Was hast du falsch gemacht?«

Ich seufzte. »Ich habe an mir gezweifelt. Und ja, du hast recht, Magie kann weiß oder schwarz sein.« Ich rückte ein Stück zu ihm und legte den Kopf an seine Schulter. »Ich will nicht, dass du weggehst. Wer hängt dann mit uns am Strand ab?«

»Du hast doch Noah.«

Mir stockte der Atem, und ich rückte von ihm ab. Ich hatte Noah.

»Du bist nicht Noah.« Ich konnte es nur flüstern, denn da war ein Gefühl in mir, das mich zutiefst ängstigte.

Noah …

Wenn ich an Noah dachte, zog sich alles in mir zusammen. Keine Schmetterlinge. Sondern ein bedrückendes Gefühl.

Ich sah auf all die Rosen, die ihre Schönheit verloren hatten. Der Lauf der Zeit hatte sein Werk getan, und sie waren verblüht. Aber wahre Liebe verblühte nicht.

»Was sagt deine Mom zum Internat?«, zwang ich mich, mein Dilemma mit Noah und der Romantik zu verdrängen.

»Na ja. Ich denke, sie ist davon nicht sehr begeistert.«

»Vielleicht findet dein Vater ja auch keinen Platz.«

Er lachte bitter. »Du meinst, Betrüger wie mich will keiner haben?«

»Ach Mann! Jetzt lass das doch mal.«

Es klingelte, und ich dachte an Merle. Vermutlich hatte sie es nicht mehr ausgehalten, dass sie bei unserem Kriegsrat nicht dabei war. Flugs stand ich auf und öffnete die Zimmertür, aber es war nicht Merle, die da die Treppe heraufkam.

»Noah …« (O verdammt, Julie. Noch mehr Entsetzen hättest du nicht in deine Stimme legen können?)

Natürlich hatte er einen Strauß Rosen dabei, den er mir noch auf der letzten Stufe mit einem Kuss überreichte. Dieser Kuss tat sein Bestes, alle Zweifel hinwegzufegen. Er stellte meine Welt auf den Kopf, rüttelte sie zurecht und ließ mich sanft wieder auf der Erde landen.

Ich liebte Noah – und die Schmetterlinge, die in meinem Magen umherwirbelten.

»Komm rein. Ben hat mir die Hausaufgaben gebracht.« Seltsamerweise hörte es sich wie eine Lüge an.

Als Ben Noah sah, katapultierte er sich regelrecht aus meinem Bett. »Oh, hey. Alles klar? Ich hab ihr nur die Hausaufgaben gebracht.« Auch das klang merkwürdigerweise wie eine Lüge.

»Geht es dir besser?«, wollte Noah wissen und ignorierte Ben. Er hielt meine Hand so fest, dass ich Angst bekam, er würde mir das Blut abdrücken. Mein Blick flog zu Ben, und ich merkte, dass ich damit *Entschuldigung* sagte. Wobei ich gar nicht wusste, wofür.

»Na, ich verschwinde dann mal.« Ben tippte sich an die Stirn und schob sich an Noah vorbei zur Tür.

»Aber, Ben.« Ich trat auf ihn zu und sah ihm tief in die Augen. Als Mahnung. Damit er wirklich nicht aufgab. »Wir finden eine Lösung, okay? Bearbeite deine Mutter. Und dann büffeln wir … oder so.«

»Schon gut, Jewels.« Er stürmte die Treppe hinunter, und die Haustür fiel scheppernd ins Schloss.

»Jewels? Wieso nennt er dich ständig *Jewels*?« Noah starrte mich an, und ich hatte den Eindruck, dass er argwöhnisch war.

»Weil er mein Kumpel ist. Merle sagt auch hin und wieder Jewels zu mir.« Das klang abweisend. Ich fühlte mich von Noah angegriffen, als ob ich ihn betrügen würde.

»Wieso hat dir nicht Merle die Hausaufgaben gebracht?« Er ging zum Schreibtisch und sah die Bücher durch, die ich dort abgelegt hatte.

»Weil Ben genau gegenüber wohnt und deshalb den kürzesten Weg hat?« Was wurde das hier? Ein Verhör? Sauer wandte ich mich ab und setzte mich auf meinen Stuhl.

»Und was hast du mit ihm geklärt?«

Jetzt riss mir der Geduldsfaden. »Noah, worum geht es? Kannst du nicht einfach geradeheraus fragen? Ich steh nämlich total auf dem Schlauch.«

Er zückte sein Handy und hielt es mir hin. Das Display zeigte eine Textnachricht von mir:

Sekunde. Ben ist hier. Ich kläre das. Alles wird gut.

Ich öffnete den Mund und wollte etwas sagen – aber ich begann zu lachen. Noahs graue Augen sahen mich finster an, und ich kriegte mich gar nicht mehr ein.

»Entschuldige. Die Nachricht war nicht für dich. Ich dachte, Merle hätte schon wieder geschrieben.«

»Was hast du mit ihm *geklärt*?«

Da wurde mir bewusst, dass Noah eifersüchtig war, und fast hätte ich erneut losgelacht. Doch sein Gesichtsausdruck, der zwischen Wut und Enttäuschung pendelte, ließ mich schließlich innehalten. Ich stand auf und umarmte ihn.

»Es tut mir leid, Noah. Unser Streit gestern hat mir zugesetzt. Deshalb war ich heute nicht in der Schule. Ben hat mir nur die Hausaufgaben und den Chemietest gebracht. Die Nachricht bezog sich auf den Test. Ben hat Probleme in Chemie, und Merle wollte ihm helfen. Ich dachte, ich schreibe diese Nachricht an sie.« Mit einem tiefen Seufzer ließ ich mich aufs Bett fallen. »Der Streit mit dir gestern war die Hölle. Ich wollte das so nicht sagen. Es tut mir leid.«

Er setzte sich neben mich und nahm mich in den Arm.

»Geht mir auch so. Ich hab kein Auge zugetan. Es tut mir leid. Meine Nerven liegen momentan ziemlich blank.«

»Kein Wunder. Du brauchst Schlaf. Schon mal in den Spiegel geguckt? Bald kannst du bei ’nem Zombiefilm mitspielen – ohne Make-up«, scherzte ich. »Im Ernst. Du kannst nicht jede Nacht auf dem Fischmarkt ackern. Außerdem solltest du was für die Schule tun, damit du einen Studienplatz bekommst und mein Lieblingsdesigner wirst.«

»Du bist meine Liebe und mein Leben, Julie. Ich möchte dich auf Händen tragen.«

»Und ich würde gerne selbst laufen.« Ich zwang ihn, mir in die Augen zu sehen. »Bitte. Okay?«

Sein Blick war so intensiv, dass mein Magen zu kribbeln begann und sich dieser wohlige Schauer bis in die Fingerspitzen und Zehen ausbreitete. Mein Ring schwieg ausnahmsweise, und ich war froh darüber. Anscheinend hatte er nichts einzuwenden.

»Und ganz ehrlich«, murmelte ich, während unsere Lippen sich schon wieder aufeinander zubewegten, »ich kann keine Pizza mehr sehen.«

19

»Hast du jetzt ’nen Hexenbesen? Wie um alles in der Welt konntest du schneller sein als ich?« Merle dribbelte entspannt neben mir auf der Stelle, während ich mich keuchend zur Leuchtturm-Bank und mit letzter Kraft draufhievte.

»Sehe ich so aus, als wäre ich geflogen?«, japste ich.

»Du siehst elend aus … Du musst mehr Sport machen, ganz ehrlich, Julie. Bloß weil du jetzt mal mit dem Fahrrad Gas gegeben hast, um vor mir hier zu sein …« Sie schüttelte verständnislos den Kopf und fing an, mit Hilfe der Bank Stretching zu machen.

Ich lehnte mich an die Wand des Leuchtturms und versuchte, wieder zu Atem zu kommen. (Mit Sicherheit hatte ich den Radsprint-Weltrekord soeben gebrochen. Und das ohne magische Hilfe! Dagegen konnte Merle nicht anstinken.)

Denn kaum war Noah nach einer kussreichen Versöhnung gefahren, hatte ich einen Notruf an sie abgesetzt, dass wir uns sofort am Leuchtturm treffen sollten. (Und aus irgendeinem bescheuerten Grund hatte ich Merle und ihr verfluchtes Fußkettchen schlagen und Erste sein wollen.)

»Geht es schon wieder um Noah?« Sie hatte ein Seil aus ihrer Gürteltasche gezogen und begann, damit zu springen.

»Merle! Lass den Mist und setz dich hin!«

»Ich will fit bleiben. Also? Noah?«

»Nein! Es geht nicht um Noah. Mit Noah ist alles bestens.« (Inzwischen. Hoffentlich.)

»Und der Ring?«

Ich zögerte. Er war noch immer pechschwarz. »Daria hat ihn sich angesehen. Damit ist alles gut.«

»Er ist schwarz!«, stellte Merle sachlich fest.

»Vermutlich wegen minderwertigem Material.«

Sie warf mir einen skeptischen Blick zu, aber ich wischte ihn mit einer genervten Handbewegung weg.

»Ich will mit dir über Ben reden. Deshalb diese schnelle Notfallbesprechung.«

Da ließ sie das Springseil sinken und setzte sich endlich neben mich. »Er ist ein Vollidiot!«

»Ja, das weiß ich inzwischen. Und ich glaube, er hat es auch kapiert. Aber wir müssen ihm helfen.«

Merle kreuzte abwehrend die Arme. »Nee, da bin ich raus. Ich hab ihm wirklich geholfen. Es war perfekt. Es wäre jetzt alles optimal, wenn er nicht so ein Vollpfosten wäre! Alles richtig beantworten! Wie blöd kann man sein.«

»Hat er dich angerufen?«

Ärgerlich sah sie mich an. »Du meinst, ob er sich entschuldigt hat, dass er meinen tollen Plan derart gegen die Wand gefahren hat?«

»Aha. Dann weißt du nicht, was sein Vater gesagt hat, als er von der Schummelei erfuhr?«

»Sein Spießervater? Sag's nicht.« Sie klatschte sich die Hände vors Gesicht. »Okay. Sag's.«

»Internat.«

»Was?« Merle klappte ihre Hände wie Scheuklappen auf und sah mich verständnislos an.

»In-ter-nat. Sein Vater schickt ihn weg!«

Merle sprang auf, als wollte sie gleich zu Ben rennen, fuchtelte mit den Armen, schrie, kickte, stampfte, fiel fast die Düne runter und setzte sich wieder. »Idiot«, kommentierte sie mit Inbrunst.

»Jepp. Volle Zustimmung. Wir müssen etwas unternehmen.«

»Ein Zauber! Kannst du einen Zauber anwenden?«

»Einen Zauber?« Ein ängstlicher Schatten legte sich auf mein Herz, als das Bild des Tresors in meiner Erinnerung aufstieg. »Ich kann Daria fragen. Sie macht sicher einen.«

Verwundert zog Merle die Augenbrauen hoch. »Und wieso nicht du?«

»Weil ich heute gelernt habe, dass ich zwar jede Menge Magie in mir habe, aber noch völlig unfähig bin, sie richtig zu fokussieren.«

»Wahrscheinlich frag ich jetzt besser nicht.«

»Ja, frag nicht«, murmelte ich unglücklich.

»Okay. Ich frag nicht.«

»Super.«

»Ja, klar.«

Zusammen sahen wir aufs Meer.

»Ich frag gar nicht …«

»Merle!«

»Ja, ja, schon verstanden.«

Ich seufzte. »Nur so viel: Zum Glück hat Daria einen dicken Tresor, in dem sie alle bösen Zauber, die unfähigen Magiern so unterlaufen, wegschließen kann.«

Für eine Sekunde kniff Merle die Augen zusammen und sog geräuschvoll die Luft ein. »Ich frag nicht!«

»Jepp. Besser so.«

»Jetzt ehrlich?«, platzte es dann doch aus ihr heraus. »Ein Tresor voll mit böser Schmuckmagie?«

»Halbvoll. Es ist noch Platz für meine nächsten Versuche.«

Sie nickte und sah wieder aufs Meer. »Ich frag besser nicht.«

Grinsend lehnte ich mich zurück. »Jepp. Gute Idee.«

»Also gut«, wandte sie sich schließlich mir zu. »Bitten wir Daria. Soll sie einen Zauber machen, der Bens Vater bekehrt.«

»Eine Meinungsumschwung-Krawattennadel.«

Das war eine gute Idee, denn Bens Vater und sein Internat waren das Problem. Wenn Ben einfach nur sitzenblieb, war er immer noch hier bei uns. Und das war das Einzige, was zählte.

»Also gut. Ich fahre gleich morgen zu ihr.«

»*Nach* der Schule«, stellte Merle fest.

Ich schmunzelte. »Ja, *nach* der Schule. Schreibst du mir noch eine Entschuldigung?«

»Ich? Das ist doch Mikes Job.«

»Mike?« Ich verdrehte die Augen. »Den haben wir in seinem Zimmer verloren. Außerdem ist er nicht erziehungsberechtigt.«

»Und ich schon?«

Freundschaftlich knuffte ich sie in die Seite und legte meinen Kopf an ihre Schulter. »Klar. Du bist meine beste Freundin. Du bist für mich verantwortlich.«

»Na, schönen Dank.« Merle lachte. »Na gut«, fügte sie schließlich an und schmiegte ihren Kopf an meinen.

So verharrten wir eine Weile und beobachteten, wie die Sonne sich immer mehr der Horizontlinie näherte und dabei den Himmel mit einem feinen Lila überzog.

Ich war mir sicher, dass es uns mit Darias Hilfe gelingen würde, Ben bei uns zu behalten.

Alles wendete sich zum Guten.

Noah machte seinen Abschluss, ich lernte, meine Magie zu beherrschen, Ben blieb, Merle bekam endlich ihren Freund, und wir alle zusammen hatten den besten Sommer unseres Lebens.

20

So gutgelaunt wie schon lange nicht mehr radelte ich in der Dämmerung nach Hause. Die Lichterkette im Torbogen war bereits an, und durch die Terrassenfenster fiel Licht in den Garten. Ich bremste. Irgendjemand stand da doch in einem von Moms Blumenbeeten …

»Hallo?«, rief ich unsicher und hoffte, dass es nicht Noah war. Im selben Moment hätte ich mich für diesen Gedanken am liebsten geohrfeigt. Schließlich hatte er mit seinen romantischen Gesten mein Herz immer wieder verzückt.

»Julie?«

»Mom? Warum stehst du im Blumenbeet?«

»Ich wollte – Ah! Verflucht.«

»Kann ich dir helfen?« Ich schob mein Fahrrad durch den Rosenbogen in den Garten und ging zu ihr.

Sie stand irgendwie in oder unter einer riesigen Staude.

»Was machst du da?« Ich hatte den Eindruck, die Pflanze wollte sie erdrücken und sie müsste sich mit Händen und Füßen gegen sie wehren.

»Ich bin mir nicht sicher. Auf jeden Fall verliere ich.« Aus dem Dickicht an Stängeln wedelte sie mit einer Hand, in der sie eine Garnrolle hielt. »Kannst du das hier um den Sonnenhut wickeln?«

»Na klar.« Ich stieg in das Beet und nahm die Rolle Blumenbinder entgegen. Die Pflanze war so wuchtig, dass es zwei Erwachsene brauchte, um sie zu umfassen. Außerdem überragte sie mich sicher um einen halben Meter. (Bisher hatte ich mich nicht für klein gehalten.)

»Ich dachte, die würden nur halb so hoch werden«, hörte ich meine Mom von der anderen Seite schnaufen. »Wickle das Band um die Eisenstange. Die hab ich gerade eingeschlagen.«

Ihren Anweisungen folgend wickelte ich das Band darum und versuchte, es ihr auf der anderen Seite der Pflanze wieder zurückzugeben. Fast wäre uns dabei die Rolle runtergefallen, doch Mom erwischte sie. Mit einem spitzen Triumphschrei zurrte sie das Band an einer zweiten Stange fest. »Gewonnen!«

Mit ausladenden Schritten stakste sie aus dem Beet und betrachtete das gefesselte Monster. Die gelben Blüten waren nun wie zu einem Bouquet zusammengeschnürt.

»Im Herbst teil ich dich!« Sie drohte der Pflanze mit der Schere. Dann wandte sie sich mir zu und sah mich forschend an. »Und bei dir? Geht es dir gut?«

»Ja, ich denke schon.«

Sie nickte, und ich freute mich, dass wir normal miteinander sprachen.

»Wie wär's mit was zu trinken, Julie? Hast du einen Moment?«

Für eine Sekunde zögerte ich, aber ich sehnte mich nach meiner Mutter. Daria war eine miserable Trösterin! Es war Zeit, das Kriegsbeil zu begraben.

»Ja, klar«, meinte ich deshalb und half ihr, das Gartenwerkzeug aufzuräumen.

Danach bestückte ich die Terrassenstühle mit Kissen, während Mom uns etwas zu trinken holte.

Sie reichte mir einen warmen Kakao. Sie kannte mich eben.

»Danke. Das ist jetzt genau das Richtige.«

»Ich weiß, Julie.« Sie setzte sich neben mich und sah in den Garten. »In diesem Zwielicht bekommen die Blüten andere Farben. Einige versumpfen in Dunkelheit, und andere tragen das Licht in sich und glimmen mit einem unwirklichen Schein«, murmelte sie, seufzte und sah mich an. »Ich muss mich bei dir entschuldigen, Julie … Es war falsch, dir den Umgang mit der Magie zu verbieten.«

(Na, heilige Fee der drei Wünsche! Hat jemand das aufgenommen?) Fast hätte ich mich am Kakao verschluckt. Sie quittierte mein Keuchen mit einem entschuldigenden Lächeln.

»Du hast etwas ganz Besonderes geschenkt bekommen. Und statt es dir wegzunehmen, hätte ich dir zeigen sollen, wie man damit umgeht. Es tut mir sehr leid.«

Natürlich hatte ich gehofft, dass wir unseren Streit begruben. Doch von diesen Worten war ich nun doch völlig überrumpelt. »Ja … ähm …«, stammelte ich.

»Ich hätte für dich da sein sollen.« Sie blickte hinauf in den Himmel, an dem sich schon die ersten Sterne zeigten. »Weißt du, ich kann mich nur zu gut an meinen sechzehnten Geburtstag erinnern. Als ich von Daria den Schmuckkasten bekam.«

»Das war mal deiner?«

»Bei uns Schmuckmagiern werden Wissen und mächtige Zauberstücke immer von der Mutter an die Tochter weitergereicht. Nur ich hab alles zurückgegeben.« Sie sah mich entschuldigend an. »Anders als du wusste ich lange vor meinem Sechzehnten, welches Talent in mir ruhte. Daria hatte mir schon so viel beigebracht, und ich war damals davon überzeugt, alles zu können.« Nachdenklich musterte sie mich. »Du jedoch bist ins Wasser gestürzt und wusstest nicht, wie du schwimmen sollst. Ich hätte da sein müssen.«

»Hm.« (Es war ein zustimmendes *Hm.*) »Ich spiele einfach Toter Mann.«

Mom lachte. »Na ja. Den Eindruck hab ich nicht.«

Sofort fuhr ich Abwehrstacheln aus. (Kurzschlusshandlung. Teenager können da gar nicht anders.) »Aber … also … Es ist nichts passiert! Meine Magie hat keinen echten Schaden angerichtet!«

Ihr Blick wurde ernst. »Pass auf, Julie, wenn du willst, helfe ich dir. Ganz eingerostet bin ich sicher nicht. Ich kann dir erklären, wie die Schmuckmagie funktioniert.«

Mir fiel ein Stein vom Herzen, dass sie mir nicht Verbote aufdrückte oder sonst wie die Leviten las. »Wirklich? O Mom! Das wäre phantastisch! Es gibt so viel, das ich dich fragen muss.«

Ihr Blick glitt zu meinem Ring, und eine Sorgenfalte zeigte sich auf ihrer Stirn. »Seit wann ist er schwarz?«

»Nicht schlimm. Die Perle war nicht die beste, fürchte ich.«

»Und Noah?« Irgendwas in ihrer Stimme klang nach Alarm.

»Noah geht's gut«, meinte ich fröhlich. »Er ist einfach ein extremer Romantiker. Wir haben vorhin alles geklärt.«

»Geklärt? Was gab es denn zu klären?«

»Ach, wir sind einfach so verliebt, weißt du?« Ich genoss es in vollen Zügen, ihr endlich von Noah und mir zu erzählen. »Er will mich auf Händen tragen. Ist das nicht süß? Zugegeben, da ist er ein bisschen übers Ziel hinausgeschossen. Aber wir haben miteinander gesprochen. Er macht seinen Abschluss und wird der coolste Designer und –«

Moms Lächeln verschwand. »Er wollte wegen dir seinen Abschluss sausen lassen?«

»Jetzt hör auf, Mom!« Ich musste lachen, weil sie so finster dreinblickte. »Du tust ja so, als würde sonst was passieren. Daria hat gesagt, dass die Magie in dem Ring immer noch funktioniert und ich mir keine Sorgen machen muss. Und sie hat recht, es hat gar nichts mit dem Liebesbann zu tun. Ich denke, es wäre auch passiert, wenn ich den Ring nicht hätte. Der hält doch bloß Chrissy ab.«

Entsetzt sprang Mom auf, so dass der Stuhl scheppernd nach hinten umfiel. »Daria?«

Auf einen Schlag sackte das Blut in den hintersten Winkel meines Herzens. (Julie! Du mega-total-unverzeihlicher-Ober-Ober-Ober-Super-Volltrottel!)

»Wer?«, krächzte ich.

»Daria? Sie ist hier? Sie hat Kontakt zu dir?« Mom riss meine Hand hoch und untersuchte den Ring. »Hat sie ihn dir gegeben?«

»Nein.« Sauer rupfte ich meine Hand ihrer. »Die Anleitung stand im Buch, das sie mir gegeben hat. Ich hab ihn ganz allein gemacht, und er ist super.«

Nervös fuhr Mom sich durch die Haare, sie war so blass, wie ich mich fühlte. Plötzlich kniete sie sich vor mich und sah mich eindringlich an. »Bitte, Julie. Sag mir die Wahrheit. Ist Daria hier, und warst du bei ihr?«

Zögernd nickte ich. »Ihre Werkstatt ist ein Traum«, murmelte ich und fühlte mich wie damals, mit fünf, als ich Mom mit der Wäsche hatte helfen wollen. Deshalb hatte ich die Seidenkissenbezüge auf neunzig Grad gewaschen, mit einem halben Liter Waschmittel. Die Schaumparty, die Mike und ich dadurch feiern konnten, war gigantomanisch. Doch am Ende war es bei aller guten Absicht eine Katastrophe gewesen. Für die Seidenkissen, für den Fußboden und die geplante Selbstständigkeit der kleinen Julie.

Steuerte ich schon wieder – mit allen guten Absichten – in eine Katastrophe?

Nein! (Nein, nein, nein!)

»Daria sagt, es ist okay. Es liegt nur an der Perle. Meine Magie ist zu stark. Nichts wird mit Noah oder unserer Liebe passieren.«

»Julie …« Meine Mutter schien verzweifelt nach den richtigen Worten zu suchen. »Bitte vertrau Daria nicht.«

Wut kroch in mir hoch, und ich stand auf, wich von ihr zurück. »Du willst mir schon wieder den Umgang mit Magie verbieten! Dabei geht es dir doch nur um Daria. Es ist mir egal, weshalb ihr euch gestritten habt. Von mir aus versöhnt ihr euch auch nicht. Aber ich habe damit nichts zu tun!« (Jetzt fang bitte nicht an zu heulen, Julie!) »Ich will euch beide, Mom. Meine Mutter *und* meine Großmutter.«

Mom sah mich unglücklich an und nahm mich schließlich in den Arm. »Es tut mir leid. Ich weiß, sie ist deine Großmutter. Aber –« An den Schultern schob sie mich von sich, um mir direkt in die Augen zu sehen. »Ich bin deine Mutter. Ich will dich beschützen. Die Magie ist kein Spielzeug. Sie ist nicht lustig und unterhaltsam. Sie ist ernst. Und sie kann Furchtbares anrichten.«

»Das weiß ich doch. Das hat Daria mir schon gezeigt. Und ich werde gut werden.« Zögerlich nahm ich ihre Hand. »Mom.

Ich werde gut sein. Ich werde nie etwas tun, das jemandem Schaden zufügt.«

Sie schüttelte den Kopf, und ich sah Tränen in ihren Augen funkeln. »Das sagt sich so einfach. Des einen Glück ist des anderen Unglück.«

»Was meinst du damit?« Das Alarmlicht in meinem Kopf begann aufgeregt zu blinken.

»Ein Zauber darf nie egoistisch sein, Julie! Wird der Wille eines Menschen oder Tieres, sogar einer Pflanze gebrochen, entstehen daraus Nebenwirkungen. Fürchterliche Dinge können passieren, wenn man die Magie falsch nutzt.«

Zum Beispiel konnten Leute mit Höhenangst plötzlich in Bäume klettern oder Brüder aus Harmoniesucht ihre Eigenständigkeit aufgeben.

Waren diese Zauber so schiefgelaufen, weil sie anderen etwas aufgezwungen hatten? Mir wurde schwindlig, ich hatte das Gefühl, ein Riese hätte sich auf meine Brust gesetzt und quetschte mich zusammen. Ich konnte nicht atmen.

Egoistisch!

War mein Liebesring etwa egoistisch? Zwang ich Noah dazu, mich zu lieben?

Mom nahm meine Hand mit dem Ring. »Was hat Daria zu deinem Bann gesagt?«

»Dass alles in Ordnung ist«, murmelte ich, und meine Knie zitterten. Gleich würde ich umkippen. Das ist Quatsch, schrie ich mich in Gedanken an. Ich zwinge Noah zu gar nichts!

»Daria hat gesagt, ich müsse mir keine Sorgen machen. Zwischen Noah und mir, das sei echte, wahre Liebe. Ich habe sie mit dem Zauber nur verstärkt.«

Mit einem bitteren Lächeln nickte Mom. »Natürlich hat Daria das gesagt. Nachdem sie dich gefragt hatte, was der Zauber leisten soll, nicht wahr?«

Unsicher wich ich ihrem bohrenden Blick aus. Ich versuchte, mich an Darias Worte zu erinnern. In der Tat hatte sie mich gefragt, was *ich* von dem Ring wollte und ob er das erfüllt hätte. »Aber ich verstehe das nicht.« Noch immer schnürte mir die aufsteigende Panik die Luft ab.

Mom drückte meine Hände liebevoll. »Julie. Magie darf nie einen Willen brechen. Wenn sie jemanden zwingt, verändert es sich zum Bösen. Zerstörung ist die Folge – wie auch immer sie sich äußert. Aber es wird schlimm enden.«

Mein Mund war trocken, die Zunge wie gelähmt. Ich konnte nicht schlucken und krächzte nur. Ich hatte niemanden gezwungen. Die Liebe war da gewesen. Echte, wahre Liebe. Niemand wurde zu irgendwas gezwungen. Ich war nicht egoistisch!

»Er hat seine Farbe verändert, Julie! Löse den Zauber, sonst ist es zu spät!«

Ich glaube, ich nickte. Doch mein ganzer Körper fühlte sich taub an. »Zu spät? Was meinst du?«

»Bitte! Du musst mir glauben. Vertraue auf keinen Fall Daria!«

Ich begriff nicht. Daria war meine Großmutter. Natürlich vertraute ich ihr. Sie hatte nur eine andere Einstellung zur Magie als Mom. »Sie ist nett«, nuschelte ich deshalb. Immerhin hatte ich meine Sprache wieder, auch wenn die Worte brüchig klangen.

»Natürlich ist sie *nett*. Sie ist stolz auf dich. Du bist ihre Enkelin.« Mom ließ meine Hände los, und ich bemerkte, dass sie zitterte. »Ich weiß, dass ich dich loslassen muss. Ich kann dich nicht beschützen, wenn ich versuche, dich einzuschließen. Aber Daria liebt die Magie und das, was sie damit bewirken kann. Sie ist ihr das Allerwichtigste. Also sei bitte, bitte vorsichtig.«

21

Am nächsten Tag zerrten Merle und ich Ben zu unserem Baum, kaum dass es zur ersten Pause geklingelt hatte.

»Gibt es was Neues?«, fragte Merle sofort.

»Was sagt deine Mom?«, fragte ich gleichzeitig.

Ben ließ sich auf die Bank sinken und stützte den Kopf in die Hände. Seine Augenringe sprachen Bände. So fertig hatte ich ihn selten gesehen. Vermutlich hatte er sich die ganze Nacht Gedanken gemacht, wie er es in einem Internat ohne Meer – und ohne uns! – aushalten sollte.

Zu meiner Erleichterung lächelte er schließlich. Er hatte also noch Hoffnung. Ich setzte mich neben ihn und sah ihn ebenso hoffnungsvoll an.

»Meine Mom hat meinen Vater und auch Herrn Kampe ganz schön bearbeitet.« In seinem schelmischen Grinsen lag Dankbarkeit, aber auch Bewunderung, dass sie so für ihn gekämpft hatte. (Mütter, dachte ich und musste an meine denken. Und ihre Angst um mich.)

»Das ist aber ’ne ziemliche Leistung, Herrn Kampe von

seinem Urteil abzubringen – Chapeau«, meinte Merle beeindruckt.

»Deine Mom kann ziemlich konsequent sein.« Ich erinnerte mich noch an eine Diskussion mit ihr um Größe und Anzahl von Eis-Portionen für Fünfjährige. Ich hatte verloren – trotz guter Argumente, Schmollen und Drohungen. Nichts hatte geholfen. (Deshalb waren wir dann zu meiner Mom rübergelaufen und hatten behauptet, bei Ben sei das Eis alle.)

Vielleicht erinnerte sich Ben auch gerade an diesen Trick, denn er grinste mich wissend an. »Sie hat durchgesetzt, dass ich den Test wiederholen darf.«

»Was?« Merle wich entsetzt einen Schritt zurück.

»Wann?«, wollte ich wissen, um die Chancen einzuschätzen, doch noch ein paar grundlegende Dinge über Chemie in Bens Schädel zu hämmern.

»Gleich Montag. Herr Kampe wird eine neue Arbeit aufsetzen, die ich dann irgendwo alleine schreiben muss. Ich darf nur einen Bleistift benutzen.« Er lachte. »Und ich glaube, den gibt mir sogar Herr Kampe, um wirklich jegliche Schummelei auszuschließen.«

»Das war's.« Merle ließ sich ebenfalls auf die Bank plumpsen und vergrub ihr Gesicht hinter ihren dunklen Locken. »Aus und vorbei. Den Stress kannst du dir und Herrn Kampe sparen. Es wird wieder eine Sechs. Nur diesmal eine mit unendlich vielen Fehlern.«

»Vielen herzlichen Dank«, maulte Ben sie an.

»Was denn?« Fassungslos starrte sie ihn an. »Ich war dabei, Ben. Ich habe zwei Stunden lang versucht, dir Formeln beizubringen. Nichts davon ist bei hängengeblieben.«

Abwiegend neigte er den Kopf hin und her. »Ja, das stimmt. Das hat nicht so gut funktioniert. Aber vielleicht … vielleicht war mir da die Sache noch nicht ernst genug.«

Merle sah ihn entsetzt an. »Nicht ernst genug? Wirklich?«

»Ja, schon, irgendwie.«

»Du willst aufs Internat?«

»Nein, Merle! Natürlich nicht. Wer kann denn ahnen, dass mein Vater gleich so ausflippt.«

»Jemand, dem es hätte ernst sein müssen.«

Genervt verdrehte Ben die Augen. »Ist gut jetzt. Ich hab's kapiert.«

»Nee, eben nicht!«

An meinem Pausenbrot kauend beobachtete ich die beiden und fragte mich, ob es ein Zeichen für Liebe war, wenn man sich wie ein altes Ehepaar benahm.

»Was hast du also jetzt vor?«, beendete ich den Schlagabtausch zwischen ihnen. »Willst du übers Wochenende noch mal Formeln pauken? Bei Mathe ist das ja eigentlich kein Problem für dich.«

Ben holte tief Luft. »Es geht nicht mehr darum, dass ich das Klassenziel erreiche und bleiben darf.«

»Sondern?« Merle war noch immer extrem sauer auf Ben.

»Ich muss meinen Eltern zeigen, dass ich vertrauenswürdig

bin. Mein Vater ist nicht stinkig, weil ich ’ne Null in Chemie bin. Er ist wütend, weil ich betrogen habe.«

»Und das auch noch so grandios oberdämlich!«

Ich ignorierte Merles Ausbruch und sah Ben eindringlich an. »Du wirst also in diese zweite Prüfung gehen, ohne Spicker, um deinem Vater *was genau* zu zeigen?«

Der Blick, den er mir zuwarf, drang mir bis ins Herz. Mir stockte der Atem. Vielleicht interpretierte ich zu viel hinein, aber als ich seinem Blick begegnete, sah ich darin völlige Offenheit, eine unbeirrbare Zielstrebigkeit und gleichzeitig eine Bitte.

Verwirrt wandte ich mich ab und starrte auf meine Füße. »Du hast einen Plan«, murmelte ich.

»Ich habe eine Idee. Und ich bin selbst geschockt darüber. Aber irgendwie habe ich die Hoffnung, dass es klappt«, antwortet er. »Ich kann nicht in dieses Internat. Wenn ich hier wegmuss, überleb ich das nicht.«

Langsam nickte ich, denn mir war klar geworden, welche Idee Ben hatte. Aber statt mich zu freuen, sorgte ich mich.

»Hey. Habt ihr jetzt neuerdings so eine Geheimsprache entwickelt?« Merle piekte Ben in die Seite. »Ich bin auch noch da. Was ist das für ein Plan? Was kann ich tun?«

Ben sah weiterhin abwartend zu mir, während ich auf meine Schuhspitzen starrte. Es musste Ben einiges gekostet haben, diesen Entschluss zu fassen. Und auf mir lastete die Verantwortung, es nicht zu verbocken. *Es darf nie egoistisch sein. Du darfst nie einen Zauber gegen den Willen eines Menschen wirken.*

»Ich werde dir helfen«, antwortete ich und sah ihn direkt an. Wieder trafen sich unsere Blicke auf diese intensive Art. Noch nie hatte er sich so sehr auf mich als Freundin verlassen. »Daria wird mir helfen. Ich schaffe das.«

»Klar schaffst du das.« Er lächelte, und ein Funken Unsicherheit schlich sich ein. (Und natürlich huschte sein Blick zu meinem Ring.) »Ich vertraue dir.«

»Ben.« Ohne dass es mir bewusst war, legte ich meine Hand auf seinen Arm. »Mir ist klar, dass du Angst hast und der Magie nicht vertraust. Aber du musst es wirklich wollen. Sonst –«

»Schon gut, Julie. Du bist die gute Fee. Es ist mein Wunsch.« Er zwinkerte und grinste.

»Du willst einen Zauber?« Merle starrte ihn fassungslos an. »Du findest es doch doof und unnütz!«

»Er findet es vor allem gefährlich«, wandte ich ein. »Und damit hat er ja auch recht. Aber ich werde professionelle Hilfe haben. Es wird keine negativen Nebenwirkungen geben. Versprochen!« (Das Versprechen galt meinem Gewissen, nicht Ben.) Dass Ben mir vertraute, machte mich glücklich.

Er deutete auf meine Hand. »Weißt du denn inzwischen, ob das Ding Nebenwirkungen hat?«

Nachdenklich drehte ich den Ring. »Nein. Also ich meine, ich bin mir sicher, dass es keine gibt. Daria sagt, die Perle ist nur zu schwach, um die Magie zu halten. Deshalb hat sie sich verfärbt. Und Mom sagt –«

»Mom sagt?«, unterbrach mich Merle erstaunt. »Du sprichst wieder mit deiner Mutter? Über Magie?«

Ohne es zu wollen, schlich sich ein erleichtertes Strahlen auf meine Lippen. »Jepp. Sie hat eingesehen, dass sie es mir nicht verbieten kann. Obwohl sie tierisch Schiss vor der Magie hat. Mom hat mir Hilfe angeboten.« Ich machte eine Pause und fügte an: »Und ich hab mich verplappert.«

Merle stöhnte auf und klatschte sich gegen die Stirn. »Jewels!«

»Mom ist total ausgerastet wegen Daria. Sie sagt, dass für Daria die Magie das Wichtigste ist und ich deshalb vorsichtig sein soll.«

»Vorsicht und weitsichtiges Handeln sind doch deine Stärken, Julie«, meinte Ben und unterdrückte ein Grinsen.

»Lass das! Ich weiß, dass ich es kann!« Ich schnitt ihm eine Grimasse. Dann tätschelte ich sein Knie. »Keine Angst, für dich werde ich ein Wunder vollbringen.«

»Für ihn? Ein Wunder?«

Wir drei fuhren herum vor Schreck. Es war Noah, der mich mit ziemlich argwöhnischem Blick musterte. Vermutlich sah ich aus wie das personifizierte schlechte Gewissen, denn ich biss mir ertappt auf die Lippe, wurde rot und starrte zu Boden. Als ich es bemerkte, war es schon zu spät, um aufzuspringen und Noah mit einem gekünstelten Freudengluckser um den Hals zu fallen. Ich wollte ihn stattdessen küssen. (Beste Methode. Zeigt, dass man ihn liebt, und verhindert, dass weitere Fragen ausgesprochen werden.) Aber er schob mich weg. »Worüber habt ihr gesprochen?«

Der Ring an meinem Finger pulsierte brennend. In meinem Kopf war es totenstill, nur das rote Blinklicht des Alarms war da, alles andere hatte fluchtartig das Gebäude verlassen.

Hilfesuchend sah ich zu Merle, die sonst immer meine Retterin spielte, indem sie eine schlagfertige Antwort losließ. Doch auch sie schwieg.

Der Ring nahm Fahrt auf und erwärmte sich mehr und mehr.

»Das ist jetzt nicht so, wie du denkst«, sagte Ben schließlich. »Keine Ahnung, was du alles mitgehört hast.«

Ja, das klang vorwurfsvoll. Welcher Freund belauscht auch heimlich seine Freundin? Das war doch voll daneben … sich einfach anschleichen.

»Es ging gar nicht um ein echtes Wunder«, meinte Ben.

Noahs Gesichtsausdruck verfinsterte sich. Es war offensichtlich, dass er nicht an Wunder glaubte. Zumindest nicht an Wunder, die von mir bewirkt werden konnten.

»Das ist zwischen uns nur so 'ne Redewendung«, ergänzte Ben hastig. »Und, na ja.« Er lächelte mich schief an. »Jewels und ich, wir kennen uns ja quasi schon unser ganzes Leben. Sie hatte Stress mit ihrer Mom. Du kennst ihre Mom?«

Noah musterte Ben argwöhnisch.

»Sie ist eigentlich ganz cool, nicht wahr? Also, für 'ne Mom, mein ich.«

Nervös sah er von Noah zu mir.

»Jedenfalls hab ich zu Jewels nur gemeint, sie soll das wieder geradebiegen mit ihrer Mom. Für mich. Weil. Also ... ihre Mom ...«

(Hilfe! Ben war ja ein noch dämlicherer Lügner als ich!)

»... ist eben echt cool – das sagte ich schon, oder?« Ben begann zu stottern.

Ich schloss die Augen und beschwor mich, nicht loszuprusten.

»Es wäre doch wirklich blöd, sich mit ihr zu streiten – Jewels sollte lieber schöne Dinge mit ihrer Mom unternehmen, findest du nicht auch? Also, ich würde das ... ähm ... also, wenn meine Mom so cool wäre – was sie ja auch ist. Aber sie ist ja *meine* Mom und ...«

Ben verstrickte sich immer mehr in seinen Worten und kam dadurch im wahrsten Sinn des Wortes ins Straucheln. Er ruderte mit dem Armen und schwankte, während er meiner Mom ... eine Liebeserklärung machte.

Ich presste die Lippen zusammen und starrte ihn einfach nur fassungslos an. (Eigentlich rollte ich schon längst laut lachend über den Boden.)

»Du bist in Julies Mom verknallt?« Entsetzt starrte Noah Ben an.

»Was?!«, kreischte Ben.

»Das hast du mir doch gerade erzählt.«

»Nein, hab ich nicht! Das … also …« Verzweifelt sah er zu mir.

»Das klang wirklich wie 'ne Liebeserklärung, Ben – oder soll ich dich Papa nennen?« Es ging nicht mehr – ich prustete los.

»Was?« Ben hyperventilierte. Er tat mir wirklich leid, und ich wollte Noah gerade sagen, dass das Quatsch war, da explodierte Merle.

»Meine Güte, Ben! Du bist echt der größte Vollpfosten unter der Sonne!« Wütend baute sie sich vor ihm auf. »Es wird kein Geheimnis bleiben, egal was du tust. Und ganz ehrlich – es ist dir unterm Strich viel lieber, dass alle über dein ziemlich abgedrehtes Chemie-Wunder Bescheid wissen, als dass darüber getuschelt wird, dass du in Julies Mom verschossen bist, oder?«

Ben wurde kirschrot und nickte. »Ja, klar. Auf jeden Fall.« Er sah entschuldigend zu Noah »Ich hab in Chemie betrogen. Und nun muss ich den Test wiederholen. Aber jetzt werd ich lernen, wirklich …«

Noah murmelte irgendetwas, das wie *Idiot* klang, und drehte sich zu mir.

»Es ging tatsächlich eben um die Chemiearbeit«, meinte ich zu ihm. »Ich hab dir doch schon davon erzählt.«

»Dein Freund sollte mal zum Therapeuten.«

»Ach, er ist einfach ein ziemlich schlechter Lügner«, wiegelte ich ab.

»Mir egal. Hilf deinen seltsamen Freunden. Solange ich bei dir sein kann, ist mir alles recht.« Er zog mich zu sich und küsste mich. Eigentlich sollte ein Kuss wie dieser meine Welt mit Glitzer überziehen, doch er fühlte sich unangenehm an, und ich befreite mich daraus. Das war kein Kuss aus Liebe gewesen.

Der Ring wusste das sehr gut und versengte meine Haut. Ich brauchte meine gesamte Willenskraft, um den Schmerz auszuhalten.

Es klingelte zum Pausenende.

»Die Pause ist zu Ende. Wir sehen uns später.« Mit einem verbrennenden Finger und einem dicken Knödel unguten Gefühls im Magen ging ich zurück in die Klasse.

Keine Ahnung, welches Fach wir hatten.

Die Haut unter dem Ring war unversehrt, doch das Brennen hallte noch in meinen Nerven nach. In meinem Kopf brummte das Gefühl, das Noahs Kuss in mir ausgelöst hatte. Es hatte sich nach Neid und Wut angefühlt. Nach Betteln und Verzweiflung. Nur nicht nach Liebe.

Nach der Schule radelten Merle, Ben und ich direkt zu mir.

Noahs Kuss verdrängte ich erfolgreich, denn wenn ich bei Daria etwas gelernt hatte, dann, dass ich wirklich völlig frei von störenden Gedanken und Gefühlen sein musste, um ein magisches Schmuckstück zu fertigen. Und genau darum ging es jetzt.

Einen Chemie-Wissenszauber für Ben.

Wir setzten uns in die Hollywood-Schaukel, ich brachte kühle Getränke. Es war schon wieder einer dieser perfekten Sommertage, und der schattige Platz der Schaukel genau der richtige für uns. Außerdem holte ich das Handbuch für Schmuckmagie. Damit quetschte ich mich zwischen Ben und Merle, nahm es auf den Schoß und blätterte es mit ihnen durch.

»Wir suchen was, das schlau macht«, murmelte ich.

»Sekunde«, warf Ben ein. »Ich bin schlau.«

»Nein, bist du nicht«, kommentierte Merle in einem Tonfall, der keinen Widerspruch zuließ.

Ich grinste – Ben schnitt Merle eine Grimasse. Sie bemerkte es jedoch nicht, weil sie ganz ins Buch vertieft war.

»Es darf aber keine exotischen Zutaten haben«, meinte sie und blätterte ehrfürchtig die Seiten um.

Ben musterte sie. »Exotische Zutaten? Hast du schon Erfahrung als Hexen-Gehilfin?«

Sie sah auf. »Na, sicher. Ohne mich hätte Jewels niemals ein Meerohr finden können.«

»Da hat sie recht. Sie ist die beste Finden-Lasserin, die ich kenne.«

Mit einem Seufzer lehnte Ben sich zurück, was nur bedingt

klappte, weil wir so dichtgedrängt in der Schaukel saßen. Ich musste mich mit ihm zusammen nach hinten fallen lassen. »Ihr zwei und eure magischen Geheimnisse. Ich weiß wirklich nicht, ob ich da mit reingezogen werden will.«

Kumpelhaft knuffte ich ihn in die Seite. »Jetzt keinen Rückzieher, Ben. Die Magie ist da, um zu helfen. Und das wird sie tun. Ich hab's versprochen.«

Schweigend sah er mich an, und sein Blick reichte bis tief in meine Seele. Als ob er darin eine Antwort suchte, auf eine Frage, die ich nicht verstand.

Schnell richtete ich meine Aufmerksamkeit wieder auf das Buch. »Jetzt brauchen wir erst mal einen Chemiezauber.«

Merle blätterte die Seiten durch, als Ben sie bei einer stoppte, auf die zwei dreieckige Broschen gezeichnet waren.

»Was ist denn das?«, fragte er. »Sind das etwa Kommunikatoren?«

Als Merle die Beschreibung überflog, lachte sie. »Du hast recht. Mit diesen Ansteckern wissen die beiden Träger immer genau, wo der andere sich aufhält.«

»Cool. Warum hast du mir nicht gesagt, dass Magie auch Science-Fiction kann?« Anscheinend hatte Ben jetzt Feuer gefangen, denn er blätterte interessiert weiter. »Und das da?«

Diesmal war es ein klobiges Amulett, auf das er deutete.

»Der Name sagt doch schon alles.« Ich tippte auf die schnörkelig geschriebene Überschrift zu dem düster aussehenden Schmuckstück. »Bezwinger.«

Ben grinste. »Das ist es. Ich bezwinge die Chemie!«

»Ich sehe es schon vor mir«, sagte Merle kichernd, »wie du dich im Ringkampf mit dem Arbeitsbogen auf dem Boden wälzt. Und nachdem du ihn in der Luft zerfetzt hast, siehst du Herrn Kampe mit einem Berserker-Blick an, er quiekt auf und stürzt in Panik davon. Du wirst eine Legende sein! Der Bezwinger der Chemie!«

Ben lachte. »Genau! So in etwa habe ich mir das vorgestellt.«

»Ganz ehrlich?« Ich seufzte. »Wahrscheinlich sollte ich zu Daria. Ihr fällt sicher etwas ein.«

»Soll ich mitkommen? Falls etwas besorgt werden muss, kann ich das machen«, schlug Merle vor.

»Ja, klar.« Ben legte den Arm um meine Schulter. »Wir machen das als Team.«

»Was macht ihr als Team?«

Noah! (War das ein neues Hobby von ihm? An Freundin anschleichen und sie zu Tode erschrecken?) Wir sprangen alle drei gleichzeitig auf. Doch dadurch, dass die Hollywood-Schaukel nach hinten schwang und wir darin ziemlich zusammengequetscht gesessen hatten, purzelten wir regelrecht heraus.

»Noah! Super, dass du da bist. Willst du auch was zu trinken?«, versuchte ich, von dem Gesehenen abzulenken. (Hatte Bens Arm etwa gerade um meine Schultern gelegen?)

»Nein. Ich will wissen, was ihr da macht.« Er deutete auf

das Buch. (Oder auf Ben?) Hastig schlug ich es zu und schob es unter die Kissen der Schaukel.

»Das, also, das ist … ein Geheimnis.«

»Du teilst Geheimnisse mit den beiden, aber nicht mit mir?«

»Himmel! Wenn du das so sagst, klingt das ganz falsch.« Ich wollte ihn umarmen, doch er wich mir aus.

»Es ist ja auch falsch. Also: Um was geht es hier?«

Mein Ring drehte durch. (Bald musste dieser Schmerz eine Narbe hinterlassen. Er war so real!) Hilflos sah ich zu Ben und Merle, doch denen war anzusehen, dass sie sich am liebsten in Luft aufgelöst hätten.

Mir war klar, dass ich Noah irgendwann von der Magie erzählen musste. Spätestens, wenn ich meine Arbeit als Schmuckmagierin offiziell begann. Wann würde das sein? Nächstes Jahr? Oder in zehn Jahren? Jedenfalls nicht heute.

Wie ein glühendes Stück Kohle schlang der Ring sich um meinen Finger. Mein Impuls war, ihn abzureißen und davonzuschleudern.

»Es tut mir leid, Noah. Ich kann dir noch nichts davon sagen. Es ist eine Art Familiengeheimnis. Nichts, um das du dir Sorgen machen musst.« Vermutlich hatte ich mich so zittrig angehört, wie ich mich fühlte. Der Schmerz trieb mir Tränen in die Augen.

»Du schwitzt.« Besorgt trat er auf mich zu und nahm meine Hände. (Nicht den Ring anfassen!) Ich musste die Zähne zusammenbeißen, um nicht vor Schmerz zu schreien, als er den Ring berührte. »Was ist los mit dir?«

»Geht gleich wieder. Bitte, Noah. Mach dir keine Sorgen. Ich liebe dich.«

»Julie?« Wie ein Häufchen Elend stand Noah vor mir. Er sah unsicher aus. In seinem Blick lag endlose Verzweiflung.

Fast wäre ich umgefallen, denn der Ring schoss mir einen scharfen Schmerz bis ins Mark. Plötzlich stand Ben hinter mir und stützte mich.

»Du brauchst wirklich nicht zu denken, dass hier irgendetwas läuft«, meinte er zu Noah. »Aber ich schätze, Julie hat sich einen Sonnenstich eingefangen.« Leise sagte er zu mir: »Geh in dein Zimmer und leg dich hin!«

Sofort hakte sich Merle bei mir ein und schob mich in Richtung Terrasse.

»Das Buch«, flüsterte ich, und sie klopfte auf ihr Shirt. Natürlich hatte sie es bei sich. Merle hatte wie immer an alles gedacht.

Ich war heilfroh, als ich endlich in meinem Zimmer war. Der Ring kühlte sich ein langsam ab. Durch das Fenster beobachtete ich, wie Ben und Noah miteinander sprachen. Es dauerte, bis Ben sich verabschiedete und nach Hause ging. Noah verharrte noch eine Weile, sah nachdenklich zu mir hoch und dann Ben hinterher.

»Was war das denn?«, fragte Merle besorgt. »Ich hab gedacht, du kippst gleich um.«

»Das war der Ring«, gab ich kleinlaut zu und ließ mich aufs Bett plumpsen. »Ich glaube, er mag es nicht, wenn ich Noah anlüge.«

Besorgt setzte Merle sich neben mich. »Und jetzt geht es wieder?«

»Ja, alles wieder gut.« (Na sicher, Julie! Tipptopp einwandfrei!) »Er fängt an zu brennen, wenn … wenn einer von uns lügt.«

»Das ist ja voll krass. Aber andererseits –«

»Andererseits hat der Ring recht. Wer sich liebt, hat keinen Grund, sich zu belügen.«

Ich musste tief und langsam atmen, denn noch immer steckte der Schmerz in meinen Knochen, und mir war schwindelig.

»Du musst es Noah sagen.«

Seufzend verstaute ich das Buch unterm Bett. »Ja, ich weiß. Aber wie denn? *Hey, Schatz, übrigens, ich bin eine Schmuckmagierin.*«

Merle wiegte den Kopf, als würde sie tatsächlich ernsthaft über diese Antwort nachdenken. »Na ja, vielleicht kannst du daran noch ein bisschen feilen.«

Ich grinste matt. »Ja, vielleicht. Aber jetzt werde ich erst mal zu Daria fahren. Ich darf keine Zeit verlieren. Es sind nur noch vier Tage, bis Ben Hilfe braucht. Und wer weiß, wie schwierig es wird.« Mit Schaudern dachte ich an den Kieselstein, der im Tresor ruhte. »Drück mir nur die Daumen, dass ich keinen Mist baue.«

Merle presste die Lippen zusammen.

»Alles in Ordnung?«

Sie nickte. »Ja, klar. Du schaffst das. Für Ben.«

22

Mit diesem Radsprint hätte ich leicht die Tour de France gewonnen. Vielleicht wäre es schlau gewesen, Daria schon am Telefon zu sagen, was ich so dringend von ihr wollte. Denn jetzt war ich so aus der Puste, dass jeder Atemzug mir brutal in die Seite stach und ich kein Wort herausbekam.

»Meine Güte, Julie!« Sie schob mich ins Haus und betrachtete mich. Ihr Blick glitt wie beiläufig über den Ring.

»Was ist passiert? Ist jemand verletzt?« Besorgt drehte sie mich, wie um zu überprüfen, ob ich diejenige war, die verarztet werden musste.

»Ben!«, japste ich und ließ mich aufs Sofa plumpsen. »Er braucht Hilfe!«

»Nun gut. Aber den hast du nicht dabei.« Sie setzte sich mir gegenüber und wartete, bis ich wieder Luft bekam. »Ich gehe also mal davon aus, dass es keine Hilfe ist, die ein Notarzt besser leisten könnte. Vermutlich geht es um Magie.«

Schwach grinsend, denn noch immer versuchte ich, ruhig zu atmen, gab ich ihr ein Daumen-hoch-Zeichen.

»Ben soll aufs Internat«, brachte ich hervor. (*Mehr Sport, Julie!*, hörte ich Frau Mimers predigen.) »Er hat in Chemie total versagt.«

Verwundert sah mich Daria an. »Das sind ja sehr strenge Eltern.«

»Na ja. Er hat bei der Arbeit geschummelt. Und zwar so saudämlich, dass er null Fehler hatte.«

»Ich verstehe. Und wie willst du ihm helfen?«

»Er darf den Test wiederholen. Allerdings wird der Lehrer strengstens kontrollieren, ob er wieder einen Spicker hat.«

Sie stand auf und winkte mir, ihr zu folgen. »Er braucht also etwas Unverdächtiges, das ihm mit Chemie hilft.«

Freudestrahlend eilte ich ihr nach. »Genau! Können wir so etwas?«

Sie lachte. »Natürlich können wir so etwas. Genau das ist doch unser Job. Menschen glücklich machen, helfen, ihre Probleme zu lösen.« Sie wartete an der Rankentür auf mich und legte den Arm um meine Schulter, als wir in die Werkstatt traten. »Das klingt nach einem ersten Auftrag für dich.«

Ein Auftrag? So hatte ich die Hilfe für Ben noch nicht betrachtet. Aber ich war froh, dass wir ein Etwas *für* Ben und nicht gegen seinen Vater anfertigen würden. Moms Warnung hatte ich mir sehr zu Herzen genommen.

Von einem Sideboard nahm Daria ein paar Samthandschuhe und reichte sie mir. »Damit wir nicht wieder Magie dort haben, wo wir sie nicht gebrauchen können.«

Einen Moment war ich beleidigt, aber vermutlich hatte sie recht. Ich streifte die Handschuhe über. Auf keinen Fall wollte ich schlechte Gefühle auf das Schmuckstück für Ben übertragen. Mir wurde bewusst, dass die Vorstellung, ohne ihn im *Lorenzo* zu sein, ohne ihn ins Kino zu gehen oder ohne ihn schweigend am Strand zu sitzen, einfach nur grauenvoll war. Mein ganzes Leben lang war Ben Teil meines täglichen Lebens gewesen. Unmöglich, dass er mir weggenommen werden sollte. Statt dieser düsteren Gedanken musste ich unbedingt Chemie in meinen Kopf bekommen.

»Wie können wir denn etwas herstellen, das ihm bei Chemie hilft? Ich kann auch keine Chemie. In der letzten Arbeit hatte ich eine Fünf.«

»Tja, Schätzchen, dann musst du jemanden oder etwas finden, der oder das diese Fähigkeit für dich einbringt.«

Verständnislos blinzelte ich sie an. »Ich brauche einen Chemielehrer?«

Daria lachte. »Ja, in gewisser Weise.«

»Herr Kampe wird sich dazu aber nicht bereit erklären, denke ich.«

»Wenn ein Schmuckstück einen Wissenszauber bewirken soll, muss das Wissen irgendwie an den Schmuck gekoppelt sein.«

Zweifelnd sah ich sie an. »Na toll, und wie mache ich das? Spreche ich dem Armband alle chemischen Elemente vor?«

»Das ist eine süße Idee. Aber ich denke, schriftlich hat es

mehr Bestand. Worte verflüchtigen sich schnell. Sie sind sehr, sehr schwer zu bändigen, weil die Stimme immer Emotion in sich trägt. Das kann unter Umständen heikel werden.«

Mit Schaudern dachte ich an den depressiven Kieselstein im Tresor und war froh, die Handschuhe zu tragen.

»Dann komm.« Sie führte mich nach hinten in ihre Rumpelkammer. »Wenn ich mich richtig erinnere, habe ich hier irgendwo ein altes Plakat.«

»Ein Plakat?« Ratlos sah ich mich um. Das scheinbar ohne irgendeinen Plan oder System aufgestapelte Zeug wirkte wie ein undurchdringlicher Dschungel auf mich. Wie sollte man hier etwas finden? Noch dazu, wo ich gar nicht wirklich wusste, wonach ich suchen sollte.

Daria tauchte hinter einen Berg aus Möbeln ab, und ich hörte sie kramen, poltern und husten. »Es muss eine große Papierrolle sein«, rief sie mir aus den Tiefen des Chaos zu. »Sie ist bestimmt schon vergilbt.«

Ich betrat an einer anderen Stelle Darias Gerümpel-Labyrinth. War das eine alte, zerknautschte Autokarosserie, die vor mir aus einem Turm von Zaunelementen ragte? Jemand hatte mehrere Stücke aus dem Blech geschnitten. Vorsichtig schob ich mich an dem durchlöcherten Kotflügel vorbei, hinein in ein Feld von Kleiderständern. Anscheinend hatte Daria einen Theaterfundus aufgekauft. Denn von mittelalterlichen Gewändern über üppige barocke Roben bis zu den schmalen Kleidern der Neunzehnhundertzwanziger Jahre war alles zu finden. Dazwischen entdeckte ich eine hüfthohe Bodenvase, in der einige Papierrollen steckten. Vielleicht Baupläne?

»Hier ist was«, rief ich.

»Wo?«

Ich erschreckte mich, weil Daria sofort neben mir stand. Dass sie ebenfalls durch den Kleiderwald gekommen war, hatte ich gar nicht gemerkt.

Sie zog die Rollen heraus und sah sich eine nach der anderen an. Schließlich nickte sie zufrieden und händigte mir eine besonders vergilbte aus. Als ich sie entrollte, musste ich grinsen. Es war das Periodensystem.

»Das ist cool. Aber wie soll ich damit Ben helfen?«

»Das wird dein Material. Komm, ich zeige es dir.«

Wenig später rollte ich das Plakat auf meinem Arbeitsplatz aus. Das Papier fühlte sich speckig an, und ich bemerkte, dass die Tabelle gar nicht gedruckt, sondern per Hand gezeichnet war. Die Elemente waren mit sauberer, altertümlich geschwungener Handschrift eingetragen. Über die Zeit war die Tinte leicht verblichen, aber alle Abkürzungen noch gut lesbar. Nur in einige Kästchen hatte jemand etwas mit einer anderen Tinte hineingeschrieben, denn die Schrift war schwärzer und dicker. Anscheinend hatten die Elemente in diesen Feldern vorher gefehlt.

»Bist du sicher, dass das funktioniert? Die Auflistung war unvollständig.« Ich tippte auf *Gallium*. »Jemand anderes hat sie fertig ausgefüllt.«

Daria lächelte und legte mir Schneideunterlage und Cutter bereit. »Ich glaube, so genial war Mendelejew doch nicht, dass er damals noch unbekannte Elemente benennen konnte.«

»Wie bitte?« Mit großen Augen starrte ich erst sie, dann den Bogen an. »Das ist die Handschrift von dem Typen, der das System *erfunden* hat?«

»Es ist für einen guten Zauber immer am besten, direkt mit der Quelle zu arbeiten. Dadurch kannst du das Risiko, dass andere Gedanken oder Gefühle darin verborgen sind, minimieren. Arbeite nie mit Kopien, Schätzchen. Das bringt dir nur endlosen Ärger ein.«

»Aber. Wie soll man denn …« Doch ich musste gar nicht weiterfragen, denn jetzt wurde mir klar, dass Daria nicht an einer überdimensionalen Aufräumallergie litt! Das Umzugschaos hinter der Werkstatt war ebenso ein Materiallager wie das hier in den Schränken und Kisten mit den unzähligen Steinen, Perlen und Muscheln. Es waren nur andere, größere Dinge, in denen vermutlich eine bestimmte Bedeutung schlummerte, die für Zauber nützlich sein konnten.

»Alles klar.« Ich nahm den Cutter zur Hand. »Und jetzt?«

»Hast du schon mal Papierperlen gemacht?«

Natürlich! Papierperlen! »Das ist eine coole Idee. Und daraus fertige ich ihm dann ein Armband!« Ich setzte das Stahllineal an und wollte beginnen, doch Daria legte ihre Hand auf den Cutter.

»Nein, Schätzchen.«

Verwirrt sah ich sie an. »Was? Wieso? Mir rennt die Zeit davon. Die Perlen müssen dann ja noch trocknen, und ich muss das Band flechten – Ben muss es Montag haben.«

»Das ist mir klar. Aber wenn du so mit der Arbeit beginnst, werde ich wieder ein Stück in meinen Tresor sperren müssen.«

Erschrocken legte ich den Cutter hin. Daran hatte ich gar nicht gedacht. Allein der Wunsch, es schnell fertigzubekommen und Ben glücklich zu sehen, war in meinem Kopf gewesen.

»Du solltest dich frei machen von allen Gedanken und Gefühlen. Das Beste wäre, wenn du deinen Kopf mit Chemie füllst.«

Meinen Kopf füllen? Ich war doch selber eine Niete in Chemie. »Ich kann mir unmöglich das ganze Wissen anlesen.«

»Das würde wohl auch zu lange dauern.«

»Moment!« Ich kramte mein Handy hervor und suchte nach einem Chemielehrbuch als Audiobook. Mit einem zufriedenen Grinsen zeigte ich Daria den Downloadbutton. »Gleich habe ich Chemie auf den Ohren.«

Sie lachte. »Na wunderbar. Dann lasse ich dich jetzt in Ruhe. Gutes Gelingen.«

Ich setzte mich wieder an meinen Arbeitsplatz. Auf dem Handy suchte ich die Tracks raus, die ich eben geladen hatte, und stöpselte die Kopfhörer ein.

Da war ich nun und würde in Bens Auftrag Magie wirken.

Aus einem seltsamen Grund machte es mich glücklich, dass mein erstes richtiges Stück, das ich in Darias Werkstatt fertigte, für ihn war. (Depressive Kiesel zählen nicht.) Und dieses gute Gefühl übertünchte den Schmerz, der sich wegen Noah in meinem Herzen eingenistet hatte. Dies hier hatte nichts mit Noah zu tun. *Konzentriere dich auf den Zauber.*

Ich schloss die Augen. Der Sprecher des Audiobooks hatte eine angenehme Stimme. Ich vertiefte mich in seine Erklärungen von chemischen Prozessen, blendete alle anderen Gedanken und Gefühle aus. Kein Noah, kein Ring, keine Merle, keine Mom. Kein Ben. Auch kein Ich. Nur die Chemie – und allmählich glitt ich in eine Art Trance.

Die Stimme erklärte mir geduldig die Grundlagen der Elementaranalyse, während ich das Plakat in schmale, spitze Dreiecke zerschnitt.

Die Rückseiten bestrich ich mit Leim und rollte die Schnipsel mit Hilfe von Zahnstochern zusammen. So entstand eine Perle nach der anderen, fein gemustert von Mendelejews Handschrift – getränkt mit dem Wissen über chemische Elemente und Reaktionsformeln. Ich hatte keine Ahnung, wie viel Zeit vergangen war, als ich schließlich auf eine gute Handvoll hübscher, in allen Brauntönen schimmernden Perlen blickte. Damit sie auch lange Bestand hatten, lackierte ich jede einzelne. Während sie trockneten, nahm ich mit schwarzem Garn an meinem Handgelenk Maß und gab noch etwas dazu, damit ich sicher sein konnte, dass es nicht zu eng für

Ben war. Alles geschah ganz unbewusst, während der Mann in meinen Ohren mir *Dissoziation* erklärte. Schließlich fädelte ich die Perlen auf drei Garne, die ich zu einem Muster flocht.

Als ich das fertige Armband vor mir ablegte, fühlte ich mich, als würde ich aus großer Tiefe emportauchen.

»Du bist fertig«, stellte Daria bewundernd fest und nahm das Armband mit einer Pinzette auf. Anerkennend nickte sie. »Es ist wunderschön geworden.«

Benommen betrachtete ich mein Werk. Zwei Reihen mit Perlen und Knoten, die sich mal verbanden, dann wieder nebeneinanderliefen, um sich erneut zu kreuzen und zu umschlingen. In der Tat konnte ich stolz sein. Es war wirklich schön anzusehen. Wegen der erdigen Farbtöne wirkte es einerseits simpel, andererseits bekam es durch komplizierte Knotenstruktur und die feine Maserung der Perlen (die Überreste der Handschrift) etwas sehr Faszinierendes.

»Wird es wirken?«, krächzte ich, denn mein Mund war völlig ausgetrocknet. Wie lange hatte ich nicht gesprochen?

Daria hielt das Armband noch immer mit der Pinzette und betrachtete es durch ihre Juwelierlupe.

»So wie es aussieht, ist dir eine hervorragende Arbeit gelungen. Dank dir kann dein Freund Ben den nächsten Nobelpreis gewinnen, Schätzchen.« Lächelnd reichte sie es mir.

Zuerst zögerte ich, es anzufassen. Natürlich bemerkte sie es und sah mich amüsiert an.

»Vertrau dir doch, Julie. Dieses Armband wird niemandem schaden. Es ist nichts Negatives daran. Es ist nur mit geballtem chemischem Wissen aufgeladen.«

Sie ließ es in meine Hand gleiten. Es kribbelte ein wenig, aber das war alles. Ich fühlte mich noch nicht mal irgendwie schlauer als vorher.

»Danke, Daria. Danke, danke, danke!« Ich umarmte sie.

»Dieser Ben bedeutet dir viel«, meinte sie, während sie mich zur Haustür begleitete.

»Natürlich. Er ist mein bester Freund. Und er liebt das Meer. Er surft. Es würde ihn kaputtmachen, wenn er die Wellen nicht mehr jeden Tag sehen könnte.«

Sie sah mich stolz an. »Wenn ich mich zur Ruhe setze, Julie, dann wird die Werkstatt dir gehören.«

Verdattert blieb ich stehen. »Was? Ich dachte, ich bau mir meine eigene auf und … Wieso willst du denn aufhören?«

»Na, irgendwann wird wohl der Tag kommen. Und bis dahin nehme ich dich mit und bringe dir alles bei, was ich weiß. Ich stelle dir meine besten Kunden vor, und zusammen, zusammen werden wir Berge versetzen.«

Ich konnte sehen, wie sehr diese Vorstellung sie begeisterte.

»Ich zeig dir auch, wie man mit Drachenfeuer umgeht. Dir fliegt die Magie regelrecht zu.« Sie deutete auf das Armband, das ich noch immer in der Hand hielt. »Das ist kein Anfängerstück, Schätzchen. Das ist ein Meisterstück.«

Sie schnappte sich ein paar Ketten und eine Tasche, die an

Garderobenhaken bei der Tür hingen, und verließ mit mir das Haus.

»Musst du noch weg?«, fragte ich sie.

»Ja, ich brauche noch etwas für einen Kunden.« Sie musterte mich mit einem verschmitzten Lächeln. »Hast du Lust, mir zu helfen?«

»Ja, natürlich!«

»Wie wunderbar. Ich brauche eine Daunenfeder eines Seeadlers«, erklärte sie mir, während sie ein E-Bike aus dem Schuppen neben dem Carport zog.

»Seeadler?« Das klang ziemlich abenteuerlich. Den würden wir wohl kaum am Strand finden.

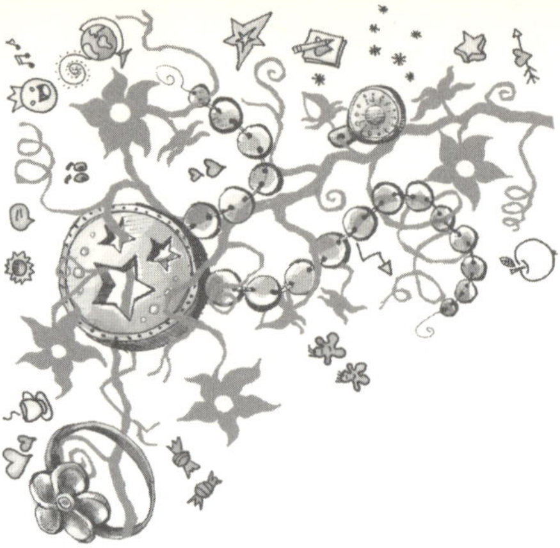

23

Weit gefehlt, Julie. Auch Seeadlerfedern konnte man an der Küste finden. Man musste nur die richtigen Leute fragen. Daria hatte vom örtlichen Ornithologenverband erfahren, dass in einem Kiefernwäldchen an der Steilküste dieses Frühjahr ein Pärchen Seeadler genistet hatte.

Ich fand es furchtbar aufregend, mit ihr auf die Suche gehen zu dürfen. Endlich hatte ich Gelegenheit, Zeit mit ihr zu verbringen – und ihr die hundert Fragen zu stellen, die mir im Kopf herumschwirrten.

»Musst du oft Sachen für einen Zauber besorgen? Ich meine, du könntest sicher auch Federn übers Internet bestellen?«

Gemächlich radelten wir einen Sandweg entlang. Eigentlich war er nur für Wanderer ausgewiesen, aber es war der kürzeste Weg zur Steilküste. Inzwischen stand die Sonne schon tief und tauchte das Dünengras in goldenes Licht.

Daria bedachte mich mit einem Blick, der mir deutlich zeigte, dass sie aufgrund dieser Frage an mir zweifelte. An mir und meinem schmuckmagischen Verstand.

»Tut mir leid. Blöde Frage«, räumte ich ein.

»Nein, gar nicht Schätzchen. Sie zeigt nur – wie auch die siebzehn Fragen davor –, dass du leider gar nichts über deine Gabe weißt.« Sie schüttelte den Kopf, wie um eine lästige Fliege loszuwerden. »Es ist so traurig.«

Fast hätte ich Frage neunzehn rausgehauen – aber die hatte Gewicht und würde sicher noch ganz viele andere Fragen aufwerfen, von denen ich noch gar nichts wusste. Und ich bekäme keine Antwort auf Nummer achtzehn. Also presste ich die Lippen zusammen und versuchte dennoch zu lächeln.

»Natürlich, Schätzchen, jedes beliebige Ding, das sich in irgendeiner Art und Weise zu Schmuck formen lässt, kannst du mit einem Zauber aufladen.« Daria schüttelte ihr Handgelenk an dem sicher ein halbes Dutzend Armbänder und -reifen klimperten. Jedes Stück war aus anderem Material, mal breit und derb, mal hauchdünn und wie aus Spinnweben gefertigt. »Dein Kieselstein zum Beispiel. Kein Schmuckstein im klassischen Sinn.«

»Zweifellos«, grummelte ich.

»Wenn das Material aber schon eine Verbindung zu dem beabsichtigten Zauber hat, wird der Schmuck eine bessere Wirkung haben.«

»Also wird das Stück, für das du die Feder brauchst, ein Flugzauber?«

Daria lachte auf. »Das wär was, nicht wahr? Nein, Schätzchen. Leider nicht. Unsere Magie zaubert nicht Dinge aus dem Nichts herbei. Sie erfüllt Wünsche.«

»Und wenn ich mir aber wünsche, fliegen zu können?«

Sie warf mir einen funkelnden Blick zu. »Da wird es interessant, nicht wahr? Wo ist die Grenze? Und wenn ich mir wünsche, Dinge aus dem Nichts entstehen zu lassen? Ist das möglich?«

Ich vergaß zu treten, und Daria fuhr mir mit ihrem E-Bike davon. Hatte Schmuckmagie Grenzen? Oder konnte ich alles verändern, wenn ich es mir nur stark genug wünschte?

»Wo bleibst du?«

»Sekunde.« Ich trat in die Pedale und holte sie wieder ein. »Aber die Magie funktioniert nur mit Schmuck?«

»Richtig. Du kannst keinen Menschen direkt mit einem Zauber belegen oder sein Auto verhexen. Alle Magie kann nur über eine Kette, einen Ring, eine Brosche oder ein wie auch immer gearbeitetes Schmuckstück angewandt werden.«

»Und nur, wenn es getragen wird. Es wirkt nicht, wenn es in der Schublade liegt.«

»Ganz genau.« Der Weg gabelte sich, und Daria hielt an. Der abzweigende Trampelpfad führte zu einem windgezausten Wäldchen. »Vermutlich ist es das, oder?« Sie spähte zu den Bäumen. »Lass uns nachsehen, ob wir den Horst finden.«

Wir stellten unsere Räder ab und folgten dem Pfad.

»Aber noch mal zu deiner Frage: Manchmal sind Zauber sehr, sehr stark. Dann ist es besser, sie wegzuschließen.«

»In Samt«, warf ich ein. Total stolz, dass ich doch schon ein ganz klein bisschen gelernt hatte.

»Richtig, Schätzchen. Du könnest sie auch einfrieren, aber das bekommt nicht jedem Schmuckstück.«

Ich musste an Mom denken, die meine Ohrringe ins Tiefkühlfach befördert hatte. Sie wusste all diese Dinge über die Schmuckmagie und hatte sie mir verschwiegen. Also war nun der Zeitpunkt für meine wichtigste Frage gekommen. »Warum habt ihr euch gestritten?«

Daria blieb abrupt stehen. Doch sie sah mich nicht an, stattdessen starrte sie hinauf in den Himmel. »Ich kann es dir nicht sagen.«

Was sollte denn das bedeuten? Wollte sie immer noch ein Geheimnis wahren? Hatte Mom irgendetwas getan … Ich versuchte, einen forschenden Blick auf ihr Gesicht zu werfen, aber sie drehte mir weiterhin die Schulter zu. Fast als schämte sie sich.

OMG. Ein schrecklicher Gedanke ploppte in mir auf: »Ihr wisst nicht mehr, worüber ihr euch zerstritten habt?« Ich sprang vor sie und sah sie geschockt an. Konnte das wahr sein? Sie wich meinem Blick aus. »Ihr redet seit zwanzig Jahren nicht mehr miteinander! Weil ihr euch um irgendwas Idiotisches wie das letzte Stück Kuchen gestritten habt?«

»Ach, Schätzchen …«, begann sie und echtes Bedauern schwang in ihrer Stimme. Noch immer wich sie meinem Blick aus und betrachtete stattdessen den Waldsaum.

»Sieh mal!« Aufgeregt deutete sie plötzlich an mir vorbei. »Das könnte das Nest sein, oder?«

Grummelnd folgte ich ihrem Fingerzeig. (Wir sind mit dem Thema aber noch nicht durch! So kam sie mir nicht davon. Jetzt wollte ich erst recht die Wahrheit wissen.) Ich kniff die Augen zusammen und versuchte, etwas in den Ästen zu erkennen. Doch Daria hatte anscheinend wesentlich bessere Augen als ich, denn ich sah nur Baum.

Daria eilte jedoch schon darauf zu.

Als ich sie eingeholt hatte, war sie bereits einmal um den Stamm herum. »Die Äste sind zu hoch …«

»Hast du denn keine Leiter mitgebracht? Soll ich mir eine wünschen?«

Sie lachte. »Nein. Ich habe das hier.« Aus ihrer Schultertasche zog sie eine Schatulle heraus und reichte sie mir. »Leg sie an. Du bist die Jüngere.«

Zögernd klappte ich den Deckel auf. Zwei Armreifen lagen darin. Sie waren aus einem dunkelbraunen Seil gedreht. »Ist das Kokosfaser?«

»Gut erkannt, ein Teil ist Kokosfaser. Du musst einen rechts und den anderen links tragen.«

»Und der andere Teil?«

Daria lächelte vielsagend. »Das wirst du schon merken.«

Neugierig streifte ich die Armreife über und wartete auf irgendein magisches Gefühl. Doch die sie fühlten sich einfach nur kratzig an. Außerdem waren sie mir zu weit, und ich musste sie fast bis zum Ellbogen schieben, damit sie nicht herunterfielen. »Und jetzt? Was bewirken sie?«

Daria lächelte. »Geduld. Hol einfach die Feder.«

»Aber …« Ratlos sah ich den Kiefernstamm entlang. »Wie soll ich denn da raufkommen?«

»Zieh deine Schuhe aus. Und dann fass den Stamm an, Schätzchen.« Daria schien sich ein Grinsen verkneifen zu müssen. Aber ich vertraute ihr und zog meine Sandalen aus. Dann trat ich barfuß an den Baum und legte vorsichtig meine Hand an die Rinde. Da schoss ein Kribbeln wie ein Stromschlag durch mich hindurch. Ich musste auf diesen Baum! Und bevor ich verstand, hatte ich schon den Stamm umklammert, die nackten Füße gegen die raue Rinde gedrückt, und schob mich Stück für Stück hinauf. Als der unterste Ast in Reichweite war, entkam mir ein kleiner Schrei, weil mir klarwurde, dass ich mich gerade vom Stamm abstieß, um daranzuspringen. Doch die Sorge um mein Kletterkönnen war völlig unbegründet, wie ein Äffchen schwang ich mich immer höher in die Baumkrone, bis ich im Handumdrehen den Horst erreicht hatte.

Die Adler hatten dicke und dünne Zweige fest um eine Astgabelung gewoben und ihr Zuhause mit Gras und Moosen ausgepolstert. Dazwischen stecken einige Daunenfedern. Ich suchte die drei schönsten heraus und schwang mich wieder nach unten. Vom untersten Ast sprang ich zu Boden und landete in der Hocke genau vor Daria.

»Vielen Dank!« Sie nahm mir nicht nur die Federn ab, sondern streifte mir auch eilig die Armreifen herunter. »Es kann sein, dass du eine kleine Veränderung bemerkst, aber das ist morgen wieder vorbei.«

Wehmütig sah ich die Armreifen in ihrer Tasche verschwinden. Der Drang, wieder hinauf in die Wipfel zu verschwinden, war ziemlich stark, und für einen Augenblick war ich kurz davor, mit ihrer Tasche auf einen Baum zu flüchten. Vielleicht hatte sie ja sogar eine Banane dabei. »Eine Banane?«, entfuhr es mir, als mir meine Gedanken bewusst wurden.

Daria schmunzelte. »Geht gleich wieder. Versprochen. Nur die Haare, das dauert etwas länger. Es sei denn, du rasierst dich.«

»Haare?« Entsetzt sah ich meine Arme an und bemerkte einen feinen, sehr dunklen Fellflaum.

»Auch ich habe Anfängerfehler bei der Dosierung gemacht.« Sie lachte und hakte sich bei mir ein. »Die Armreifen gehören zu meinen allerersten Stücken. Ich habe es mit den Affenhaaren etwas übertrieben.«

»Aber holla die Affenbande!« Angeekelt rubbelte ich über das Fell, das sich an meinen Armen (und wer weiß wo noch!) gebildet hatte.

Verschmitzt lächelte Daria vor sich hin. »Es ist schön, zu zweit loszuziehen.«

»Ach. Du bist ja nur froh, dass *du* keine Rasur brauchst«, maulte ich.

»Vielleicht. Ich bin aber auch froh, endlich mit jemandem mein Wissen zu teilen. Und zu zweit können wir sicher noch ganz andere Zauber erschaffen.«

»Andere?«

»Mächtige! Stell dir nur vor – dein Talent und meines! Wir könnten die Welt verändern.«

Mit glänzenden Augen folgte ich ihr. Auch wenn ich immer noch einen unglaublichen Appetit auf Bananen hatte, schwirrten meine Gedanken um die Möglichkeiten, die sich mir boten. Die Welt verändern … Wünsche erfüllen … Ich konnte es kaum erwarten!

Auf dem Weg zurück erfuhr ich noch einiges aus unserer Familiengeschichte. Dass Mom und Daria lange Zeit in London gelebt hatten. Dass sie von dort nach Paris, nach Berlin und sogar für ein halbes Jahr nach Tokio gezogen waren. Außerdem gab es noch eine Urgroßtante, die sich aber nach Indonesien zurückgezogen hatte. Doch was zwischen Daria und Mom vorgefallen war – auf diese Frage erhielt ich keine Antwort.

Zu Hause betrachtete ich noch einmal das Armband und stellte mir vor, wie ich mit Daria Kokosnüsse sammelte – also nein, Schmuckzauber wirkte. Doch bevor ich Daria doch noch eine grummelige Nachricht schreiben konnte, rief Paps zum Abendessen. Zu seiner großen Verwunderung wollte ich nur

Bananen. Und als ich schließlich im Bad stand, um Zähne zu putzen, schrie ich entsetzt auf. Ungläubig musterte ich mich im Spiegel. Nicht nur an den Armen hatte ich einen dunklen Haarflaum – tatsächlich sprießten auch auf meinem Bauch und an den Beinen dunkle Härchen.

Na toll! Danke, Daria!

Um mich von dem Affenpelz zu befreien, verbrauchte ich sämtliche Rasierklingen, die ich finden konnte. Und wehe, wenn er morgen früh nachgewachsen wäre!

24

Die Nacht über tat ich kaum ein Auge zu, ich kontrollierte immer wieder meinen Fellwuchs. Doch die Rasur hatte geholfen. Außerdem konnte ich es nicht erwarten, Ben das Armband zu überreichen. Erst als die Sonne den Himmel schon leicht rosa färbte, nickte ich vor Erschöpfung ein.

Natürlich kam ich zu spät zum Unterricht.

Als ich den Klassenraum betrat, empfing mich ein seltsames Schweigen.

»Entschuldigung. Mein Wecker. Die Batterie«, log ich und huschte auf meinen Platz.

»Nun, Julie«, meinte Herr Fuchs. »Vermutlich wird dieser Tag besser, als du denkst.«

Verwirrt sah ich unseren Mathelehrer an. Was sollte das denn? Normalerweise konnte Fuchs es überhaupt nicht leiden, wenn jemand zu spät kam.

Als ich mich auf einen Stuhl schob, sah ich, weshalb die ganze Klasse so komisch gegrinst hatte. (Außer Chrissy, die mich wie immer hochnäsig anstarrte.)

Keine Ahnung, wie Noah es angestellt hatte: Auf meinem Platz lag ein riesengroßer Strauß Rosen.

»Du liebe Güte!«, flüsterte ich und starrte das üppige Bouquet an.

»Lassen wir Julie noch kurz diesen Augenblick genießen und wenden uns schon mal Laplace zu.« Herr Fuchs tippte auf eine Zahlenkolonne, die er an der Tafel notiert hatte. »Wer kann mir die Anzahl aller möglichen Fälle nennen?«

Mein Blick huschte fragend zu Merle. »Wann war er hier?«

»Der lag da schon, als ich reinkam. Er muss eingebrochen sein.« Sie sagte es, als sei es das Romantischste, was je ein Kerl für ein Mädel getan hatte.

Tatsächlich musste ich eine Träne der Rührung wegdrücken und vergrub mein Gesicht tief in den Blüten.

»Hol dir keine blutige Nase«, giftete Chrissy zu mir herüber.

Ich ignorierte sie. Natürlich war es absolut übertrieben von Noah. Aber so süüüß! Fanden die anderen Mädels auch, wie ihre Blicke mir verrieten.

Das Räuspern von Herrn Fuchs wies mich darauf hin, dass es nun vorbei war mit Romantik, und ich legte den Strauß neben meine Tasche.

Jetzt erst hatte ich Zeit, mich nach Ben umzusehen, aber der Platz schräg vor mir war leer.

Hatte Ben etwa noch länger verschlafen als ich?

»Wo ist Ben?«, fragte ich Merle.

»Hat er es dir nicht gesagt?«, wisperte sie zurück.

»Würde ich dann fragen?« Okay, ich musste meine Ungeduld nicht an Merle auslassen. Aber ich brannte darauf, ihm das Armband zu geben.

Merle seufzte, als sie meinen fordernden Blick abfing. »Sein Vater hat ihn vom Unterricht befreit, um mit ihm zum Internat zu fahren.«

»Ladys! Bitte!«, mahnte uns Fuchs. »Rosen sind vergänglich. Die Mathematik bleibt euch ein Leben lang!«

»Was?« Meine Gedanken rasten. Das war doch totaler Mist. Am Montag würde Ben die Arbeit wiederholen. Aber sein Vater gab ihm diese Chance gar nicht wirklich? War der Test für ihn nur Fake? Nun ja. Zugegeben. Ben würde es ja auch tatsächlich nicht schaffen, wenn nicht … Ich fühlte nach dem Armband, das in meiner Hosentasche steckte.

Merle bemerkte das natürlich und beugte sich aufgeregt zu mir. »Hast du etwa –«

»Ja. Es ist toll geworden. Daria sagt, dass es ein Meisterstück ist. Wirklich stark. Und ich finde, es sieht auch echt cool aus.«

»Julie und Merle! Würdet ihr eure Gespräche bitte in der Pause weiterführen!«

Mit einem Seufzer wandte Merle sich dem Unterricht zu. Und ich meinen Tagträumen, aus denen ich erst wieder auftauchte, als es zur Pause klingelte.

»Kann ich es sehen?« Aufgeregt rutschte Merle vom Stuhl und hockte sich neben mich.

Mein Blick huschte durchs Klassenzimmer: Niemand schien uns zu beachten. Außer Chrissy.

»Du hast dir deinen Noah ja gut dressiert«, sagte sie zickig und stupste die Rosen mit dem Fuß an.

»Hau ab, Chrissy. Lass uns in Ruhe.«

»Schon klar«, giftete sie. »Teamplay ist bei euch ja ein Fremdwort.« Damit stolzierte davon.

Teamplay? Wann waren sie und ich das letzte Mal ein Team gewesen? In der Steinzeit?

»Welches Problem habt ihr zwei denn?«, fragte Merle.

»Ach, sie ist einfach immer noch scharf auf Noah.«

Grübelnd sah Merle ihr nach. »Wirklich?«

»Mir egal.« Da der Klassenraum endlich leer war, zog ich das Armband hervor.

»Wow. Es sieht fast aus wie eine Molekülkette«, raunte Merle ehrfürchtig.

»Du meinst wegen der Knoten und Perlen?«

»Woraus sind die Perlen? Papier?« Vorsichtig stippte sie eine mit dem Finger an.

»Du wirst mir nicht glauben, was das ist!« Ich flüsterte es ihr ins Ohr.

Großäugig sah sie mich an. »Echt jetzt?«

»Echt jetzt.«

»Kann ich nicht mal mit zu Daria? Ich würde die Werkstatt zu gerne sehen.« Wie immer, wenn sie von meiner Schmuckmagie sprach, bekam sie diesen verträumten Blick.

Ich lachte. »Du bist so ein Schmuck-Junkie.«

»Und ich dachte, *du* wärst schmuckverrückt.« Noah setzte sich neben mich und betrachtete neugierig das Armband. Hektisch ließ ich es in der Dose mit meinem Pausenbrot verschwinden und ignorierte Noahs fragenden Blick. Stattdessen gab ich ihm einen Kuss, woraufhin mein Ring sofort in Abwehr ging.

Und auch Noah verweigerte den Kuss und deutete zur Dose. »Warum versteckst du es? Hast du es selber gemacht?«

»Schon, irgendwie.« Es war grauenvoll. Ich konnte ihm doch nicht sagen, dass es für Ben war. Sonst hätte ich ihm von der Magie erzählen müssen.

»Tausend Dank für die wunderbaren Rosen«, wechselte ich schnell das Thema. »Wie hast du das denn angestellt?«

Er lächelte kurz. »Das ist mein Geheimnis. Ich verrate es dir, wenn du mir deines verrätst.«

Merle bekam aus unerfindlichen Gründen einen Hustenanfall.

»Was für ein Geheimnis? Dass die Mädels mich heute Morgen alle sehr um meinen tollen Freund beneidet haben?«

Er beugte sich zu mir hinab und gab mir einen flüchtigen Kuss. »Warum willst du mir das Armband nicht zeigen?«

»Weil … also … Es ist nicht fertig.«

»Aber du hast es Merle gezeigt.«

»Merle ist ja auch ein Mädchen.«

»Und deshalb darf sie unfertigen Schmuck begutachten?«

»Genau. Sachkenntnis.«

Er verschränkte die Arme und sah mich abschätzend an. »Ich dachte, wir wollen ein gemeinsames Label aufziehen. Dann musst du mir deine Entwürfe schon zeigen.«

Darauf fiel mir nichts mehr ein. Der Ring brannte immer stärker. Inzwischen hatte ich mich fast an den Schmerz gewöhnt. (Atemtechnik ist alles.) »Ach, Noah. Ich bin einfach nicht wirklich zufrieden mit dem Armband. Wenn es fertig ist, zeig ich es dir, okay?«

Das Brennen wurde immer unerträglicher. Aber noch viel unerträglicher war, dass Chrissy zurückkam.

»Hey, Noah«, säuselte sie. »Wie sieht's aus? Nick hat eben gemeint, du willst doch wieder einsteigen?«

»Ja, tut mir leid. Es war blöd von mir, euch einfach sitzenzulassen. Nehmt ihr mich noch?«

Mit einem affektierten Lachen warf sie sich ihre blau gesträhnten Haare nach hinten. »Soll das 'n Scherz sein? Die *Drunken Seagulls* sind ohne dich nur halb so gut.«

Meine Hand glitt auf Noahs Knie, während ich meine ehemalige beste Freundin feindselig anstarrte.

Geschmeichelt lächelte Noah. »Wir sehen uns dann also später.«

»Cool.« Mit einem hochnäsigen Grinsen nickte sie mir zu und wackelte hüftschwingend wieder davon.

Noah nahm meine Hand und küsste sie. »Siehst du. Ich tu alles, damit du zufrieden mit mir bist.«

Da war es wieder. Er tat alles nur für *mich*! Ich zog meine Hand weg. »Willst du oder kannst du es nicht verstehen, Noah?« Damit stand ich auf und ging.

Fast hätte ich wieder blaugemacht, doch Merle holte mich ein und zog mich zurück ins Klassenzimmer.

Eigentlich hätte ich es mir sparen können, denn die nächsten Stunden hörte ich keinem unserer Lehrer zu.

25

Merle holte mich auf dem Radweg zum Leuchtturm ein.

»Hey, Julie! Warte doch!«

Ich bremste ab und ließ sie aufholen.

»Deine Rosen. Du hast sie liegen lassen.« Sie beugte sich über den Lenker und stopfte den Strauß zu meiner Tasche in den Fahrradkorb.

»Ich dachte, du hast genug von meinem Noah-Drama. Jetzt kommst du mir wieder hinterher?«

Sie schüttelte den Kopf und bog mit mir zum Leuchtturm ab. »Ich bin deine Freundin. Ich bin da. Und wenn du dich noch so idiotisch benimmst.« Sie sah mich aufmunternd an, und wir kletterten zusammen die Düne hinauf. Merle war ein Goldstück. Ich hoffte, ihr war klar, wie viel sie mir bedeutete. Auch wenn ich es ihr zurzeit nicht wirklich zeigte.

»Es ist wie verhext«, schnaubte ich, und mir wurde erst bewusst, was ich gesagt hatte, als Merle neben mir kicherte.

Ihr Kichern ließ mich immerhin schmunzeln, und ich war sehr dankbar, dass sie hier war.

Eine Weile saßen wir nur da und beobachteten das Meer.

»Also«, begann sie schließlich. »Was wirst du tun wegen Noah?«

»Ich bring Chrissy um!«

»Meinst du wirklich, sie ist die Ursache für sein Verhalten?«

»Sie mischt sich überall ein! Selbst bei den *Drunken Seagulls* muss sie jetzt den Boss spielen. Sie ist doch nur ein Fan-Girl!«

»Eben. Der Ring hält dich und Noah zusammen. Chrissy hat keine Chance. Er hat die Band doch verlassen, für dich – sozusagen. Nun geht er zurück – für dich. Nicht wegen Chrissy.«

»Nein. Wegen mir«, murmelte ich unglücklich. »Zuerst versaut er sein Leben und unsere Liebe, weil er meint, mich mit Pizza vollzustopfen wäre mein Himmel auf Erden. Und jetzt will er wieder der Noah sein, in den ich mich verliebt habe – aber nur, weil ich das sage.« Grummelnd drehte ich den Ring. »Was soll ich nur machen, Merle? Ich will meinen Noah zurück! Warum passiert das?«

Wir sahen auf den Ring, der auf mich wie ein Saatkorn der Finsternis wirkte.

»Daria hat gesagt, die Magie im Ring verändert Noah nicht. Der Ring würde nur seinen Auftrag ausführen: uns zusammenzubringen.«

»Euch zusammenzu*halten*«, verbesserte Merle mich. »Er hat euch zusammengebracht, und jetzt hält er euch zusammen.«

»Mein ich doch.«

»Na ja. Ich wollte nur genau sein.«

»Jedenfalls ist die Perle nun schwarz.«

»Materialermüdung. Eure Liebe hat das Ding einfach ausgebrannt.« Sie grinste mich an, und ich verdrehte die Augen.

»Das ist ernst, Merle.«

»Ja, ich weiß doch. Aber ich finde, es liegt auf der Hand: Du nimmst den Ring ab.«

»Was?« Allein bei dem Gedanken legte sich blanke Panik um mein Herz.

»Der Ring kann es nicht leiden, wenn ihr euch belügt. Das ist aber gerade total angesagt bei euch.«

Ich schnappte nach Luft und wollte mich verteidigen, doch Merle ließ mich nicht zu Wort kommen.

»Schon klar, dein magisches Geheimnis. Deshalb: Du nimmst den Ring ab und musst ihm nichts von der Magie sagen. Falls du es doch irgendwann tust, ist der Ring schon längst Geschichte, und er wird nie erfahren, dass du eurem Schicksal etwas auf die Sprünge geholfen hast. Außerdem«, fügte sie an, »werden Ben und ich dir den Ring vom Finger reißen, wenn er dich noch mal derart quält.«

»Was? Nein, das geht nicht.«

»Oh, und wie das geht. Das wirst du dann schon merken! Auf keinen Fall wird dieses Ding dich umbringen.«

Ich versuchte zu lachen, doch meine Kehle war wie ausgedörrt. »Der Ring macht so was nicht.«

»Sah anders aus. Sah echt ganz, ganz anders aus.« Sie warf mir einen warnenden Blick zu.

»Ach, Merle! Du sagst das alles so, als wäre es leicht. Aber was mache ich, wenn Noah mich verlässt, sobald ich den Ring abnehme?«

»Warum sollte er? Er liebt dich.«

Schweigend sah ich aufs Meer.

Er liebt dich.

Ich ließ diesen Satz in mir nachklingen.

»Wenn du ihn weiterhin trägst, wird sich nichts ändern.« Merle stand auf und streckte sich. »Du fällst einfach nur irgendwann tot um. Und ob Noah sein zwanghaftes Romantikgehabe wieder ablegen wird, ohne den Ring … wer weiß.«

Unglücklich sah ich sie an. Alles in mir verkrampfte und sperrte sich bei dem Gedanken, den Ring vom Finger zu ziehen.

Merle setzte sich wieder und legte ihre Hand auf meine. »Ihr seid ein Traumpaar. Du brauchst den Ring nicht mehr. Ihr habt zueinandergefunden. Und Chrissy ist ja nun echt keine Konkurrenz für dich!«

»Ich … ich kann nicht.« Ich lächelte gequält.

Merle seufzte enttäuscht. »Da redet sich die beste Freundin eben mal den Mund fusselig. Aber denk dran!« Sie drohte mir mit dem Finger. »Wenn du wieder am Abnibbeln bist, dann klauen Ben und ich dir den Ring vom Finger weg!«

»Weißt du eigentlich, wann er wiederkommt?«, wechselte

ich das Thema. Das Chemie-Armband hatte ich noch immer in meiner Tasche.

»Irgendwann morgen, glaube ich. Das Internat ist ziemlich weit weg.«

Beide blickten wir traurig aufs Wasser.

»Ben wird todunglücklich, wenn er das Meer nicht mehr um sich hat«, murmelte ich.

»Ich werde todunglücklich sein, wenn ich Ben nicht mehr um mich habe.«

»Ich werde todunglücklich sein«, ergänzte ich, »weil du todunglücklich bist und Ben todunglücklich ist.«

Und ich würde sterben, wenn Noah und ich uns trennten. Meine Finger spielten mit dem Liebesring.

Dass ein Zauber, der jemanden zu etwas zwingt, böse Folgen hat, stimmte mit Sicherheit. Aber Noah hatte mit mir das Ich-hab-dich-an-dem-Tag-das-erste-Mal-gesehen-Jubiläum gefeiert. An jenem Tag gab es noch gar keinen Ring, der ihm etwas aufzwingen konnte. Deshalb hatte Daria recht: Die Perle war einfach zu schwach für den Liebesbann.

Und um Ben musste ich mir ebenfalls keine Sorgen machen. Dieses Armband war sein ausdrücklicher Wille. Ich hatte es ohne Ablenkung erschaffen. In diesem Zauber steckte wirklich nur Chemie. Keine Verzweiflung, keine Wut oder Angst.

»Julie?«, fragte Merle in die Stille.

»Ich werde den Ring weitertragen.«

Sie sah mich zweifelnd an.

»Aber ich werde Noah für morgen das Essen absagen – es sei denn, wir machen etwas total Verrücktes. Ich werde auf keinen Fall zum Italiener gehen!«

»Also willst du mit Noah zusammen sein, gehst ihm aber lieber aus dem Weg. Cooles Konzept.«

Ärgerlich rempelte ich sie an. »Es ist Freitag. Willst du nicht an den Strand?«

Sie stand auf und kräuselte angewidert die Nase. »Was? Das ist doch total öde.«

Grinsend ließ ich mich die Düne zu den Rädern hinunterschlittern. »Wie kann es denn bei den Surfern langweilig werden? Bist du nicht inzwischen deren Fan-Girl?«

»Du bist gemein.« (Aber sie musste kichern.) »Im Ernst, Jewels, wenn Ben weggeht, dann sieht mich das *Lorenzo* nie wieder.«

Mitfühlend nahm ich sie in den Arm. »Wir bleiben dann zu Hause und sehen *Vampire Diaries* in Endlosschleife. Bis in alle Ewigkeit.«

»Ich bring Schokolade mit!«

26

Am Samstag hielt ich das Haus gegenüber den ganzen Vormittag unter Beobachtung, aber kein Wagen bog in die Auffahrt ein. Anscheinend dauerte der Antrittsbesuch im Internat doch mehrere Tage, und ich betete, dass es seinem Vater nicht einfiel, Ben gleich dortzulassen.

Schließlich machte ich mich auf den Weg zu Daria. Vielleicht konnte ich dort an etwas von Merles und meiner Liste arbeiten. Allerdings musste ich ein paar unserer tollen Ideen streichen. Das *Beschenk-mich-Collier* zwang Geschäftsleute zu etwas, das sie sicher nicht wollten. Beim *Diadem der Abschlussballkönigin* war ich mir noch unsicher, inwieweit wir unsere Mitschüler damit zu etwas zwangen.

Vielleicht sollte ich aber erst mal ganz egoistisch sein und mir auch ein Sportskanonen-Kettchen anfertigen. Sonst fuhr mir Merle noch bei jeder Radtour davon.

Ich lenkte mein Fahrrad die sandige Straße zu Daria hinauf. Vor dem hübschen Häuschen parkte ein teurer Sportwagen. Er war in extravagantem Blau lackiert und glänzte angeberisch in der Sonne. Das Verdeck war aufgeklappt, und ich lugte neugierig hinein. Edle Ledersitze, Edelholz-Armaturenbrett. Außerdem hatte der Fahrer ein Faible für Zigarren und ließ sich auch bei den Sonnenbrillen-Herstellern nicht lumpen. Eindeutig eine Bonzenkarre.

Was wollte so jemand bei Daria? Wer so ein Auto fuhr, hatte augenscheinlich alles, was man sich wünschen konnte, und zwar vom Feinsten.

Ich betätigte den Türklopfer und wartete. Es dauerte ein bisschen, dann öffnete Daria.

»Julie!« War sie gerade zusammengezuckt, als sie mich erkannt hatte?

»Komme ich ungelegen?«

»Äh – also wenn es dir nichts –«

»Wer ist das, Daria?« Der Mann sprach mit Akzent.

Neugierig reckte ich mich, doch ich konnte im Haus nichts ausmachen.

»Das ist nur –« Ganz sicher, da war so was wie Panik in Darias Blick.

»*Nur?*« Ein korpulenter Mann in Anzug und Krawatte tauchte hinter ihr auf. »Hey, *Nur*. Ich bin Herr Hohenburg. Was macht ein so junges Ding hier?«

Verdattert sah ich von ihm zu Daria. Anscheinend brachte meine Anwesenheit sie ziemlich aus dem Konzept.

»Tut mir leid«, flüsterte ich. Wie hätte ich denn ahnen sollen, dass Daria … na ja … Ich musterte den Fremden. Dunkelblauer Anzug, von der teuren Sorte. So was trug Daniel Craig, wenn er bei Staatsempfängen Tresore knackte. Dieser Kerl war jedoch kein James Bond, dazu wölbte sich unter dem Hemd viel zu deutlich eine Wampe. Seine Haut war von der Sonne ledrig, an seinen Stummelfingern steckten goldene Ringe.

Sofort versuchte ich herauszufinden, ob einer davon magisch war. Da war ein Siegelring, ein Ehering und noch ein weiterer, an der rechten Hand. Als ich den Ring sah, wusste ich, genau wie bei Darias Kette, dass er Magie in sich trug. Hatte er diesen Ring gerade bei Daria gekauft?

»Das ist meine Enkelin Julie«, rang Daria sich ab.

»Oh! Wie wundervoll! Ich freue mich, deine Bekanntschaft zu machen.« Er reichte mir die Hand – mit dem Ring –, und ich zögerte. Würde der Zauber auf mich wirken, wenn ich seine Hand schüttelte? Der Kerl war mir dermaßen unsympathisch. Was für Wünsche hatte so jemand?

Ich schüttelte ihm nicht die Hand, sondern gab mich Teenager-cool und hob sie nur lässig, dekoriert mit einem beiläufigen »Hi«.

Er lachte laut und polternd auf und zog seine Hand zurück. »Ah. Liegt in der Familie, eh?« Er zwinkerte Daria wissend zu und ging zum Sofa zurück.

»Hast du nicht gesehen, dass ich Besuch habe?«, zischte Daria.

»Na, aber kann ich denn ahnen, dass du so seltsame Freunde hast?«

»Das ist ein *Kunde*. Stammkunde«, grummelte sie und ging lachend zu ihm.

Auf dem Sofatisch standen zwei Sektgläser neben einer Flasche Champagner. Hoppla. War das wirklich nur ein Kunde?

»Wir haben gerade ein gutes Geschäft abgeschlossen«, erklärte er mir.

»Sie werden begeistert sein«, pflichtete Daria ihm bei und schob sich vor mich.

Es war sicher kein Zufall, dass sie mir damit die Sicht auf den Tisch nahm. Dort lagen nämlich noch andere Dinge. *Schwups* hatte ich mich in den Sessel fallen lassen und dadurch wieder freie Sicht.

Ein praller Umschlag mit Geldscheinen. (Meine Güte! Das waren keine Fünfeuroscheine! Welche sind noch mal lila?) Außerdem lag ein kleines Samtsäckchen dabei.

»Bitte sehr. Es war mir wie immer eine Freude«, hörte ich Daria sagen und reckte den Hals. Sie überreichte ihm eine flache Schmuckschatulle.

Er öffnete sie und strahlte. »Sie verstehen nicht nur Ihr Handwerk, Sie haben auch ein Auge für Design. Deshalb komme ich so gerne zu Ihnen.« Er nahm etwas aus der Schatulle und hielt es zwischen Daumen und Zeigefinger ins Licht.

Ich wollte unbedingt wissen, welchen Zauber meine Großmutter für so einen Geldsack angefertigt hatte.

»Die sind wirklich schön«, meinte ich und stand auf.

Für einen kurzen Moment dachte ich, Daria würde mir an

die Gurgel springen, doch dann trat sie zur Seite, und ich erkannte, dass es Manschettenknöpfe mit Rubinen waren.

»Sind das …?« Fragend sah ich sie an. Waren das etwa die Manschettenknöpfe aus dem Tresor?

»Oh, Sie helfen schon mit?«, wollte er begeistert wissen.

»Ich lerne«, antwortete ich. »Vieles ist mir aber noch ein Rätsel.« Ich versuchte, Daria mit Blicken zu einer Antwort zu zwingen, aber sie wandte sich von mir ab.

»Wie wundervoll! Dann machen wir vielleicht auch bald Geschäfte.« Er grinste und zwinkerte schleimig.

»Welcher Zauber ist denn in diesen?«, fragte ich neugierig.

Wieder gab er sein polterndes Lachen zum Besten. »Diese Steinchen sichern mir die besten Vertragsabschlüsse.« Er klappte die Schatulle zu und ließ sie in seiner Jackentasche verschwinden. »Damit kann ich endlich diese lästigen Streiks beenden.«

»Streiks?«, entfuhr es mir.

»Politik, Kindchen.« Er winkte genervt ab. »Aber nun wird alles wieder gut.« Zackig schlug er die Hacken zusammen und verbeugte sich vor Daria. »Vielen Dank, Lady Daria. Sie haben mir mein Lachen zurückgegeben.«

»Es war mir eine Ehre.«

»So, und nun muss ich los. Sonst zünden die mir noch meine Mine an, und der Zauber war vergebens.« Mit seinem Lachen rollte er zur Haustür.

Daria warf mir einen prüfenden Blick zu und traf eine Entscheidung. »Herr Hohenburg!« Sie eilte ihm nach. »Kommen Sie gut nach Hause.«

Ich beobachtete, wie sie eine Kette mit einem Amulett zwischen den Fingern drehte. Eine Lichtreflexion traf Herrn Hohenburg.

»Na sicher«, sagte er lachend. »Vielen Dank noch mal.«

»Warten Sie.« Daria hielt ihn am Arm zurück. »Haben Sie nicht noch etwas für mich?«

Eine Sekunde zögerte er, dann zog er lachend einen Schlüsselbund aus dem Jackett. »Bitte sehr. War mir ein Vergnügen.«

»Mir ebenfalls.« Daria nahm den Schlüssel, öffnete die Haustür, winkte ihm kurz nach und warf sie dann zu. Erschöpft lehnte sie sich dagegen. »Meine Güte, Julie! Gut, dass du nicht mitten ins Geschäft geplatzt bist!«

»Es tut mir leid. Wer war das?«

»Sagte ich doch schon. Ein Stammkunde.«

»Ja. Hab ich kapiert. Aber was für eine Mine hat er, woher kommt er?«

»Schätzchen. Als Schmuckmagierin wirst du deinen Kunden Verschwiegenheit zusichern müssen. Niemand möchte, dass alle Welt weiß, dass er nur mit Hilfe von Magie sein Ziel erreicht hat.«

Sie räumte die Gläser vom Tisch und ließ Umschlag und Säckchen wie beiläufig in einer Tasche ihrer Pluderhose verschwinden.

»Kann ich einen Kakao haben?«, fragte ich.

Sie seufzte. »Aber gern, Schätzchen.«

Kaum war sie in der Küche, zückte ich mein Handy und suchte nach *Hohenburg* und *Mine*. Gleich das oberste Ergebnis war ein Treffer: *Blutiger Streik in Diamantmine in Afrika. Multimilliardär Hohenburg muss Kompromisse eingehen, wenn er seine Bilanzen nicht gefährden will …*

Ich las die Headline dreimal. Mir war schlecht. Wie konnte Daria mit so einem Monster Geschäfte machen?

Sie kam mit einer Tasse zurück und stellte sie vor mich. Kakaoklumpen schwammen auf der Milch, die immer noch ihre natürliche Farbe hatte. (Daria brauchte einen Ich-mach-den-perfekten-Kakao-Ring. Dringend.)

»Du arbeitest also schon lange für diesen Herrn?«, fragte ich beiläufig und nippte an dem lauwarmen Gebräu.

»Ja, es ist nicht das erste Mal, dass ich ihm helfe.« Sie lehnte sich zurück. »Er hat unserer Kunst einiges zu verdanken.«

»Für wen arbeitest du sonst noch? Ich meine, mit welchen Wünschen kommen denn die Menschen zu dir?«

»Ach, Schätzchen, das kann man so allgemein doch gar nicht sagen. Das geht von einem guten Abschluss, einer sicheren Reise bis zu einem glücklichen Händchen in Las Vegas.«

»Aha … und wie viel verlangst du für ein Schmuckstück?«

»Julie, Schätzchen, was soll die Fragerei? Ich kann davon leben. Es muss die Unkosten decken, ein großes Collier oder ein Ring mit seltenen Materialien verursacht mehr Kosten als ein kleiner Anstecker aus Fimo.«

»Du arbeitest mit Fimo?«

»Der Wunsch bestimmt das Material.«

Mit großen Schlucken trank ich die Milch mit den Kakaostückchen aus.

»Aber nun erzähl mal … Was hat dein Freund zu dem Armband gesagt?«

»Noch hat er es nicht. Sein Vater hat ihn zu dem Internat geschleppt. Sie waren vorhin noch nicht zurück.«

»Dann hast du Zeit für ein weiteres Lehrstück?«

»Ach … also … Ich hab mich in der Zeit verschätzt. Da wartet noch so viel Schulkrempel … und vielleicht ist Ben inzwischen auch zurück.«

»Na gut«, sagte sie seufzend. »Wie du willst.«

Sie begleitete mich zur Tür.

»Ich melde mich, wenn ich Zeit habe. Und ruf vorher an«, ergänzte ich mit einem Lachen und ging hinaus.

Da stand der Wagen noch.

»Daria? Der Typ hat sein Auto vergessen.« Besorgt sah ich mich um.

»Er hat es nicht vergessen.« Lächelnd schritt sie bewundernd um das Cabrio. »Ein hübsches Ding, nicht?«

»Wenn man's so protzig mag.« Wo war Herr Hohenburg? Daria schien diese Frage kaltzulassen.

Plötzlich klimperte sie mit den Schlüsseln, die er ihr gegeben hatte. »Hier, Schätzchen. Setz dich mal rein. Die Ledersitze sind ein Traum.«

»Was?«

»Nun stell dich nicht so an.« Sie warf mir die Schlüssel zu, die ich reflexartig auffing. »Probier ihn aus.«

»Ich kann kein Auto fahren.«

»Pillepalle! Das ist keine Kunst. Noch dazu bei so einem Wagen. Der macht alles alleine.«

»Er gehört mir nicht.«

Lächelnd kam sie zu mir. »Doch. Ich schenke ihn dir. Du hast deinen ersten Auftrag mit Bravour gemeistert. Ich finde, das ist eine Belohnung wert.«

Verdattert starrte ich sie an. »Was? Wovon redest du?«

»Na, das Armband.« Sie drückte mich stolz.

»Ben ist mein Freund! Er sitzt in der Patsche, und ich will ihm helfen«, sagte ich aufbrausend. »Das ist doch kein Auftrag, für den ich bezahlt werden will!« Wütend drückte ich ihr die Schlüssel in die Hand. »Und geklaute Sachen nehm ich schon gar nicht an.«

»Er ist nicht gestohlen. Er hat ihn mir geschenkt.«

»Du hast ihn geblendet! Ich hab's gesehen.« Fahrig deutete ich auf die Ketten um ihren Hals. »Es war nicht sein freier Wille.«

»Meine Güte, Schätzchen! Hast du eine Ahnung, wie viele Wagen in seinem Fuhrpark stehen? Das ist doch kein Verlust für ihn!«

»Nein!« Damit stapfte ich zu meinem Fahrrad.

»Dir ist mit der Magie ein großartiges Leben geschenkt

worden«, rief sie mir nach. »Mach nicht den gleichen Fehler wie deine Mutter und entscheide dich für das langweilige Mittelmaß! Sei magisch, Julie! Du kannst die Welt verändern!«

Wütend raste ich vom Hof. Jetzt war mir klar, was meine Mutter gemeint hatte. Daria betrachtete die Magie als ihre private Wunscherfüllungsmaschine. Sie lebte *von*, nicht *mit* der Magie. Vermutlich hatte Daria noch nie etwas auf normalem Weg verdient oder erworben.

Ich war so wütend. Sie hatte versucht, mich mit dem Wagen zu bestechen!

Meine Großmutter hatte keine Ahnung, wer ich war. Am meisten verletzte es mich, dass sie meine Hilfe für Ben als einen Auftrag ansah, der zu bezahlen war.

Da tauchte Hohenburg vor mir auf dem Weg auf. Ihm war deutlich anzusehen, dass er es nicht gewohnt war, zu Fuß zu laufen. Vermutlich hatte er sich in seinen dünnen, exquisiten Lederschuhen schon Blasen gelaufen. Ich sprach ihn an.

»Alles in Ordnung mit Ihnen? Kann ich helfen?«

»Oh, hallo, Enkelin! Nun –« Er sah sich verwirrt um. Außer Sand und Dünengras war auf diesem Abschnitt des Radwegs nichts zu sehen. »Ich muss zum Flughafen.«

»Flughafen?«, wiederholte ich fassungslos.

»Ja. Mein Flieger wartet auf mich. Wir müssen um vier starten.« Er hielt mir seine diamantenbesetzte Armbanduhr hin.

Es war kurz nach zwei. Der nächste Flughafen lag zwei Stunden entfernt (mit dem Auto).

»Warum haben Sie nicht ihr Auto genommen?« Ich konnte meine Wut kaum unterdrücken.

»Mein Auto? Das steht am Flughafen … denke ich.«

Für eine Sekunde starrte ich ihn an. »Sie wissen nicht, dass Sie bis eben noch ein blaues Cabrio besessen haben?«

Tatsächlich sah er mich lange grübelnd an. »Doch. Vielleicht. Sebastien kümmert sich um die Wagen. Aber ich …« Er suchte nach Worten. »Ich sollte zu meinem Flieger.«

Wie er in dem feinen Anzug, den schicken Schuhen und seinem protzigen Schmuck so verloren in den Dünen stand, sah er um dreißig Jahre älter aus. Daria schien ihn mit Hilfe ihres Amuletts nicht nur das Auto geklaut zu haben, sondern auch ein Stück seiner Erinnerung.

»Alles klar. Kommen Sie. Ich bring Sie zu einem Taxistand.«

»Das ist aber sehr nett von dir. Ganz deine Großmutter. Immer hilfsbereit.«

»Na, sicher doch«, brummelte ich.

Ich schob mein Fahrrad, und er humpelte neben mir her.

»Darf ich fragen, was Sie bei Daria wollten?«

»Sie ist ein Wunder, nicht wahr? Ohne sie wäre ich noch immer nichts.«

»Nichts?«.

»Sie hat mir geholfen. Jedes Mal. Und jetzt besitze ich die größten Diamantminen Afrikas.«

»Sie hat Ihnen Zauber gegeben, damit Sie Diamanten finden?«

Er lachte ein sehr großspuriges, angeberisches Lachen. »Selbst finden? Du bist ja lustig. Das erledigen doch die Arbeiter. Viel zu gefährlich. Nein. Durch Darias zauberhafte Hilfe konnte ich meine Konkurrenten ausschalten. Und einer hat mir seine Mine schlichtweg geschenkt. Das war der Brüller!«

Ich versuchte durchzuatmen. Die Fassung zu wahren. Doch am liebsten hätte ich geschrien. Mit Hilfe von Schmuckzauber hatte dieser Mann Reichtum angehäuft, er hatte betrogen und sogar gestohlen.

Zwar tat es mir jetzt absolut nicht mehr leid, dass er von seiner heldenhaften Schmuckzauberin ausgeraubt worden war, trotzdem war ich mächtig sauer auf Daria und ihre Zauberei.

»Sehen Sie? Da vorne ist ein Lokal.« Das Dach des *Lorenzo* kam in Sicht. »Dort können Sie sich ein Taxi rufen.«

»Du bist sehr hilfsbereit.« Er lächelte mich an. »Das ist gut.«

»Na, ich schätze, man muss wissen, wann Hilfe wirklich nötig ist.«

Er zog einen Geldschein aus der Tasche, strich ihn mit beiden Händen glatt und hielt ihn vor sich. »Das Üble an den Dingen ist, dass sie immer zwei Seiten haben.« Er drehte den Schein, so dass einmal die Seite mit der Europakarte und einmal die mit dem Gebäude oben war. »Aber nur eine wird von der Sonne beschienen. Die andere muss zwangsweise ohne Licht auskommen.«

Nachdenklich musterte ich ihn.

»Für welche Seite entscheidest du dich, kleine Enkelin?«

»Die sonnige.«

»Aber du kannst den Schein herumdrehen, wenn dir das andere Bild besser gefällt. Dann scheint die Sonne auf das hübschere Bild.« Er reichte ihn mir, doch ich schüttelte den Kopf.

»Danke. Ich habe Ihnen gern geholfen.« Wir waren inzwischen beim *Lorenzo* angekommen.

»Na dann.« Er zuckte mit den Achseln und humpelte auf den Eingang zu.

27

Ich schwang mich auf mein Rad und fuhr zum Leuchtturm, stellte mein Fahrrad ab und lief hinunter an den Strand.

Dieser dämliche Kerl mit seinem Geldschein!

Was Daria für ihn getan hatte, war falsch. So was von megafalsch! Es tat überhaupt nichts zur Sache, ob er meinte, die sonnige Seite zu besitzen, denn es gab natürlich auch die Schattenseite.

Ein Zauber darf nie egoistisch sein.

Mom hatte absolut recht!

Wütend pfefferte ich eine Muschel in die Wellen.

War das der Grund, dass Mom Daria aus unserem Leben verbannt hatte? Weil sie nicht zusehen konnte, wie Daria jeden Wunsch erfüllte, solange er ihr Vorteile brachte?

»Jewels. Du hast schon mal besser geworfen.« Grinsend kam Ben, Surfbrett unterm Arm, auf mich zu. Er hatte eine Sporttasche geschultert und trug noch Jeans und T-Shirt.

»Ben!« Ich war so glücklich, ihn zu sehen, dass ich ihm um den Hals fiel.

Lachend ließ er seine Sachen fallen und umarmte mich ebenfalls.

»Schön, nach all den Jahren mal wieder hier zu sein.«

»O Ben! Keine Witze! Ich dachte schon, dein Vater lässt dich gleich auf dem Internat.«

»Hätte er sicher gerne. Aber das Sekretariat hatte schon zu.«

»Wie schlimm ist es dort?«

»Na ja. Es ist 'ne Schule. Mit vielen Regeln, wenig Freizeit, blöden Klamotten und noch nicht mal 'nem See in der Nähe.« Er hob sein Board auf und steckte es in den Sand. »Ich wollte mich verabschieden«, murmelte er.

»Verabschieden? Hast du 'nen Sonnenstich?« Entrüstet stemmte ich die Hände in die Hüfte. »Ich hab ein Armband für dich, Ben. Es wird wirken. Es ist das Beste, das ich bisher angefertigt habe.«

»Daran zweifle ich nicht im Geringsten.« Sein Blick fiel auf meinen Ring, der inzwischen komplett schwarz war. »Was ist passiert?«

»Das ist egal.«

»Egal? So schlimm?«

Ich zog eine Schnute. »Es geht jetzt nicht um mich. Wir müssen *dich* retten!«

»Oh«. Er warf mir einen seltsamen Blick zu, den ich nicht deuten konnte.

»Steht der Deal mit deinem Vater noch?«

Er lachte. »Da hast du was falsch verstanden. Der Deal steht mit meiner Mutter.«

»Na, das ist ja noch besser«, meinte ich lächelnd. »Was deine Mutter sagt, dem muss sich dein Vater fügen, oder?« Schmunzelnd zog ich das Armband aus meiner Tasche.

»Du hast es dabei?« Er war sichtlich überrascht.

»Spaßvogel. Ich habe die ganze Zeit auf dich gewartet.«

Es entstand ein Augenblick, in dem wir uns einfach nur anblickten, und die Welt fühlte sich plötzlich wunderbar an. Alles war richtig.

Ich fühlte mich richtig.

Doch dann verwehte der Wind diesen Moment.

»Hier.« Ich ließ das Armband in seine Hand gleiten. »Geballte Chemie-Power.«

Abschätzend wog er es. »Soll ich es gleich anlegen?«

»Nun ja, es wird dir ausschließlich Wissen einflößen. Du kannst es also Tag und Nacht tragen. Aber wehe«, drohte ich ihm, »du hältst mir Vorträge über Elemente und den ganzen Quatsch.«

Eine Weile überlegte er. »Was sind das für Perlen? Sie sehen sehr schön aus.«

»Sie sind aus Papier. Altes Papier, auf dem jemand die Grundlagen der modernen Chemie festgelegt hat.«

»Eigentlich will ich es gar nicht so genau wissen.«

»Es ist nichts Geklautes. Es hat keine Schattenseiten«, verteidigte ich mich.

»Das habe ich auch nicht angenommen.«

»Ich weiß. Sorry.«

Er steckte es in die Hosentasche. »Also, wer hat was geklaut?«

Ich lachte auf. »Kann ich eigentlich irgendwas vor dir verheimlichen?«

Er zuckte mit den Schultern. »Keine Ahnung. Ich kenn dich seit sechzehn Jahren. Also, willst du mir davon erzählen?«

Wieder warf ich eine Muschel in die Wellen. »Ich liebe den Gedanken, dass ich mit Magie Schmuck herstellen kann, der nicht nur schön ist, sondern auch dem Träger hilft. Und ich hab mir das immer irgendwie märchenhaft vorgestellt.«

Er stellte sich schweigend neben mich und warf ebenfalls eine Muschel zurück ins Meer.

»Ich dachte, Daria würde Herzenswünsche erfüllen. Angst und Verzweiflung lindern. So was in der Art.«

Er nickte. »So wie Feen eben sind.«

Noch immer musste ich über die Idee, ich könnte irgendetwas mit einer Fee gemeinsam haben, schmunzeln. »Daria scheint mir aber nun doch eher eine böse Fee zu sein.«

»Was meinst du mit *böse*? Frau Soma schien mir eine sehr kluge und aufgeschlossene Person zu sein.«

Mit einem tiefen Seufzer schleuderte ich einen Stein. »Eben bin ich in einen Geschäftsabschluss gestolpert, als ich sie spontan besucht hab. Der Kunde war ein superreicher Typ. Anscheinend hat er Diamantminen in Afrika.«

»Okay«, murmelte Ben. »Und der hatte noch einen Wunsch?«

Eine weitere Muschel flog in die Gischt. »Natürlich. Noch mehr Macht und Geld.«

»Und Daria hat da mitgemacht?«

Ich nickte. »Und ihm seinen Sportwagen gestohlen, um mich zu bestechen.«

»Das war dämlich von ihr. Du bist unbestechlich.« Er schleuderte eine Muschel bis hinter den dritten Wellenkamm.

»Genau!«

Schweigend warfen wir eine Muschel nach der anderen ins Meer.

»Aber du musst doch nicht wie deine Großmutter sein«, meinte er schließlich. »Du bist Julie. Du machst es auf deine Art.«

»Ja, natürlich.« Ich musste an den Geldschein denken, an Licht und Schatten. »Aber –«

»Ein Zauber darf nie egoistisch sein«, sprach er meinen Gedanken aus. »Dein Ring ist allerdings inzwischen pechschwarz.«

»Was, wenn ich auch eine böse Fee bin, Ben?«

Da nahm er mich in den Arm. »Du, Jewels? Niemals.«

Ich schlang die Arme um ihn. »Was, wenn ich egoistisch war, weil ich Chrissy von Noah weghaben wollte? Weil ich Noah für mich ganz allein wollte?« Und ohne es aufhalten zu können, begann ich zu weinen.

Aber es war mir nicht peinlich, dass ich sein T-Shirt vollrotzte. Ich wusste, es war okay. Bei Ben durfte ich sein, wer ich war, und fühlen, wie ich nun mal fühlte.

Und Ben hielt mich einfach nur – hielt all den Tränen-Sabber schweigend aus.

Nach ungezählten Minuten hatte ich diesen drückenden Klumpen, der mich fast erstickt hatte, herausgeweint.

»Danke«, stammelte ich. Tränenverschmiert sah ich ihn an.

Ben lächelte. In seinem Blick war einfach nur –

Nein!

Geschockt sprang ich von ihm zurück und starrte ihn an.

In seinem Blick … Dieses Gefühl, als ich in seinen Armen –

Nein!

»Ich muss weg«, stotterte ich und rannte zum Leuchtturm. Wie hatte ich nur so dämlich sein können!

Der Ring an meinem Finger loderte, und der Schmerz nahm mir den Atem. Ich strauchelte und fiel, stand auf, rannte weiter.

Nur nicht zurücksehen, Julie! Lauf! Ich sprang auf mein Rad und fuhr.

Wie eine Besessene raste ich davon.

Keine Ahnung wo ich an diesem Tag überall entlangfuhr. Doch solange der Seewind mir um die Ohren pfiff, riss er meine Gedanken mit sich und kühlte meine Wangen.

Irgendwann kam die Nacht, und ich musste nach Hause.

Ich war froh, dass ich das Essen mit Noah abgesagt hatte. In mir herrschte pures Chaos. Und ich wollte es nicht wahrhaben.

Noch nie hatte ich solche Angst gehabt, schlafen zu gehen. Ich wollte und konnte nicht darüber nachdenken, was am Strand passiert war.

Deshalb ging ich zu meinen Eltern ins Wohnzimmer. Die Fernsehkuschelcouch stand wieder an ihrem angestammten Platz.

Ich setzte mich neben Mom und lehnte mich an sie. Sie fragte nicht. Legte nur den Arm um mich. Paps brachte eine heiße Schokolade, und wir guckten einen Film aus seiner Sammlung. Und so schlief ich irgendwann ein, angekuschelt an meine Mutter wie ein Kleinkind.

An meine Träume konnte ich mich am nächsten Morgen nicht erinnern.

Jedoch bekam Paps endlich seinen langersehnten Familientag. Ich half Mom im Garten, und wir packten sogar ein paar unserer alten Familienspiele aus. Und nachdem ich sein Ladekabel versteckt hatte, gesellte sich auch Mike zu uns. Paps war selig.

Moms Blick streifte hin und wieder meinen Ring, und ich bemerkte natürlich, dass sie sich Gedanken um mich machte. Aber ich war ihr sehr dankbar, dass sie nicht nachfragte. Weder wollte ich an Noah denken noch an Ben.

Auch in dieser Nacht schlief ich traumlos auf dem Sofa ein.

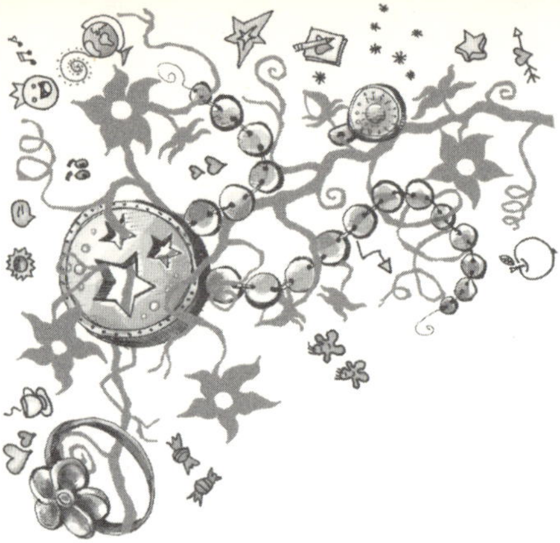

28

Montagmorgen.

Heute schreibt Ben seine zweite Chemiearbeit, war mein erster Gedanke, als ich aufwachte.

Der zweite Gedanke rief mir seinen Blick in Erinnerung, und mein Magen verkrampfte sich.

Als mein Blick beim Zusammenraffen der Schulsachen auch noch auf den Ring fiel, wurde mir richtig übel.

Zum Glück behielt der Ring seine Meinung zu dem ganzen Gefühlschaos für sich. Mir ging es auch schon so elend genug.

Mit der Hoffnung, ein Frühstück würde meinen Magen umstimmen, schleppte ich mich in die Küche.

»Ach du lieber Himmel, Julie!« Besorgt sah Mom mich an und hatte sofort die Hand auf meiner Stirn. »Du bist doch nicht etwa krank?«

»Es ist Montag, Mom. Montagmorgen fühle ich mich nie besonders.«

Sie lächelte mitfühlend. »Kakao?«

Ich ließ mich auf meinen Platz fallen und lächelte matt.

Mike saß vor einem unangetasteten Schokobrötchen und starrte in sein Handy. (Hurra, sein Kabel war wieder aufgetaucht.)

Mom schob mir einen Becher heißen, dunklen und perfekt cremigen Kakao hin.

»Du bist die Beste.« Ich meinte es so. Nicht nur, was ihr Kakao-Talent betraf.

»Schon gut, Julie. Ich hab dich auch lieb.«

Der Ring gab ein metallisches *Klönk* von sich, als ich den Becher in die Hand nahm. Mir war, als läge er auf der Lauer. Wartete nur auf meine nächste Lüge, um meinen Finger zu versengen.

Der Kakao beruhigte meinen Magen, ich schob noch Mikes Schokobrötchen hinterher und verließ das Haus. (Ich vermute, er hat meinen Diebstahl erst bemerkt, als ich schon in der Schule war.)

In der Umkleide starrte ich auf den Ring. Und obwohl Frau Mimers gerade verkündet hatte, dass es fürs Staffellauftraining wieder rausging, nahm ich den Ring ab.

Ganz leicht glitt er von meinem Finger.

Ich steckte ihn in die Tasche meiner Jeans.

Und verließ den Raum.

Ließ den Ring zurück.

Mein Puls flatterte. Seit ich ihn geschmiedet hatte, war ich nie von ihm getrennt gewesen. Stets hatte ich ihn bei mir getragen. Jede Stunde. Tag und Nacht.

Merle wärmte sich schon auf und winkte mir.

»Morgen, Hulk!«, begrüßte ich sie.

»Morgen, Jewels. Hast du Ben schon gesehen?«

Ben. Ich vergrub meine Hände tief in den Taschen. »Heute noch nicht.« (Und hoffentlich würde ich es auch nicht.)

»Morgen, Mädels.«

(Fail.)

»Hey, Ben«, murmelte ich.

»Guten Morgen!«, schmetterte Merle ihm entgegen. »Wow! Du trägst es ja schon!«

Unauffällig warf ich einen Blick in seine Richtung. An seinem Handgelenk baumelte das Armband. Es hatte die perfekte Länge.

»Ich dachte, es wäre irgendwie komisch, wenn ich es erst vor der Prüfung anlegen würde.« Er ließ es am Handgelenk hin und her rutschen. »Es fühlt sich gut an. Ich hab richtig Bock, etwas zum Reaktionsmechanismus für die Bildung von Polymethacrylsäure zu schreiben.« Dabei sah er mich verschmitzt an.

»Keine Vorträge«, erinnerte ich ihn an sein Versprechen.

»Hey, Kaffeekränzchen!«, rief Frau Mimers zu uns. »Aufwärmen. Los jetzt!«

»Ist das jetzt etwa unser Spitzname?«, regte sich Merle auf.

Mit einem Seufzer trabte Ben los. »Wir sehen uns später.«

»Ich drück die Daumen!«, trällerte Merle und zog mich mit sich. »*Kaffeekränzchen!* Der werden wir's zeigen!«

Zum Laufen musste ich wohl oder übel meine Hände aus den Taschen nehmen.

Natürlich bemerkte Merle es sofort.

»Wo ist dein Ring?« Erschrocken blieb sie stehen und sah sich suchend um.

»Keine Sorge. Er ist in meiner Hosentasche«, beruhigte ich sie.

»Seit wann legst du den Ring beim Laufen ab?«

Schon jetzt kam ich außer Atem (während Merle wie eine junge Gazelle neben mir her tänzelte). »Lass uns später reden«, schnaufte ich.

»Sag, dass das nicht wahr ist!«

Prompt wurde ich rot. »Was denn?«

»Du hast ihn abgelegt!«

»Merle!« Ich schnappte nach Luft. »Später!«

»Alles klar.«

Tatsächlich schaffte sie es, während des gesamten Trainings den Mund zu halten.

In der Umkleide tastete ich sofort nach meinem Liebesring. Er war noch genau dort, wo ich ihn zurückgelassen hatte. Zugegeben, es kostete mich Willenskraft, ihn in der Tasche zu lassen. Ich will nicht sagen, dass ihn vermisste oder mich irgendwie unvollständig fühlte. Ich hatte einfach nur Angst, das Falsche zu tun.

Schon an der Tür zum Klassenzimmer empfing Herr Kampe Ben und bat ihn mitzukommen. Merle und ich zeigten ihm ein Daumen-Hoch, und ich schickte sicherheitshalber noch alle guten Wünsche nach.

»Er braucht kein Glück«, sagte ich mehr zu mir als zu Merle. »Die richtigen Antworten werden nur so aus ihm heraussprudeln.«

Nach ein paar Minuten war Herr Kampe zurück und erzählte uns irgendetwas über Basen. Merle und ich starrten nur auf die Uhr über der Tür und hofften für Ben.

Immer wieder schweiften meine Gedanken zum Ring. Und zu Noah, den ich sicher in der Pause treffen würde.

Was, wenn er nicht zu mir käme. Was, wenn …

»Julie!« Herr Kampe klopfte auf meinen Tisch. »Aufwachen!«

»Was? Nein, ich schlafe nicht!«

»Wusstest du, dass das schlechte Gewissen auch nur eine biochemische Reaktion im Körper ist?«

»Na sicher. Beherrsche ich super. Im Schlaf, sozusagen.«

»Dachte ich mir. Sei aber doch so nett und tu wenigstens so, als wärst du wach und mein Unterricht für dich erkenntnisreich. Das täte meinem Selbstwertgefühl gut.«

»Natürlich, sehr gerne.« Brave-Schülerin-Lächeln.

Als endlich das erlösende Klingeln ertönte, fühlten meine Beine sich an wie Blei.

»Los, komm!« Merle winkte mir, mich zu beeilen.

Ich beobachtete, wie Chrissy (hüftschwingend) das Klassenzimmer verließ.

Was, wenn Noah nicht zu mir käme? Wenn er bei Chrissy bliebe?

»Trödelliese! Ben wartet sicher schon!«

Schweigend stand ich auf. Wie in Trance schob ich mich durch die Pausenhalle in den Hof.

Der Ring drückte bei jedem Schritt gegen mein Bein.

Immer wieder huschte mein Blick suchend über die Schüler. Wo war Noah?

Ben tigerte bereits unter unserem Pausenbaum auf und ab. Merle rannte zu ihm, nahm ihn an den Händen und zog ihn zu sich. »Und? Hat es funktioniert?«

Ben grinste sie an, und sie jubelte auf.

Ein Monstrum von Stein krachte mir von der Seele.

Lachend kam er auf mich zu. »Es ist unglaublich!«

Sein Strahlen machte mich unbeschreiblich glücklich.

»Du bist meine Fee, Julie Jewels!« Überschwänglich umarmte er mich und wirbelte mich herum.

»Ich habe beim Abgeben sogar noch kurz mit Kampe über korrespondierende Säure-Base-Paare philosophiert.« Er lachte und ließ mich wieder herunter. »Ihr glaubt nicht, wie dämlich der mich angeguckt hat!«

»Schön, dass Julie dir helfen konnte.« Merle klang leicht

beleidigt, und ich beeilte mich, auf die Bank zu kommen, damit Ben mich nicht noch mal knuddelte. Die Eifersucht stand Merle ins Gesicht geschrieben.

»Wir sollten das feiern«, schlug er vor.

»Jetzt schon? Willst du nicht warten, bis du es rot auf weiß hast?«, meinte Merle, die einen Hang zum Aberglauben hatte. »Und vor allem, bis dein Vater den Antrag für das Internat zerreißt?«

»Ach, Quatsch. Wir feiern die ganze Woche!« Mit einem Mal begann Ben, vor uns herumzutanzen. »Los, das könnt ihr mir nicht antun.« Er streckte die Hand zu mir aus, wollte, dass ich mittanzte.

(Merle begann, aus den Ohren zu qualmen.)

»Nein, Ben, sorry«, meinte ich hastig. »Geht ihr zwei mal heute allein feiern. Ich bin dann beim zerrissenen Antrag dabei.«

»Och.« Schmollend sah er mich an und merkte nicht, wie Merles Lippen immer schmaler wurden.

Mir schnürte es das Herz zu.

Bens Blick am Strand gestern … Ich hatte mich nicht getäuscht. Ich konnte weder Merle noch ihn ansehen.

Entschlossen stand ich auf. Es war nicht meine Schuld. Mein Herz gehörte Noah. Auf ewig. Seelenverwandte. Ring hin oder her. »Wir sehen uns«, murmelte ich.

»Was? Nein. Wohin willst du?« Ben versuchte, mir den Weg zu versperren, doch ich hielt meine ringlose Hand hoch. Und warf ihm einen Blick zu, der ihm hoffentlich sagte, dass ich nur seine Sandkastenkumpanin war.

Überrumpelt sah er mich an, dann zu Merle. »Wusstest du das?«

»Jupp.« Merle strafte Ben mit einem eisigen Blick. (Obwohl der vermutlich keinen Plan hatte, warum.)

»Also. Wir sehen uns«, wiederholte ich und ging entschlossen zu der Ecke des Hofs, in der sich Noah immer mit seinen Jungs von der Band traf.

Dort stand er, in ein Gespräch vertieft, gestikulierte und lachte mit Nick. Er sah entspannt und glücklich aus.

Mir wurde bewusst, dass ich ihn seit Wochen nicht mehr so fröhlich gesehen hatte.

Ich rang nach Atem.

Konnte das ein Zufall sein?

Der Witz, den er gerade zum Besten gegeben hatte, war anscheinend wirklich genial gewesen, denn alle lachten, und Nick klopfte ihm anerkennend auf die Schulter. Noah wirkte so ausgeglichen, dass ich gar nicht wagte, zu ihm zu gehen. Vielleicht war er ohne mich besser dran?

Der Ring lag schwer in meiner Tasche.

Hatte ich mich geirrt, was meine Liebe zu Noah betraf?

Plötzlich drehte er sich zu mir um. (Zufall? Oder schicksalhafte Selenverwandtschaft?) Sein unbeschwertes Lächeln traf mich wie ein Sonnenstrahl.

Erleichtert lächelte ich zurück und winkte ihm.

Er klopfte Nick auf die Schulter und kam zu mir herüber.

Er sah so großartig aus. Die Augenringe waren verschwunden, in seinen Augen funkelte dieses Lächeln, in das ich mich verliebt hatte.

Mein Noah!

Meine Füße hoben von Boden ab. Wie ein verliebter Schmetterling schwebte ich auf ihn zu …

… bis Chrissy kam.

Ihr Tatzenhieb kam aus dem Nichts und erwischte mich hart am Flügel. Ich taumelte. Drohte abzustürzen, als sie sich (Haare werfend, Wimpern klimpernd) bei Noah unterhakte und ihn zutextete. Mit ausladenden Gesten schien sie ihm eine ihrer größenwahnsinnigen Visionen verkaufen zu wollen. Und Noah blieb stehen, hörte ihr aufmerksam zu.

Ich knallte auf den blöden Pausenhof-Beton und brach mir die Flügel.

Chrissy wirbelte ihn zurück zu den Jungs und band ihn mit ihrem Lachen und den blauen Haaren an sich.

Noah hatte mich vergessen.

Ich rang nach Luft.

Wie konnte er! Ich war doch seine wahre Liebe!

Zusammen mit den Jungs lauschte er fasziniert Chrissys Was-auch-Immer, das sie mit Hüftwackeln in Szene setzte.

Bevor ich darüber nachdenken konnte, war meine Hand in die Hosentasche gefahren, und der Ring steckte wieder an meinem Finger.

Er brannte höllisch, und mir wurde sofort schwindlig.

Durch Noah ging ein Ruck, und er wandte sich zu mir um. Als zöge der Ring ihn an einem unsichtbaren Band, kam er auf mich zu. Doch die Fröhlichkeit und sein glückliches Lächeln waren ausgelöscht.

(Julie! Komm zu dir! Wach auf!)

Wie gelähmt stand ich da, schockiert über mich selbst. Schockiert über meinen Zauber.

Der Ring verbrannte meine Haut zu Asche. Der Schmerz zuckte durch die Hand, den Arm hinauf zur Brust.

Ich war keinen Deut besser als Daria.

Vielleicht wollte ich kein Cabrio besitzen – aber ich wollte Noah besitzen! Und das war falsch.

Da war er bei mir.

Seine Arme umschlossen mich, er küsste mich und flüsterte mir ins Ohr, wie sehr er mich vermisst hatte, dass er nicht ohne mich sein wolle, dass ich sein Leben sei.

Der Schmerz nahm mir den Atem. Das Blut rauschte in meinen Ohren. Die Pausenklingel drang nicht zu mir durch, doch um mich herum setzte der Rückstrom der Schüler in die Klassen ein.

Noah und ich blieben.

Er bedeckte mich mit Küssen. Sie kribbelten wie Nieselregen auf meiner Haut. Kalt und stechend. Und der Ring ätzte sich tief in meine Haut.

Mir war schwindelig.

Plötzlich spürte ich eine Hand auf meiner Schulter.

»Alles in Ordnung mit euch?« Es war Ben. »Es hat schon geklingelt.«

Noah zuckte zurück. »Das ist deins«, stammelte er. Sein Blick war der eines tödlich verletzten Tiers.

»Was ist meins?«, fragte Ben verwirrt.

Ich musste mich auf meinen Atem konzentrieren, das Feuer des Rings versengte mich.

»Das Armband.« Mit zittriger Hand zeigte er auf das Mendelejew-Armband. »Mir wolltest du es nicht zeigen – aber *er* darf es tragen?«

Der Schmerz trieb mir Tränen in die Augen. »Das … also … das ist doch nur …« Es war sinnlos.

»Du bringst mich um, Julie!«, schrie er mich an. »Siehst du denn nicht, wie verzweifelt ich dich liebe? Ich opfere alles für dich – doch du, du liebst mich gar nicht!«

Luft! Ich merkte, wie ich taumelte. Mir wurde schwarz vor Augen. Es fühlte sich wie ein Knall an. Das Feuer hatte mein Herz erreicht.

»Julie!« Das war Merle, sie sah mich voller Entsetzen an.

Mein Herz! Ich stürzte, doch Ben und Noah fingen mich auf.

An mehr erinnere ich mich nicht.

29

Um ehrlich zu sein, habe ich keine Ahnung, was dann passiert ist.

Nach Merles Bericht ist es zu einem üblen Handgemenge zwischen Ben und Noah gekommen, denn Ben und Merle hatten Angst, dass er mir etwas antun würde. Sie beschrieb es als blinde Raserei.

Das Erste, an das ich mich wieder erinnere, ist mein Leuchtturm. Meine Wangen von Tränen überströmt und heftiger Seewind, der sie trocknete.

Ich fühlte mich elend. Wie zerschlagen.

In allem hatte ich mich getäuscht.

All meine Träume und Hoffnungen hatten sich in Albträume verwandelt.

Zittrig zog ich die Beine an, rollte mich auf meiner Bank zusammen und ließ den Tränen freien Lauf.

Darias Erbe an mich war nicht das Reich der guten Fee, die verzweifelten Menschen Hoffnung und Glück schenkte. Es war eine Schmiede für Habsucht und Raffgier.

Und die Worte meiner Mutter, die ich verstoßen hatte, weil ich ihr keinen Glauben schenken wollte, hätten mich vielleicht gerettet. Doch nun war ich kein bisschen besser als Daria.

Ich war sogar noch viel abscheulicher. Ich war einfach nur selbstsüchtig gewesen. Und verblendet.

Die Schmetterlinge, die Noah in mir gezaubert hatte, waren nichts Schicksalhaftes gewesen. Uns verband keine ewige Liebe wie im Märchen. Mit dem Liebesbann hatte ich sie ihm aufgezwungen.

Mein Herz schmerzte bei dieser Erkenntnis, und ich hätte es am liebsten herausgeweint.

Ich hatte mir echte, wahre Liebe gewünscht, doch ich hatte mich selbst belogen!

Echte, wahre Liebe! Wie im Märchen …

»Lüge!«, schrie ich das Meer an. »Es ist alles eine Lüge!«

Mit einem wütenden Schrei riss ich den Ring von meinem Finger.

Kein Zauber darf je gegen den Willen desjenigen geschehen.

Durch meinen Zauber hatte Noah sich verloren! Er hatte ihn wie unter Drogen gesetzt, ihn von mir abhängig gemacht.

Blind vor Tränen stand ich auf und stolperte die Düne hinunter zum Meer. Es war bleigrau, und der aufkommende Wind peitschte die Wellen, dass mir Gischt entgegenspritzte.

Tot und kalt lag der Liebesring in meiner Hand.

Niemals, niemals wieder würde ich es zulassen, dass ein Zauber jemanden unterjochte!

Nie wieder für den eigenen Vorteil zaubern.

Das Meer begrüßte mich, schwappte um meine Knie und trug den Sand unter mir davon.

»Nie wieder!«, brüllte ich die Wellen an, den Ring in der hocherhobenen Faust, und marschierte geradewegs hinein.

Das Wasser war eisig. Es klatschte gegen meine Jeans, die sich sofort vollsogen und jeden Schritt noch schwerer machten. Doch ich wollte tiefer, viel tiefer hinein in die Wogen, die der Wind gegen mich aufbrachte. Bald brandete mir das Wasser bis an die Hüfte. Ich wog den Ring in der Hand. Die Perle war stumpf und schwarz, feine Risse durchzogen die einst so glatte Oberfläche.

Mein Sandkastenkumpel hatte recht behalten.

Liebe braucht keinen Zauber.

Liebe zwingt dich nicht, jemand anders zu sein, als du bist.

Liebe lässt dich frei.

»Liebe braucht keinen Zauber«, murmelte ich.

Ein letztes Mal sah ich ihn an. Dann warf ich den Ring.

Ich schleuderte ihn mit aller Kraft, so weit ich konnte. (Frau Mimers wäre erstaunt gewesen.)

Und die Wellen verschlangen ihn und nahmen ihn mit sich.

Eine ganze Weile stand ich dort, mitten in den Wellen, und starrte auf die Stelle, an der er versunken war. Doch dann spritzte mir Gischt ins Gesicht, und es war wie ein Weckruf. Plötzlich spürte ich die Kälte und das Wasser, das meine Kleidung schwer hinunterzog. Ich drehte mich um und kämpfte mich zurück an den Strand.

Kaum taumelte ich auf den trockenen Sand, war Merle bei mir.

»Julie! Um Gottes willen! Bist du noch ganz bei Trost!« Sie zog mich hoch auf die Beine und schleppte mich vom Wasser weg, hin zur Düne. Ben kam ebenfalls angerannt und half ihr, mich hinaufzuziehen. Er war außer Atem. Die Kälte und meine klitschnasse Kleidung machten es schwer, mich zu bewegen.

»Bist du völlig wahnsinnig!« Merle war außer sich. »Ich dachte, ich schaff es nicht, dich –«

»Alles gut, Merle«, sagte ich und nahm ihre Hand. »Beruhig dich. Ich wollte nur, dass das Meer ihn sicher verwahrt – für immer.«

»Wen?« Sie war völlig mit den Nerven runter.

»Den Ring.«

Fassungslos starrte sie mich an. »Du hast deinen Liebesring fortgeworfen?«

Ben lächelte, auch wenn ich ihm den Schock über das Geschehene deutlich ansehen konnte.

»Ihn nicht mehr zu tragen bedeutet doch nicht, ihn gleich im Meer zu versenken!« Sie klang ein wenig panisch.

»Es war falsch, Merle. Zauber und Liebe, das geht nicht.«

»Was?« Fassungslos starrte sie auf die Wellen, die den Ring begraben hatten.

Ben hingegen klopfte mir auf die Schulter. »Gut gemacht, Jewels.«

Zusammen kletterte wir hinauf zum Leuchtturm und setzten uns zu dritt auf die Bank. Merle, zu meiner Linken, sah mit leerem Blick auf das bleigraue Meer, während Ben mich anlächelte.

Ich erwiderte sein Lächeln.

Wahre Liebe braucht keinen Zauber.

Danksagung

Julies Weg bin ich natürlich nicht mit ihr alleine gegangen. Wie immer standen mir Doro und Derek mit kritischem Lesen bei. Aber ganz besonders möchte ich mich beim Fischer Verlag bedanken, der sich von Julies Magie hat verzaubern lassen.

Vielen Dank an Eva Kutter, die Julie sofort im Programm aufgenommen hat, und Sabine Hildebrandt und Carla Felgentreff, die mit den richtigen Fragen und feinen Nuancen die Bücher zum Funkeln gebracht haben. Und natürlich an die gesamte Graphik und Herstellung, die sich diese wunderbare Cover-Idee ausgedacht haben. Ganz besonders an Frau Keller und Frau Schöfer, mit deren Hilfe *Julie Jewels* ein wahres Schmuckkästchen geworden ist.

Leseprobe

Marion Meister

Julie Jewels

Mondsteinlicht & Glücksmagie

Band 3

Die Sonne ließ die Schatten der Kiefern bereits länger werden, als ich das Bandhaus in den Dünen erreichte. Der Gig, zu dem die *Drunken Seagulls* eingeladen hatten, würde erst in einer Stunde beginnen. Den ganzen Nachmittag hatte ich vor meinem Spiegel unzählige Outfits durchprobiert, um den richtigen Look für diesen Abend zu finden. Trotzdem war ich viel zu früh dran.

Mein Fahrrad lehnte ich an irgendeinen Baum am Weg und ging zögernd auf den ehemaligen Bootsschuppen zu, in dem unsere Schulband ihren Proberaum hatte. Ich hatte beschlossen, unseren Beziehungsstatus endgültig zu klären. Kein Davonlaufen mehr.

Ich wollte mich nicht den ganzen Sommer über fragen, ob ich Noah anrufen sollte oder besser nicht. Ich musste mit ihm sprechen. Deshalb war ich jetzt schon hergefahren. In der Hoffnung, dieses unangenehme Gespräch quasi unter vier Augen führen zu können. Auf keinen Fall sollte mir die gesamte Schule dabei zusehen.

Urplötzlich waren meine Sandalen aus Blei, und meine Hände zerflossen wie Wachs.

Na wunderbar, Julie. Hattest du dir nicht vorgenommen, das hier total entspannt über die Bühne zu bringen?

Immer schwerer wurden meine Schritte, während mein Herz davonzusprinten versuchte.

Innerlich hin und her gerissen blieb ich vor dem ehemaligen Bootshaus stehen. Das Tor stand nur einen Spaltbreit offen, von drinnen konnte ich Stimmen hören.

In diesem Augenblick wurden die Torflügel ganz aufgedrückt. Nick, der Drummer der Band, hakte sie an der Wand ein, damit der Seewind sie nicht wieder zuknallen konnte. Als er mich bemerkte, winkte er. »Hey, Julie! So früh schon da! Super, dass du auch kommst.«

»Ist doch klaro. Bin ja euer größter –« Das Wort *Fan* konnte ich nur noch kieksen, denn Noah trat aus dem Schatten.

»Julie!« Er klang überrascht, aber immerhin lag in seiner Stimme auch Freude. Lässig kam er zu mir herüber und nickte Nick im Gehen kurz zu, als wolle er sagen: *Keine Panik, ich regle das.*

Was auch immer man genau regelte, wenn eine Beziehung, die nur aufgrund von Magie Bestand gehabt hatte, zerbrochen war.

»Schön, dass du da bist.«

Wir lächelten uns an, und diese schrecklich peinliche Stille senkte sich wieder über uns.

Verlegen wandte ich den Blick ab. »Ich hoffe, ich störe dich nicht beim Soundcheck oder so«, nuschelte ich in Richtung seiner Sneakers.

»Alles erledigt. Wir müssen nur noch die Bar aufbauen.«

Ich sah an ihm vorbei zu den Sesseln und Sofas, die schon vor dem Schuppen für Zuhörer aufgestellt waren, und weiter zum Tapeziertisch, auf dem Flo, der Bassist, nun Cola-Flaschen aufreihte. »Wenn ich was helfen kann ...?«

»Du kannst nachher applaudieren.« Noah grinste, und ich grinste zurück.

»Es ist so ...«, begann ich.

Komm schon, Julie. Du schaffst das. Sag ihm, dass es aus ist.

»Ja?«

»Also ...« Okay, ich hatte keine, aber auch gar keine Ahnung, wie ich aussprechen sollte, was ich für ihm empfand – oder eben nicht mehr. Verfluchtes Gefühlschaos. Zu Hause hatte ich dramatische Sätze mit noch dramatischeren Gesten einstudiert, doch jetzt konnte ich mich an nichts mehr erinnern.

»Es tut mir wirklich leid«, unterbrach er mich, bevor ich irgendwelche weiteren Worte rausstammeln konnte. »Ich bin gestern so schnell weg, weil ...«

»Ja?« Würde er etwa aussprechen, was ich mich nicht traute?

»Keine Ahnung. Ich bin mir nicht sicher, Julie. Wenn ich an dich – wenn ich an *uns* denke, dann gerate ich völlig durcheinander. Du bist so großartig. Und ich war so mies zu dir.«

»Noah, nein. *Ich* war mies zu *dir.*« *Ich habe ich mit einem Liebesbann belegt.* Es musste scheußlich sein, wochenlang mit einem Mädchen zu knutschen, für das man dann plötzlich gar nichts mehr fühlte.

»Du?« Verständnislos schüttelte Noah den Kopf. »Wie schrecklich, wenn ich dir dieses Gefühl gegeben hab.« Unvermittelt nahm er meine Hände, und ein Schauer durchzuckte mich. Anders als früher, als wir ein verliebtes Paar waren. Das Honigpferdgrinsen-Kribbeln war zu einem unguten Ziehen im Magen mutiert. Traurig sah ich ihn an.

»Es tut mir leid, Julie. Ich hab alles vermasselt.« Noch immer hielt er meine Hände.

»Nein. Es ist meine Schuld. Und wir … wir passen vielleicht doch nicht so gut zusammen, wie ich dachte.« Wow! Hatte *ich* das gesagt? Innerlich klopfte ich mir auf die Schulter. Ich hatte die Worte schnell und hektisch herausgefeuert – aber ich hatte es getan. Klare Verhältnisse. Endlich!

Oder … Nein! Noah wich einen Schritt zurück und starrte mich erschrocken an.

Verdammt. Liebte er mich etwa noch? Wollte er gar nicht Schluss machen? Das war doch nicht möglich!

»Oookaaay«, sagte er. »Ich seh das richtig, ja? Du machst hier gerade Schluss mit mir?«

Dieser Satz fühlte sich wie ein Dolchstoß an. »Na, also, ich dachte …« Meine Zunge verhedderte sich. »Ich meine, ich dachte, *wir* machen Schluss. Also wir zwei. Du und ich. Ganz offiziell. Damit wir uns nicht mehr so … ähm … mies fühlen müssen. Geht's dir etwa nicht so?«

Er überlegte einen langen Moment. »Ich weiß es nicht, Julie. Bis vor ein paar Tagen warst du noch einfach alles für mich.«

»Und jetzt?«

»Versteh mich nicht falsch, Liebe verpufft doch nicht von jetzt auf gleich … aber …«

»Vielleicht doch? Ich weiß nicht, was passiert ist, Noah«, log ich ihn an. »Aber unsere Liebe … Ich hab das Gefühl, sie ist zerplatzt. Wir haben sie immer weiter und weiter aufgepustet, und dann plötzlich, als sie so groß und schön war … Boom.«

Er zog die Augenbrauen hoch und musterte mich unschlüssig. »Vergleichst du unsere Liebe etwa mit einem Luftballon?«

»Seifenblase. Die schimmern und … und sind sehr zerbrechlich. Passt doch irgendwie.« Ich nahm seine Hand. »Ich will nicht, dass du aus meinem Leben verschwindest. Aber ich bin mir nicht mehr sicher, was ich fühle.«

Bitter lächelnd senkte er den Blick. »Ich weiß.«

»Dir geht es doch auch so, oder?«

Er schwieg, zuckte nur leicht mit den Schultern und sah mich nicht an. Stattdessen starrte er auf meine Hand. Ich wollte sie wegziehen, doch er hielt sie fest.

»Wo ist dein Ring?«

Schnappatmung. »Oh, der … der ist mir ins Meer gefallen.«

Vorwurfsvoll musterte er mich. »Ich hab dir gesagt, du wirst ihn im kalten Wasser noch verlieren!«

»Ja, ich weiß.« Getroffen senkte ich den Blick. Der Zauber hatte ihm jeden Tag direkt vor der Nase gelegen. Ich hatte ein wirklich schlechtes Gewissen. Ob unsere Beziehung anders verlaufen wäre, wenn ich mehr Geduld gehabt hätte? Ohne Zauber?

Nachdenklich sah er meine Finger an, die er weiter festhielt. »Na ja, darf ich ehrlich sein? Ich hab mich immer gefragt, warum du das Teil so geliebt hast. Ich fand, der Ring passte nicht wirklich zu dir. Viel zu mächtig.«

Zu mächtig? Ich erstarrte. Meine Stimme krächzte trocken. »Ähm … Es ist irgendwie ganz gut, dass ich ihn … ähm … verloren hab.« Er hatte keine Ahnung, wie nah er der Wahrheit kam. *Zu mächtig.*

Er ließ meine Hände los, und sie klatschten wie nasse Fische gegen meine Beine. »Julie! Die Zeit mit dir – ich war wirklich glücklich. Du bist etwas Besonderes. Von dir geht so ein Strahlen aus.« Amüsiert schüttelte er den Kopf. »Ich hab dich nie zeichnen können. Dieses Strahlen. Ich hab's nie begriffen, obwohl ich's gesehen hab.«

Die Zeichnungen, die er von mir angefertigt hatte, waren allesamt wundervoll. Doch er war nie zufrieden gewesen. *Dieses Strahlen* – mir lief erneut ein Schauer über den Rücken. Vielleicht war es meine Magie, die er gesehen hatte, die Magie des Rings, mit dem ich versucht hatte, ihn an mich zu binden.

Mit einem tiefen Atemzug zerrte ich mein Herz aus seinem Versteck und zwang es, seine Arbeit wiederaufzunehmen. Auch wenn nun ein kleines Stück fehlte. »Es … Ich … Du …« Ich blinzelte. *Julie!* Verdammt, jetzt weinte ich doch. Die Träne kullerte hinunter, ich wischte sie hastig fort. »Die Sonne.« Ich lachte nervös. »Hab die Sonnenbrille vergessen.«

Sein Lächeln verriet, dass er meine Lüge so was von durchschaute.

»Es tut mir leid, Noah. Wir … Es ging alles zu schnell.« Eine weitere Träne lief meine Wange hinab.

Er wischte sie weg und nahm mich bei den Schultern. »Das mag jetzt kitschig klingen«, begann er, »aber du wirst immer einen ganz besonderen Platz in meinem Herzen haben.«

Ich konnte ihn nicht ansehen. Hätte ich zu ihm aufgeblickt, wäre ein Sturzbach über meinen Wangen geflutet. Sanft gab er mir einen Kuss auf die Stirn. »Wehe, du gehst mir weiter aus dem Weg, Julie!«

Ich nickte. Hastig begann ich, in meiner Tasche zu kramen, aber Noah war schneller. Er hielt mir ein Taschentuch hin, das ich dankbar annahm.

Das war's also? Das war das offizielle Ende meiner ersten Liebe? Um nicht erneut loszuschniefen, wechselte ich das Thema. »Cooles Shirt übrigens.«

»Danke. Hab ich für die Band noch mal neu designt.« Er zog die Zeichnung auf dem Stoff glatt, damit ich sie besser sehen konnte. Es war immer noch eine betrunkene Möwe, die in einen Fisch sang, doch jetzt mit blauen Federn.

»Das Blau kommt gut.« Es erinnerte mich an etwas, aber es wollte mir nicht einfallen, woran.

Inzwischen waren ein paar Schüler eingetrudelt, und der Platz vor der Bühne begann sich merklich zu füllen.

»Ich sollte dann mal.« Noah schob die Hände tief in seine Jeans und lächelte mich an. »Wir sehen uns, versprochen?«

»Na klar«, sagte ich und versuchte ein tapferes Lächeln. »Und jetzt lass es rocken!«

Er nickte und schlenderte zurück, begrüßte ein paar Jungs und verschwand schließlich hinter der Bühne.

Irgendwie fühlte ich mich jetzt leichter. Das miese Ziehen im Bauch war verschwunden. Dafür fehlte mir ein Stück meines Herzens. Aber ich war froh, dass endlich Klarheit zwischen mir und Noah herrschte.

Tschüs, Gefühlschaos.

Ich tastete nach dem Ring, fühlte die leere Stelle. Wenn ich mich jemals wieder verlieben würde, musste derjenige sofort von meiner Magie erfahren. Noah meine magischen Fähigkeiten zu verschweigen war ein Riesenfehler gewesen.

»Hey, Jewels.« Merle kam auf mich zu und weckte mich aus meiner Starre. Sie hatte sich ganz schön in Schale geworfen. (Wo war eigentlich dieses verträumte Mädchen mit den weiten Pullis geblieben?) Glitzernder blauer Lidschatten ließ ihre Augen leuchten, und sie trug Shorts, Ankle Boots und ein lässiges T-Shirt mit einem Surfer drauf. Ich schmunzelte. *Sehr unauffällig, Merle.*

»Hey.«

»Du hast endlich mit Noah geredet.« Sie musterte mich mit scharfem Blick. »Hm. Ein paar Tränen. Sonst wieder alles im Lot? Habt ihr euch versöhnt?«

»*Ausgesprochen* trifft es wohl besser.« Ich wollte mich bei ihr einhaken, doch sie wich mir aus.

»Was? Das klingt, als hättest du euer Happy End verpatzt.«

»Es gibt kein Happy End, Merle. Ich will das nicht.«

»Doch. Natürlich willst du das.«

»Nein!« Um dieses dämliche Gespräch zu beenden, schlenderte ich zur Bar.

Was trieb Merle dazu, mir ständig einzureden, dass ich mit Noah zusammenbleiben musste? Als beste Freundin hätte sie mit mir Schokoeiscreme teilen sollen und die Jungs aus *Gossip Girl* anschmachten. Solange sie das nicht tat, hatte ich auch keine Lust mehr, mit ihr zu quatschen.

Inzwischen waren sicher schon an die vierzig Leute da, und es wurde unübersichtlich auf dem Platz vor dem Bandhaus.

Merle drängelte sich hinter mir durch die Menge. Sie war ehrlich erschüttert. »Ihr müsst wieder zusammenkommen! Ihr seid doch Seelenverwandte.«

»Das glaube ich tatsächlich immer noch. Aber – na ja, vielleicht ist ein Seelenverwandter nicht unbedingt auch die Liebe des Lebens.«

»Was?« Entsetzt packte sie mich, als hätte ich den größten Verrat ever begangen.

»Ach, Merle, es hat nicht sollen sein. Oder ich hab's durch die Magie verbockt. Oder durch meine unzähligen Geheimnisse. Wir können so nicht weitermachen. Nicht als Paar. Noah und ich bleiben Freunde. Punkt.«

Merle schob ihre Brille auf die Nasenspitze und sah mich tadelnd an. »*Freunde?*«

Ich nahm zwei Colaflaschen vom Tresen und drückte dem Typen das Geld in die Hand.

»Männer und Frauen können keine Freunde sein.«

Meine Güte. Sie sagte das, als sei es ein unumstößliches Naturgesetz.

»Das ist doch Quatsch, Merle!«, brauste ich auf. »Ben und ich sind seit der Krabbelgruppe befreundet!«

Sie zischte irgendetwas in ihre Cola.

Merle war besessen von mir und Noah. Warum lag sie mir ständig damit in den Ohren, dass wir für einander bestimmt seien? Sie hatte doch selbst gesehen, was der Ring Noah angetan hatte. Es war offensichtlich, dass wir uns trennen mussten. Vielleicht würde uns das Schicksal irgendwann wieder zueinanderführen – ganz unmagisch. Aber jetzt … Ich musste erst mal mit meiner Magie klarkommen, mit meinem Erbe, meiner doofen Großmutter, meiner Mom … Und über all das konnte ich nicht mit Noah reden.

Mit Merle anscheinend auch nicht.

Aber ich wollte mich durch ihr Generve nicht runterziehen lassen. Ich hatte eben Schluss gemacht. Und obwohl es mir weh tat, war ich auch erleichtert.

»Ich such mir einen Platz«, meinte ich und schlängelte mich durch die Leute, ohne auf Merle zu warten.

Die heutige Feier war sozusagen die Generalprobe für den Auftritt der *Drunken Seagulls* zum Ferienstart beim Hafenfest. Das war natürlich obercool. Kein Schulclub-Gig. Ein richtiger Auftritt! Damit waren sie jetzt irgendwie eine echte Band. Die Gerüchteküche flüsterte etwas von einem *neuen Sound*.

Die Sonne stippte bereits die Spitzen des Strandhafers auf den Dünen in goldenes Licht, und jemand hatte die bunten Lichterketten am Haus und in den Bäumen angeknipst. Sogar um eines der Sofas waren Lichter drapiert. Die Leute standen dicht an dicht, und lautes Gemurmel und Lachen schwebte über den Köpfen.

Auf einem der Sofas saß Leonie. Wir waren eigentlich keine Freundinnen, und ich wusste nicht viel von ihr, außer dass sie inzwischen die beste Freundin meiner ehemals besten Freundin Chrissy war.

»Hey, Leonie. Ist da neben dir noch frei?«

»Ja, klar. Wir müssen nur einen Platz für Chrissy freihalten.«

»Sie ist noch nicht da?« Ich war ehrlich überrascht. Seit sie von meinem Interesse an Noah wusste, hatte Chrissy kaum eine Gelegenheit ausgelassen, um ihn anzubaggern. Vor meinen Augen. Jetzt war er doch ein doppelt heißer Typ, wo die *Seagulls* ihren Durchbruch hatten. Wo war sie also?

»Sie hat mich extra herbestellt. Wahrscheinlich ist sie noch bei –« Erschrocken sah Leonie mich an. »Oh. Sorry.«

Tatsächlich war ich zusammengezuckt und hatte mir deshalb Cola auf die Shorts geschüttet. »Redest du von Chrissy und –« Noah.

»Nein!«, versuchte Leonie hilflos, ihre Worte ungeschehen zu machen. »Ach, keine Ahnung. Sie telefoniert oft mit ihm. Hat unsere Schoko-Time im *Lorenzo* abgesagt, weil sie wegmusste.« Sie sah verlegen zu Boden. »Ich denke, sie ist stattdessen zu ihm.«

Na wunderbar. Kaum hatte ich den Ring weggeworfen, stürzte Chrissy sich auf meinen Freund. Ähm, nein, *Ex-Freund.*

Und dann wurde mir schlagartig klar, woran mich das Blau der Federn auf dem Kopf der Möwe erinnerte: Chrissys blaue Haarsträhnen!

Geschockt sah ich zur Bühne, konnte aber weder Noah noch Chrissy entdecken. Dafür entdeckte mich jemand.

»Da bist du ja!« Schwungvoll ließ Ben sich neben mich aufs Sofa fallen. Leonie schien er gar nicht wahrzunehmen.

Seine Haare fielen ihm über die Augen, und er roch wie immer nach Strand. Vermutlich hatte er den Nachmittag mit Surfen verbracht.

»Hast du schon wieder irgendwelche Geheimnisse?« Sein

Blick traf meinen, und mein Herz geriet vor Überraschung aus dem Takt.

»Quatsch. Alles gut«, maulte ich und lehnte mich mit verschränkten Armen zurück. Ich wollte gar nicht zickig zu Ben sein. Vermutlich waren es noch Nachwirkungen von meinem Streit mit Merle. Wo war die eigentlich abgeblieben? Kurz war ich versucht, mich nach ihr umzusehen. Doch dann – mit einem Seitenblick auf Ben – fand ich es gar nicht so schlecht, dass sie nicht bei uns war. Mit ihrem Glitzerlidschatten und dem Surfershirt.

»Oh, hey, hallo. Hab dich gar nicht gesehen«, begrüßte Ben endlich Leonie.

»Kann ich mir vorstellen«, meinte sie mit einem unpassend amüsierten Grinsen.

Stirnrunzelnd musterte ich sie. Was sollte das denn nun schon wieder? Egal wie Ben auch grinsen mochte: Wir waren Freunde. Die besten.

Nichts anderes.

Ehrlich.

Erscheint bei FISCHER KJB

Hedderichstr. 114, D-60596 Frankfurt am Main
Dieses Werk wurde vermittelt durch die Literarische Agentur
Thomas Schlück GmbH, Garbsen
ISBN 978-3-7373-4091-5